PROPOSITION INDÉCENTE

JACK ENGELHARD

PROPOSITION INDÉCENTE

PRESSES POCKET

Titre original :
Indecent proposal

Traduit par Thierry ARSON

Publié pour la première fois chez Penguin Books

ISBN : 2-266-05418-X

Pour
Leslie, David et Rachel,
et à la mémoire de
Noah et Ida

1

L'homme jouait au blackjack, à cent mille dollars la main. Une femme était assise à côté de lui, mais personne d'autre. La table lui était réservée. Une petite foule s'était massée autour du cordon installé pour isoler le joueur, et les membres de la sécurité essayaient de faire bouger les curieux.

— Il perd, chuchota un touriste venu s'encanailler. Il a perdu dix mains d'affilée.

Un million de dollars.

Moi j'avais hanté le casino à la recherche d'une table à trois dollars la mise. J'avais été attiré par l'attroupement, puis par l'homme. Il était remarquable. Dans la lumière tamisée, il offrait une vision toute de noirceur. Cheveux et moustache, même son costume. Il était grand, droit, le genre d'homme fait pour occuper un trône.

D'après son apparence, il ne pouvait qu'être arabe, un prince certainement, ou le membre d'une maison royale aux confins d'un désert. Je supposai qu'il pesait quelques centaines de millions, peut-être même quelques milliards.

Royal, pas de doute. L'homme restait distant, absolu, magnifique.

— Circulez, circulez, répétaient les membres de la sécurité, sans succès.

J'étais trop fasciné pour bouger, captivé par cette

scène qui arrêtait le temps. C'était un hommage à l'excès, le triomphe de l'opulence. Des gens pareils existaient donc. Et des gens pareils jouaient pour ce genre de mise.

Il commença à regagner le million perdu, et un peu plus. Il fit même blackjack deux fois de suite.

— Joli coup, dit le banquier, admiratif.

Au jeu, la chance s'appelle talent.

L'homme acquiesça, presque à regret. Il ne doit pas parler anglais, me dis-je alors, ou bien il était trop exalté pour accepter ou simplement comprendre un compliment. Rien ne pouvait toucher un homme comme lui. De quoi pouvait-il avoir besoin ? A l'évidence il possédait assez d'argent pour acheter tout ce qu'il pouvait désirer — les choses, bien sûr, mais peut-être aussi les gens. Il n'avait rien en commun avec nous, sauf la mortalité, et de cela même on était en droit de douter.

Il continuait de gagner. Mais dans le succès ou l'échec il gardait la même indifférence. Son visage était celui d'un prince, mâle mais avec des traits fins, aigus, qui semblaient avoir été polis par les sables d'Arabie. Ses mains était très belles, et faites pour commander d'un claquement de doigts.

Pour moi, humble rédacteur de discours dans une société, qui gagnais trente et un mille dollars par an — brut —, la scène était ahurissante. Voir toutes ces plaques qui passaient tranquillement du joueur à la banque, alors qu'une seule m'aurait permis de quitter mon boulot et de retourner en Israël, ou d'engager quelqu'un de diplômé, ou d'acheter un poumon, un rein, un cœur... une vie !

Malgré cela je n'éprouvais ni envie ni ressentiment. J'étais trop abasourdi pour ressentir autre chose que du respect. Après tout, je n'étais pas présent quand Dieu avait distribué la fortune. Cet homme-là, oui !

Mais quelle sorte de type était-il, me demandais-je, qui pouvait ainsi rendre trivial l'inaccessible, et gaspiller en une minute ce que d'autres ne parvenaient pas à accumuler en une existence ? La richesse était une chose, mais ça... On touchait au divin.

Cent mille dollars par main, ce n'était plus jouer. Ça s'apparentait plus à la création, comme des montagnes et des océans qui s'entrechoquent et luttent pour l'exclusivité de la souveraineté.

Qui était ce type ?

— Il gagne, chuchota un autre touriste venu s'encanailler.

La plupart des spectateurs conservaient un silence humble, écrasés qu'ils étaient par ce drame, hypnotisés par ce puissant Arabe.

Quant à moi je n'étais pas étranger dans cet endroit, et certainement pas étranger aux jeux de hasard. J'avais déjà vu des flambeurs en pleine action, mais jamais rien d'aussi extrême, et le moment méritait mon attention. Ne me serais-je pas arrêté devant Beethoven, si j'avais vécu à son époque ?

Ce que Beethoven était à la musique, cet homme l'était à l'argent. Et comme la musique, la littérature et l'art en disent long sur le passé, l'argent révèle le présent. Nous balançons des milliards sur le marché boursier, dans les loteries et les casinos, et en agissant ainsi nous définissons notre culture. Notre culture s'appelle argent. Les millionnaires et les milliardaires, voilà nos héros.

Critique, moi ? pas du tout. J'étais là, non ?

Je venais souvent pour tenter de décrocher la timbale, et pour l'instant ce n'était pas encore arrivé. Mais j'avais le temps, et d'ici là il y avait cet Arabe à observer.

J'étais derrière un mur de spectateurs, assez loin de lui, et pourtant je ressentais quelque chose d'étrange, comme une parenté avec cet homme. Peut-être la simple envie de me trouver à la même place que lui, au cœur de l'action.

Mais peut-être y avait-il réellement un contact, car chaque fois que je reculais, dans l'idée d'aller tenter ma chance moi aussi, je remarquais qu'il tournait la tête vers moi, comme pour m'inviter à rester.

Tu te fais des idées, me dis-je. *Qu'est-il pour toi, et toi pour lui ? Tu n'es même pas de la même planète. Oh, il t'a peut-être remarqué, oui, comme il remarque les autres, comme il remarquerait des insectes.*

Mais il y eut de nouveau ce mouvement, qu'on ne pouvait pas appeler un signe de tête, mais qui n'en était pas loin. *Pas loin de quoi?* pensai-je. *Qu'est-ce que tu attends de lui? Qu'il te bénisse? Eh, tu viens de ta propre lignée de rois. Tu es déjà béni. Pas besoin de ce type.*

Finalement je m'éloignai de l'attroupement et allai risquer mes dollars dans le casino, des machines à sous à la roulette en passant par le craps. Et tout ce temps mon esprit revenait à cet homme. Il émanait de lui la sensation du possible, la chance de quelque chose d'important.

Sa seule présence avait chassé la malédiction de l'ennui. Et l'ennui avec la vie, d'après moi, était que rien n'arrivait. Chaque jour n'était qu'un jour de plus. Point.

Mais dans le voisinage de cet Arabe, *quelque chose* allait forcément se produire. Quoi exactement je n'en savais rien, sauf que sa magnificence créait des étincelles et que celles-ci pouvaient éclairer un autre homme. Le brûler, aussi, bien sûr.

Et je résistai à l'envie de retourner près de sa table, malgré la tentation. Mais je découvris bientôt que j'avais décrit un cercle et que je ne me trouvais qu'à trois tables de la sienne.

C'était une table à trois dollars la mise, je m'y assis donc et laissai le banquier — qui était une banquière — convertir quarante dollars en jetons. Je jouais sans grande inspiration : je réfléchissais trop, dans le genre « *Que cherche un homme quand il a amassé son premier milliard? A quoi rêve-t-il, et d'abord peut-il rêver quand il possède déjà tout?* »

De ma période journalistique, je gardais le souvenir de ces héros de guerre, dont un décoré de la Médaille d'Honneur, et de leur tristesse quand la paix était arrivée. Ils n'aimaient pas la guerre, mais ils savaient que jamais ils ne se surpasseraient, jamais ils ne revivraient de tels exploits. Je me demandais si le même ennui s'appliquait aux héros de la fortune. Bizarre, comme désespoir.

— Vous voyez ce qui se passe ? dit la femme assise auprès de moi à la banquière.

— C'est un cheik, répondit celle-ci.

— J'ai cru que c'était Omar Sharif.

— Il a de la prestance, c'est sûr, dit la banquière.

— De la prestance ? Il est divin, oui ! Mon Dieu...

— Rien à voir avec Dieu, fit la banquière. Nous parlons *richesse*.

Impossible d'échapper à cet homme. La salle bourdonnait. Je jouai encore quelques tours, et m'arrêtai sans grosse perte. Ensuite je laissai mes pieds impatients me conduire vers le cheik.

Alors que j'approchais je me rappelai cette phrase du midrash : *Les pieds d'un homme le mènent à son destin.*

J'étais redevenu un visage dans la foule.

— Déjà vu des jetons dorés ? demanda un type à son ami.

— Dorés ?

— Les jetons de dix mille dollars.

— Je ne savais même pas qu'ils en faisaient de ce montant.

— Eh bien maintenant tu le sais.

Je continuai de me rapprocher, et sans m'en rendre compte j'arrivai au premier rang. Mes genoux touchaient le cordon isolant la table. Ces plaques dorées étaient empilées devant lui, et elles venaient et allaient si vite que je n'avais pas idée de ce qui se passait. Gagnait-il ? Perdait-il ? *Quelle importance pour toi ?* me dis-je. *Tu n'es pas lui.*

Et il est arabe. Alors, c'est ton ami ?

En 1967, quand j'étais dans la 55e brigade parachutiste, ils me tiraient dessus des toits de Jérusalem. Et même aujourd'hui on ne s'embrassait pas à l'excès.

Mais ici il y avait une différence : c'était sa royauté. Et la royauté était une tout autre affaire. Je dus admettre que je ressentais quelque chose, disons : la magie du moment, et j'étais pris par elle. Je veux dire par là que je commençais à me faire du souci pour lui. J'avais envie qu'il gagne. J'avais également envie d'être avec lui, juste un instant, pour connaître les sensations de ce monde d'en haut.

La gloire.

J'avais dû rester au même endroit au moins une heure. Et soudain je crus qu'il me lançait une œillade et je détournai la tête, gêné pour lui et pour moi. Pour moi, surtout. Je me sentais petit, épaule contre épaule avec cette multitude indéfinie, les voyeurs, les charognards. J'avais conscience de ma perversité à me livrer à ce passe-temps si apprécié des Américains : regarder.

Suffit, me dis-je. Je pivotais avec l'intention de me frayer un chemin dans la foule quand la chose se produisit : il leva le bras gauche et fit un signe. *Doit y avoir la reine d'Angleterre derrière moi*, pensai-je, car il ne pouvait évidemment pas s'adresser à moi.

— Vous! dit-il.

— Moi?

— Vous.

Il acquiesça et sourit, et continua d'acquiescer et de sourire en me faisant signe, comme à un animal de compagnie réticent.

— Vous. S'il vous plaît. Faites-moi l'honneur d'être mon invité. Joignez-vous à moi.

Facile, pensai-je en enjambant le cordon. *Oui, parfois la vie est si facile...*

Et maintenant? Bon, j'étais dans l'enclos tapissé de rouge, où tout était luxueux et raffiné, près de cet homme et de cette femme, et c'était à lui de jouer et il ne faisait rien. Il m'ignorait. Y avait-il une erreur?

Pendant quelques secondes je me sentis assez mal fichu, insulté, et même un peu étourdi. Je pris conscience de mon jeans, de mes sandales et de mon polo rouge et blanc... Enfer, j'étais un touriste typique!

Le banquier était en smoking, comme les types de la sécurité, une demi-douzaine, et tout paraissait si élégant et feutré entre eux que ça n'avait rien de très réel. On parlait peu, tout se disait par gestes et regards, deux langages que je maîtrise mal. Un doigt levé et on vous servait un plat ou une boisson. Les assiettes elles-mêmes ne faisaient aucun bruit. Les hôtesses entraient et sortaient en silence.

Enfin l'Arabe dit quelque chose, et il y eut des murmures parmi les membres de la sécurité, ce qui équivalait à une émeute pour cette respectable profession. Qu'avait-il dit ? Je n'avais entendu qu'un mot : *Un*.

— Avec plaisir, Sir, dit le banquier. Cela ne prendra qu'un petit moment.

Et il ramassa toutes les plaques, les compta et attendit. Nous attendions tous.

Quoi, je ne le savais pas.

L'Arabe se présenta :

— Ibrahim Hassan est mon nom.

Je lui dis que le mien était Joshua Kane.

— Prenez place, Joshua Kane.

Je m'assis donc, et ne lui jetai qu'un rapide coup d'œil. Il était impressionnant, pas de doute. Il se dégageait de sa personne une intensité rare. Cet homme savait qui il était. Il avait dépassé l'assurance. Il était le pouvoir. Sa présence était énorme.

Sa femme, c'était autre chose. Elle m'ennuyait un peu. Il y avait quelque chose qui ne tournait pas rond en elle. Vêtue d'une robe ample aux multiples coloris, elle était d'une beauté sombre. Mais à l'inverse de l'homme, elle n'était pas là.

J'avais vu des femmes semblables au Moyen-Orient. Elles étaient *les femmes*, il n'y avait rien de plus à dire. Ibrahim Hassan, non, je n'avais jamais vu personne de comparable. Ses pareils étaient là-bas dans le désert, je le savais à l'époque, à parcourir leurs royaumes de sable à dos de dromadaire ou en jet.

— Je devrais vous donner une explication, dit-il.

— Ce n'est pas nécessaire.

— Voyez-vous, vous m'avez porté chance.

— Vous croyez à la chance ? rétorquai-je.

Il rit brièvement.

— La chance est partout. Vous ne le saviez pas ?

Mais oui, me dis-je, la chance est partout. Je le savais depuis ma naissance, mais jamais encore aussi clairement.

— Restez un peu, dit-il. Vous ne perdrez pas votre temps. Tout va bien?

— Oui.

— Aimeriez-vous une boisson?

— Un Pepsi m'irait très bien.

Ma réponse parut lui plaire. Il était musulman et ne buvait pas d'alcool. Mais en privé, qui sait?

Pour une raison floue j'avais peur. Je les avais même à zéro. Qu'étais-je supposé faire?

Je me forçais à me souvenir de l'époque où je n'avais pas eu aussi peur d'eux.

Quoi que nous attendions, nous attendions toujours.

— Cela prend un peu de temps, expliqua-t-il.

C'est quoi, « cela »? pensai-je.

— Soyez patient, je vous prie.

Cela arriva enfin. Un paquet de feuillets, chacun de la taille d'un reçu très ordinaire. La liasse fut tendue à Ibrahim Hassan, et il plaça un seul feuillet devant lui, et un devant moi. Je lus ce qui y était inscrit : *un million de dollars*.

Je restai calme, sans rien montrer de l'ahurissement qui m'avait submergé.

Le banquier distribuait rapidement les cartes, et Ibrahim répondait avec les gestes habituels au blackjack : un doigt sur le tapis pour demander une carte, la paume à plat pour indiquer qu'il était servi. Je n'étais pas très impressionné par ses décisions.

Mais je n'avais rien à dire, y compris sur les cartes qui m'arrivaient. J'étais assis à sa table et je lui portais chance. Chance? Il se faisait démolir.

Les millions allaient dans la mauvaise direction. Il prenait beaucoup trop de risques.

Peu à peu je devins plus concerné par mon propre jeu. Je lui en voulus terriblement quand le banquier annonça six et qu'il surenchérit sur « mon » treize. Et creva. Je secouai la tête d'un air dépité.

Cela le fit rire.

— Un autre? demanda-t-il.

Je haussai les épaules.

— Allez, dit-il. Vous couperez.

Je m'y étais à moitié attendu, mais c'était comme toujours un moment exaltant.

Pour commencer je savais que je devais faire quelque chose de vraiment marquant pour faire tourner la chance. Les deux premières cartes que je reçus étaient un as et un sept, ce qui me donnait un dix-huit confortable, l'as comptant pour un ou onze, au choix. La carte retournée du banquier était un huit. Supposons que la deuxième carte toujours cachée soit un dix, ce qui nous aurait mis à égalité. Coup nul. Ce serait une solution de sagesse.

Malgré ces pensées raisonnables, je décidai de prendre le risque et demandai une carte. Un trois.

Ce qui faisait vingt et un.

— Ah ! fit Ibrahim triomphalement.

La chance avait tourné, sans doute possible. Les bonnes cartes m'arrivaient continuellement, et le banquier crevait à chaque fois son jeu. D'après les règles il devait monter au-dessus de dix-sept, et il dépassait vingt et un. C'était magnifique. Un grand moment. Ma chance était telle que si j'avais quatorze je tirais un sept. Seize, un cinq. Le signe ultime de ma chance fut quand je le battis plusieurs fois de suite d'un seul point : mon dix-neuf contre son dix-huit, mon vingt contre son dix-neuf.

Je crachais des flammes. Je tirai deux huit, et tombai sur un trois en demandant une carte de plus, un deux la fois suivante. Je doublai et me retrouvai avec quatre millions de dollars de gain. Je dépassai encore le dix-huit de la banque et ramassai quatre millions de plus.

Pour Ibrahim.

Bien sûr, je perdis une ou deux fois la main, mais sans jamais tomber dans le rouge.

A la place de coupeur — la plus importante puisque j'étais le dernier avant le banquier et donc déterminant pour sa réaction — je jouais tout en finesse. Je me contentai d'un neuf — une honte — alors qu'il avait douze. Je lui prédis un dix, et il tira un dix.

Je sauvegardais Ibrahim par ces tactiques, dont la plupart allaient à l'encontre du bréviaire du joueur. Mais le bréviaire n'était pas là, moi oui, et je me sentais en forme. C'était mon moment, cette occasion sublime où l'on ne peut pas commettre d'erreur. On se fie à son instinct, et ça marche.

Je provoquai un murmure de l'assistance et un frisson chez les employés du casino en réclamant une carte alors que j'avais dix-huit et que la carte retournée du banquier était un neuf. Cela se faisait rarement, sauf peut-être chez les professionnels qui parvenaient à décompter les cartes au panier.

— Carte ? s'enquit le banquier.

Je hochai la tête.

Ibrahim sourit. J'étais son homme.

Le banquier annonça ma décision à l'assistance :

— Le ponte demande une carte sur dix-huit.

Il le disait pour qu'il n'y ait aucun doute : ce serait mon choix, et non une erreur de l'établissement. Il me servit un as et nous tombâmes à égalité, mais j'avais sauvé la main.

Ibrahim paraissait beaucoup s'amuser. De nouveau ce sourire, tellement paternel. Il devait avoir mon âge, peut-être même un peu moins. Et une denture parfaite, qui brillait comme si elle avait été polie et vernie. Ses ongles l'étaient, en tout cas. Sa chevelure escaladait son crâne avec la régularité d'un escalier. Quant à ses yeux, il pouvait les allumer et les éteindre selon son bon vouloir, j'avais déjà remarqué la différence. Avec moi il adoptait une attitude courtoise ; avec le banquier et l'assistance il faisait preuve d'une sécheresse proche de l'affront.

— Vous devez mener une vie agréable, dit-il.

Je fus plutôt surpris. Il savait certainement qu'on n'interrompt pas ainsi une bonne série.

Il commençait à s'ennuyer, semblait-il.

Il doit être possible de finir par s'ennuyer de tout, même du meilleur, me dis-je.

Il paraît qu'on ne peut pas être trop riche ou trop mince. Pour ce qui est de la minceur, je n'y ai jamais réfléchi. Mais la richesse? Oui, peut-être peut-on en arriver à être trop riche. On peut même être trop séduisant, et mener une existence trop agréable, tellement agréable qu'elle en devient ennuyeuse.

Ce qui était évident, c'était que la chance tournait.

Je compris qu'il était temps de quitter la table quand je fis blackjack et que le banquier me contra d'un blackjack lui aussi. C'était le signe que les choses allaient prendre le sens contraire.

Aussi piètre joueur de blackjack qu'il fût, Ibrahim l'avait également compris.

Il se leva de son fauteuil à la façon d'un souverain, et ce geste informa tout le monde que la partie était terminée.

— Merci, dit-il, et tous les membres du casino acquiescèrent docilement.

J'en vis plusieurs se courber. Le patron de l'établissement dit :

— Ce fut un plaisir, monsieur Hassan.

J'aurais bien aimé rester là encore un peu. Sans jouer, même, rester pour profiter un peu de cette bénédiction.

Mais c'était fini.

Tout comme il m'avait ignoré au départ, il m'ignora à la fin.

Et alors? pensai-je. *Je n'ai rien?*

J'étais comme le renard de la fable qui désire les fruits du jardin. Il doit jeûner pour se glisser sous la barrière, ensuite il s'offre une orgie de fruits mais doit jeûner de nouveau pour être en mesure de ressortir.

Arriver sans rien, tout prendre, repartir sans rien.

La parabole de la vie, je l'avais appris. Et elle était foutrement juste.

Mais je n'avais même pas mal à l'estomac. L'argent ne m'avait jamais appartenu en propre. J'avais profité du moment, j'avais même vécu un rêve, et cela devrait me suffire. Quoique... J'avais peut-être gagné le droit à une récompense...

Ibrahim Hassan ne paraissait pas partager ce point de

vue. Il m'avait déjà oublié. Pourtant il écarta les gens qui avaient fait cercle autour de lui et me dit :

— Merci, Joshua Kane.

Il me serra la main et ajouta :

— Nous ferons affaire ensemble.

Sans problème, lui répondis-je en pensée.

2

Quand je rentrai à notre chambre du Galaxy Hotel, à cinq minutes de marche par la Promenade du Versailles où je m'étais trouvé avec Ibrahim, il était minuit passé. La télévision était allumée et parlait à Joan, qui dormait devant, dans le lit. Même dans le sommeil elle était délicieuse. Elle était ma drogue blonde, mon amour de haute naissance de Bryn Mawr, diplômée de Shipley et de Vassar et d'autres endroits aussi réputés ici et ailleurs.

Très bien, pensai-je, *tu n'es pas très veinard avec l'argent. Mais regarde-la. Regarde-la...*

Si elle n'était pas la plus belle femme de la planète, alors qui était-elle?

Et en plus, elle avait de la cervelle et ce don très américain : l'insolence.

Mais surtout, elle était à moi!

Il m'arrivait de me demander comment c'était arrivé entre nous. Ma meilleure théorie était que nous étions tombés amoureux l'un de l'autre parce que nous ne nous comprenions pas, et que nous restions amoureux pour la même raison, à cause de l'excitation d'un renouveau perpétuel, la magie d'une découverte sans fin de l'autre. Dans ses accès de poésie, elle disait que nous régénérions nos vies par nos conflits. Et nous n'en manquions pas.

Le premier eut lieu la nuit de noces, quand ses règles se déclenchèrent. Elle frôla la crise de nerfs à l'idée que je refuse de faire l'amour dans ces conditions.

— Qu'est-ce que j'ai? Je suis impure? Josh, je n'arrête pas de te le dire, c'est *vieux*!

Ça l'était peut-être. Elle était le futur, moi le passé. Elle était l'Amérique, moi l'Europe. Non, pas l'Europe : j'étais Abraham partant de la cité d'Ur. Pourtant c'était cet « hébraïcisme », comme elle disait, cet esprit de mouvement qui l'attirait chez moi.

— Si c'est comme ça que tu te vois, disait-elle, sorti de la sauvagerie à la recherche de je ne sais quoi... Moi je trouve que tu es un individu spécial, enraciné dans ses principes, avec le monde d'un côté et toi de l'autre...

Elle me jugeait romantique. Plein de charme à la française et toutes ces choses. Elle trouvait que je regardais dans les yeux des femmes d'une façon unique. J'étais myope.

Elle estimait que j'avais vécu une vie d'aventures, et ce n'était pas totalement faux. Cette traversée des Pyrénées pour échapper à Hitler... Mais à l'époque je n'étais qu'un enfant. Je ne savais même pas que je vivais une grande aventure.

Mais j'étais parti combattre pour Israël en 1967, et là c'était un choix personnel. Il y en avait eu d'autres. Comme ce jour où j'avais claqué la porte du magazine parce qu'ils voulaient mettre ma signature au bas de l'article d'un autre. Elle trouvait que cela dénotait de la force de caractère. Au bureau de placement, ils n'avaient pas pensé la même chose.

Chaque fois que j'estimais avoir essuyé un échec, elle me gratifiait d'un succès.

Elle disait que j'étais « parfait ». Dans ces conditions, pourquoi aurais-je discuté?

Elle disait que je lui rappelais une star de cinéma des temps passés, John Garfield. Elle adorait mon visage « aux traits irréguliers ».

— J'espérais plutôt être comparé à Cary Grant, lui avais-je répondu.

— Non non non. Tu es l'étranger. L'opprimé. Le perdant magnifique. Le guerrier solitaire. Le vagabond déraciné. Tu es tout ce que j'ai toujours recherché.

Elle estimait les autres hommes superficiels.

— On ne rencontre un homme comme toi qu'une fois dans sa vie. Il ne faut pas laisser passer une telle chance. Tu es Abraham, Isaac et Jacob. Et David, bien sûr. Il ne faut pas oublier David, jamais.

Si j'étais Abraham, Isaac et Jacob, elle était au moins Grace Kelly, Marilyn Monroe et Lauren Bacall. Joan était plus que le rêve américain personnalisé. Pour un fils d'immigrant comme moi, elle *était* l'Amérique.

Si bien que je quittai une femme et deux enfants pour elle. De son côté elle abandonna son mari, un homme riche et en vue. Maintenant je l'avais à moi, et le boulot consistait à la garder.

En tout cas, on pouvait nous définir comme un couple d'amoureux, mais certainement pas comme un couple stable. Non, chacun de nous avait trop peur de l'autre. En échange de ce à quoi nous avions renoncé nous exigions une loyauté éternelle, et c'était facile à promettre mais impossible à garantir. En particulier du fait que notre union était née dans le péché. Elle avait délaissé ce qui était à elle, j'avais délaissé ce qui était à moi. Qui pouvait dire la vengeance que nous réservait le destin ?

Nous en avions discuté, ainsi que du risque que nous nous tournions vers quelqu'un d'autre. Cela l'avait fait rire.

— Tu crois à une punition divine ? avait-elle dit.

— Oui.

— Ridicule.

Joan croyait en un Dieu de bonté. Son dieu ne connaissait pas la vengeance. Si Dieu était bon — et elle Le croyait bon — alors elle était bonne. Après tout, elle avait été créée à Son image. Alors que nous étions encore mariés, chacun de notre côté, nous avions commis le péché d'adultère. Mais à ses yeux ce n'était pas un péché. L'amour ne pouvait être un péché.

Pour Joan le monde était aussi pur et joyeux qu'un jardin d'enfants. Tout était sain. Tout était bien. Rien ne pouvait aller mal.

Assis sur le bord du lit je regardais l'écran de télévision sans le voir, et je réfléchissais à l'aventure que je venais de vivre avec cet Arabe. Un épisode aussi intangible qu'un rêve. Je n'avais rien pour le prouver, et Joan serait en droit de douter de la réalité de mon récit. Comme moi. Tout cela s'était-il vraiment produit ? Oui. Quelle signification fallait-il lui donner ? Cela, je n'en avais pas idée.

J'avais peut-être été testé, et je m'en étais bien sorti. Mais mon intégrité avait été fortement malmenée, et j'étais troublé de pouvoir être aussi aisément séduit. Je n'avais pas été séduit, d'accord, mais pas loin. J'étais vulnérable.

Aucun doute, l'argent était devenu un point faible, plus faible encore depuis la venue de Joan. Une femme comme elle avait besoin de choses, d'être choyée. Elle méritait mieux, et demanderait plus qu'une existence nourrie d'un maigre revenu.

Et puis, avec ou sans Joan j'étais las d'être pauvre. La timbale, c'est ce que je recherchais, tout d'un coup. C'est ce qui me poussait sur les champs de courses, dans les casinos. Le jackpot.

J'étais devenu un joueur. Je perdais plus que je ne gagnais. Mais je préférais perdre que rester inactif, courir la chance du jackpot plutôt que croupir dans la certitude du besoin. Bien sûr je gagnais un salaire qui nous permettait de vivre, et on ne pouvait pas nous classer parmi les pauvres. Mais nous n'étions pas riches, et pour moi tant qu'on n'est pas riche, on est pauvre.

J'en avais donc plus qu'assez de ne pas avoir assez, assez d'être condamné à un salaire minable, comme mon père et ma mère avaient dû s'y résoudre toute leur existence, quand ils avaient commencé leur grande aventure dans le Nouveau Monde.

Car dans l'Ancien Monde, en France, ils avaient été riches. Puis Hitler était arrivé. Ils avaient dû tout vendre pour payer les passeurs qui les feraient parvenir de l'autre côté des Pyrénées. Quand ils atteignirent Montréal ils n'avaient plus un sou vaillant, d'autant que mon père avait également financé la fuite de vingt-deux autres familles.

Ils se retrouvèrent donc indigents à Montréal, et plus tard indigents à Philadelphie.

— Dieu le garde, ton père a un don pour l'échec, me dit un jour ma mère.

Puisqu'ils ne pouvaient réussir dans les affaires, ils se mirent à emprunter.

Ils empruntèrent aux amis, aux relations, à des inconnus et même à ces familles qu'ils avaient sauvées de la rafle parisienne. Assez vite même ces portes se fermèrent devant eux. Ce n'étaient pas des souvenirs très agréables que ces occasions où ils m'emmenaient avec eux et où je les entendais mendier un prêt « juste pour nous remettre sur pied ».

L'humiliation eut un effet étrange sur ma mère, et un jour elle cessa de parler et de rire. Elle resta ainsi, vide et impassible, jusqu'à ce qu'elle meure. C'est alors que je m'étais juré : *rien de cela pour moi. Pas cette sorte de vie. Non, non et non. Jamais.* Pourtant j'étais maintenant dans un état non pas identique mais approchant, et la peur de rendre Joan comme ma mère m'obsédait et emplissait chaque instant d'urgence.

Et je la traînais dans les casinos, et bien qu'elle se montrât complice consentante elle jouait rarement et m'accompagnait tout aussi rarement dans les salles de jeu. Et dans ces occasions, elle n'était pas du tout à sa place !

Sa beauté était trop imposante, aristocratique. Elle formait un contraste choquant avec les hordes de petites bonnes femmes à cheveux orange cramponnées à leur machine à sous.

Rien à voir avec Joan.

Elle pouvait être arrogante et utiliser ses ascendances supérieures à l'occasion, et lorsqu'elle prit une amende pour excès de vitesse à Collingswood, dans le New Jersey, elle posa sur le flicaillon qui l'avait arrêtée un regard royal et laissa tomber :

— Savez-vous que mon père pourrait acheter cette ville ?

En plus, c'était vrai.

Oui, de temps en temps cet orgueil resurgissait. La plupart du temps, néanmoins, elle se conduisait avec calme, modération et modestie. Elle avait été naguère une héritière potentielle, une jeune fille qui faisait son entrée dans le grand monde, et elle avait des diplômes d'anglais et de psychologie. Elle écrivait des poèmes, lisait un livre par semaine, adorait l'art en général, et fondait en larmes quand elle écoutait le *Concerto d'Aranjuez*. Mais la question était la suivante : que fait une femme pareille dans un endroit pareil ? Elle était ici parce que son mari était ici, tout simplement, et il était ici parce qu'il poursuivait un but : devenir riche !

Pendant que je recherchais la table de blackjack idéale comme d'autres recherchent la vague idéale ou le coucher de soleil idéal, Joan allait « regarder les vêtements », et c'était exactement ce que nos finances lui permettaient : regarder, mais pas acheter.

— Mais ça m'est égal, affirmait-elle toujours. Tant que nous sommes ensemble et heureux.

C'était vrai pour le fait d'être ensemble, et une demi-vérité seulement en ce qui concernait le bonheur. Je n'étais pas heureux de me trouver si gêné financièrement que Joan en vienne à prononcer le cliché ultime :

— L'argent n'est pas tout, dans la vie.

Mais l'argent était souvent tout, et c'était devenu clair quelques jours plus tôt, à Philadelphie, alors que nous étions sur le départ pour ces vacances. Nous montions dans la voiture quand, malgré mon avertissement, Joan avait décidé de regarder le courrier.

Et bien entendu il y avait un rappel d'impôts de 1789 dollars, qui était remarquable pour une raison très simple : à quelques dollars près il correspondait à la somme que nous avions réussi à économiser. Mais il restait un peu d'argent sur le compte courant, et les vacances étaient toujours d'actualité. Peu importait le mois de loyer en retard et le refus du propriétaire de repeindre la porte d'entrée, qui s'écaillait comme si elle avait la lèpre. L'aspect était assez repoussant, et, bien que nous habitions dans un quartier relativement agréable, Joan n'avait jamais invité aucun de ses amis de la bonne société.

Elle avait honte. Elle ne l'avait jamais admis mais c'était la vérité : elle avait honte. Elle prétendait avoir trop à faire pour recevoir, de toute façon, et en effet elle avait un travail. Elle aidait les autres à trouver du travail, les pauvres et les handicapés, et pour cela elle ne gagnait pas un cent. Mais elle devait le faire, disait-elle, parce que ces gens avaient besoin d'elle.

Elle était un supporter enthousiaste des opprimés et des défavorisés. Elle s'apitoyait sur les Cubains emprisonnés dans les geôles américaines, sur les petits Éthiopiens qui mouraient de faim, sur les sourds, les aveugles, les infirmes en général, les gens âgés et même sur Bob Brennan. Oui, Bob Brennan, ce milliardaire du New Jersey qui s'était fait embrocher à l'émission « 60 Minutes » pour des manquements à la sécurité dans ses entreprises.

Quand ils l'avaient remis sur le grill quelques mois plus tard, Joan avait été outragée :

— C'est tellement injuste ! s'était-elle exclamée.

Et elle avait envoyé une lettre de protestation à CBS, où elle disait notamment : « Révéler des scandales est louable, mais pas dans le but d'*amuser* le public. »

Quant à nous, elle ne nous cataloguait pas parmi les opprimés. Défavorisés, peut-être. Mais ça n'était pas très grave. Elle s'arrangeait de notre situation, et d'ailleurs elle avait confiance.

— Josh, me disait-elle, je sais qu'un jour tu réussiras. Un jour les autres verront en toi ce que moi je vois en toi, et ce jour-là nous ferons la fête.

Pour l'instant j'étais assis au bord du lit, entre Joan et David Letterman. C'était une rediffusion et Joan était endormie et j'avais de grandes nouvelles et il n'y avait personne pour m'écouter. J'étais encore étourdi par tous ces millions. J'avais joué des *millions* de dollars.

Il fallait que cela se sache. *Joshua Kane était arrivé.*

J'avais l'habitude de dire à Joan que la chance allait

tourner en ma faveur. Forcément. Maintenant que c'était arrivé le monde entier dormait. Je la secouais doucement, jusqu'à ce qu'elle ouvre un œil.

— Pourquoi me réveilles-tu ? Il y a un incendie ?

Joan était aussi intense dans le sommeil que dans l'état de veille.

— Non.

— Alors laisse-moi dormir. Bonne nuit.

— J'ai quelque chose à te dire. Il m'est arrivé quelque chose d'extraordinaire.

Mais elle s'était remise à ronfler avec la même légèreté, visage enfoui dans l'oreiller qu'elle encerclait de ses deux bras, comme une noyée s'accrochant à un morceau de bois.

Il n'y a pas urgence, me sermonnai-je.

J'avais joué des millions, certes. Mais pas les miens !

La révélation fut un choc.

Mais je n'en avais pas été loin, si près même que ma vie, nos vies avaient déjà pris un tournant. La grande sécheresse arrivait à son terme. Je sentais de grandes choses se préparer. Oui, de grandes choses allaient se produire !

Je me déshabillai, me glissai sous les draps et me mis à caresser sa chevelure dorée. Il me fallut des heures pour m'endormir, et tout ce temps je me répétais : *Rien de mauvais ne doit jamais arriver à cette femme. C'est à moi de la protéger, et je le ferai. Je ne faillirai pas. Et je lui montrerai. Je leur montrerai, à tous. Rien que le meilleur pour elle. Rien que le meilleur.*

3

Le matin suivant, alors que nous étions dans la douche et que je venais de laisser tomber le savon pour qu'elle se penche, j'entendis la sonnerie du téléphone. Elle me dit de l'ignorer mais je fonçai hors de la salle de bains en glissant sur le carrelage. Quand j'arrivai au téléphone, il s'était tu, bien sûr. Jamais je ne saurais qui avait appelé. Ou peut-être que si.

Je demandai à la standardiste qui m'apprit que j'avais en effet un message d'Ibrahim Hassan et qu'il rappellerait plus tard. Je ressentis quelque chose entre l'effroi et l'extase.

— Évidemment, je te crois, me disait-elle maintenant.

Mais il était tout aussi évident qu'elle gardait certaines réserves. Elle me croyait sans prendre très au sérieux ce grand événement de la nuit dernière. Elle était encore dans une de ses phases impertinentes.

Nous prenions le petit déjeuner à la Coffee Shoppe du Galaxy, et bien que la matinée fût assez avancée, nous avions déniché une table stratégique, en face de l'océan et de la Promenade.

Par les grandes baies vitrées, le soleil commençait à percer les nuages. Un reste de brume traînait encore sur la mer, et le vent de la nuit s'était transformé en une brise déjà chaude. Les joggers et les cyclistes apparaissaient et disparaissaient dans notre champ de vision, comme s'ils passaient sur une scène alors que nous étions des spectateurs privilégiés. Nous étions heureux. Heureux de nous retrouver en été et ici, à la plage, à Atlantic City, avec le soleil et la mer, le jeu qui rendait tout et n'importe quoi possible, ce qui était presque arrivé la veille au blackjack. *Si seulement je pouvais communiquer ce sentiment à Joan*, pensais-je. Des types habillés comme des collégiens anglais avançaient au ralenti sur leurs pousse-pousse biplaces en cherchant des passagers, un tramway à moitié vide passa lentement.

Joan portait quelque chose de rose et d'ample qui faisait ressortir l'éclat de son teint. Son visage était d'une clarté, d'une fraîcheur et d'une douceur étonnantes. Ses yeux brillaient. Elle irradiait une beauté incroyable. J'essayai de l'imaginer vieillie et je n'y arrivai pas. Impossible. Je chassai une image qui avait insidieusement pénétré mes pensées : Joan morte.

Jamais ! Certaines personnes ne devraient jamais mourir, tout simplement parce que ce serait injuste.

Je lui dis qu'Ibrahim Hassan avait téléphoné, du moins qu'il avait laissé un message et rappellerait plus tard.

— C'est le même Abraham dont tu m'as déjà parlé ? demanda-t-elle.

— Combien connaissons-nous d'Abraham ? Et son prénom n'est pas Abraham mais Ibrahim.

— Oh ! Excuse-moi.

— Tu es très finaude ce matin.

— C'est simplement que je ne comprends pas pourquoi c'est si important, mon Josh chéri.

— Il aurait fallu que tu sois là hier, je suppose.

— Et qu'est-ce qu'il te veut ?

— Comment ça « Qu'est-ce qu'il me veut » ?

— Tu as dit qu'il allait te rappeler, non ? Alors, qu'est-ce qu'il te veut ?

— Aucune idée.

— Mais il veut quelque chose.

— Allons, Joan.

— Eh bien, où est passé ton cynisme ? fit-elle.

— Je ne l'ai pas amené à Atlantic City.
— Il veut quelque chose, répéta-t-elle.
— Je n'ai rien à donner.
— Nous avons tous quelque chose à donner.

Sa méfiance était assez étrange. Il était plus dans son style d'être la première de sa sororité à sortir avec un Noir (et de conserver sa virginité jusqu'au mariage), de monter des pur-sang en Virginie, faire du surf en Californie et même, une fois, de monter derrière un Hell's Angel. Ça, c'était Joan.

— Je lui ai porté chance la nuit dernière, dis-je. C'est peut-être ce que j'ai à donner.
— Tu as dit qu'il était milliardaire, cet Abraham.
— Ibrahim, Joan.
— Cet Ibrahim. Tu as dit qu'il était milliardaire. Et il aurait besoin de ta chance ?
— J'ai peut-être besoin de la sienne.
— Ah ! ah! Voilà qui devient plus intéressant. Tu veux quelque chose de lui. Admets-le, Josh.
— Non.
— Mais si. — Elle secoua la tête et me couva d'un regard amoureux. — Parfois tu es tellement transparent, Josh... Un vrai gamin. Les hommes ne grandissent jamais, je crois. Mais c'est ce qui nous séduit, nous autres pauvres femmes sans défense.
— Joan, ma vie a changé hier soir. C'est tout.

Elle me décocha un de ses sourires éblouissants.

— Oh ? Pourtant tu es toujours le même, pour moi.

Et voilà, soupirai-je intérieurement. Elle est repartie dans son persiflage « bon chic bon genre », à jouer la dérision et à se conduire comme une chipie par plaisir, pour savourer mon exaspération.

Mais il y a aussi cette crainte de perdre son individualité auprès de l'homme qu'elle aime. Alors, pour défendre sa personnalité, elle se rebelle. Pas seulement contre moi mais contre tout ce qui pourrait suggérer une quelconque forme d'autorité. Je me souvenais de cette anecdote qu'elle n'avait jamais démentie : quand son professeur de littérature avait déclaré que Kafka était un écrivain au talent très surfait, elle, une jeune fille de vieille bourgeoisie élevée dans les préceptes de la religion protestante, lui avait répondu d'un bras d'honneur.

— Alors on fait une croix sur la plage pour cet après-midi ? dit-elle.

— Pourquoi donc ?

— Je croyais que nous allions rester dans la chambre à attendre le coup de fil d'Abraham.

— Ça n'est pas marrant, Joan. Eh oui, j'attends qu'il appelle.

— Mais tu ne sais pas pourquoi.

— Non, je ne sais pas pourquoi.

— Mais tu espères quelque chose d'excitant. Peut-être qu'il va te couronner prince.

— D'une certaine façon, il l'a déjà fait. Comme ce type qui a serré la main de J.P. Morgan en pleine Bourse à New York et qui lui a dit : « Monsieur Morgan, j'aimerais que vous me fassiez une faveur », et Morgan a répondu : « Je viens tout juste de vous faire une faveur, Monsieur. » Tu saisis ? Eh bien c'est exactement ce qu'Ibrahim a fait. Tu comprends, Joan ? J'ai joué des *millions* de dollars !

— Mais c'étaient les siens. Pas les tiens.

— Bien deviné.

— Tu es vraiment impressionné à ce point par l'argent ? Tu ne devrais pas. C'est inconvenant.

Sa remarque m'avait gêné, et je demandai la note. Le restaurant du Galaxy commençait à se remplir, de toute façon, même si ces gens étaient comme moi. Frères américains, frères joueurs, ici pour chercher la guérison, comme moi. Atlantic était la Lourdes des estropiés du porte-monnaie, et nous venions tous pour réparer le hasard. Il y avait eu une erreur. Nous ne l'avions pas eue à la naissance, nous n'avions pas réussi à la gagner par notre travail, et nous venions ici pour arracher la fortune des mains de dame Chance. Le Ciel avait oublié de nous bénir, mais peut-être qu'une machine à sous ou une table de blackjack répondrait à nos prières.

Même les riches étaient ici pour cette seule raison. Mais peut-on jamais être assez riche ?

Comme nous en avions pris l'habitude après le petit déjeuner, nous marchâmes un moment sur la Promenade, et il est vrai que chaque pas m'éloignant du Galaxy et du coup de téléphone d'Ibrahim m'était difficile. Que voulait-il ? Quelque chose de bon ou de mauvais ? Ou rien du tout ?

— Peut-être qu'il ne te rappellera jamais, dit Joan. Et il faudra que tu te fasses à ta vie de roturier.

Il m'était égal qu'elle me mette ainsi en boîte, mais je n'étais pas ravi de ce qu'elle avait dit un peu plus tôt, lorsqu'elle avait jugé inconvenant ma sensibilité à l'argent. A cause de l'argent, justement, sa mère, la matrone de la bonne société, avait essayé de briser notre relation. Alors que nous rendions visite à ses parents pour Noël, sa mère m'avait pris à part pour me parler.

— Ma fille joue au tennis et au golf. Et vous, à quoi jouez-vous ?

Jouer, avais-je pensé alors. Était-on obligé de jouer ?

— Elle monte à cheval.

— Je suis monté une fois à cheval. Un très gentil cheval. Il s'appelait Malcolm.

— Vous appartenez à quelque chose ?

— Je n'appartiens à rien.

— Je veux dire à des clubs, des fraternités, des cercles, des chambres de commerce, ce genre de choses. Joan appartient à tout cela.

— A tout ?

— A tout.

— Je suppose que c'est possible. Mais peut-être pas enviable.

— Quelle est votre passion ?

Allais-je oser dire Israël à la bonne société ? Serait-ce poli ? J'osai, et elle me répondit :

— C'est un pays.

— Je sais.

— Êtes-vous jamais allé en Europe ?

— Je viens d'Europe.

— Ça ne durera pas, vous savez, avait-elle dit. Ce mariage. Joan a des goûts de riche.

— Je sais que cela ne durera pas, avais-je répondu.
— Vous le savez?
— Nous pensions juste essayer durant un an ou deux.
— Ce n'est pas drôle.

Son père, lui, était drôle. Il raconta cette blague sur Jésus concernant les quatre indices qui le signalent comme juif : « Il n'a pas quitté la maison parentale avant trente ans. Il a repris l'affaire de son père. Sa mère le prenait pour Dieu. Et lui croyait sa mère vierge. »

— Père! s'était exclamée Joan. C'est carrément offensant.

— Ma chérie, rien n'est offensant, avait-il répondu.

Plus tard, j'avais demandé à Joan :

— Père? Tu appelles ton père comme ça? Jamais « Papa »?

— Je l'aime, avait-elle expliqué, mais nous ne sommes pas pareils. Franchement, je n'arrive pas à croire que ce sont mes vrais parents. En fait je doute sérieusement.

A ce moment-là, elle avait déjà été déshéritée, grâce à moi. Je lui demandai combien valait son père.

— Ni plus ni moins qu'un autre être humain.
— Tu sais ce que je veux dire.
— Oh, mais où est la différence, Josh? Toi et l'argent...
— J'ai envie de savoir. Curiosité malsaine, c'est tout.
— Dix millions, d'après ce que j'ai entendu.
— Dix millions de dollars?
— En capital immobilisé.
— Et tu as renoncé à ça pour moi? Tu es folle.
— Je n'ai aucune idée de ce qui me serait revenu sur cette somme. Et je m'en moque. De toute façon, ç'aurait certainement été quelques centaines de milliers de dollars seulement, alors ne te fais pas d'illusions. Et puis il aurait d'abord fallu qu'il meure, et ça il ne le fera pas.

Joan ne prenait jamais la défense de son père, ni sauf en une seule occasion, celle de sa mère. Le principal du lycée s'étant plaint que Joan soit trop sensible, sa mère avait rétorqué : « Exactement, monsieur, Joan a été élevée pour être sensible. »

Joan avait aimé la repartie, et je partageais son avis.
Jamais je n'ai rapporté à Joan ma conversation avec sa mère. Et jamais je n'ai dit à sa mère que je jouais au hockey et au baseball, parce que le hockey ce n'est pas le tennis et que le baseball ce n'est pas le golf. Je ne lui ai jamais dit non plus qu'en dehors des chevaux j'ai monté des dromadaires dans le Sinaï et conduit des tanks dans le Golan.

Quand nous atteignîmes Ocean One, Joan sentit ma nervosité et nous rebroussâmes chemin.

— Toujours dans tes grandes pensées? demanda-t-elle.

— Écoute, avant la fin de cette année je t'achète un vison, je nous achète une maison, je t'offre une voiture. Oui, une voiture. Je suis destiné à réussir. Je te l'ai dit, c'est pour très bientôt.

La voiture, notre seul véhicule, était une Malibu qui venait de fêter ses treize ans, et elle souffrait d'un mal terrible, qu'en termes humains on appelle flatulence.

La pétarade du pot d'échappement était constante et aussi sonore qu'une mitrailleuse lourde. L'explosion la plus forte se produisait toujours juste après qu'on avait coupé le moteur. Les vitres tremblaient alentour, et les gens se jetaient à terre.

Mais alors que nous approchions du Galaxy, c'est Joan qui reparla d'Ibrahim, et sans dire Abraham.

— Tu m'as dit qu'il était bel homme.

— Oh oui... et il y a quelque chose d'autre à propos d'hier soir. J'ai prouvé quelque chose.

— Oh?

— Que je ne suis pas un esclave pour quelqu'un comme lui.

— Oh?

— Arrête ça, Joan.

— D'accord. Comment n'es-tu pas devenu un esclave pour quelqu'un comme lui?

— J'ai gagné toute cette fortune pour lui, et il a promis que je n'aurais pas perdu mon temps.

— Il va peut-être te refiler quelques millions de dollars...
— Tu n'es pas sérieuse, Joan.
— Il n'a pas tenu parole, n'est-ce pas? Comme un Arabe.
— Joan, tu exagères.
— Ce n'est pas là le nœud du problème?
— Non!
— Tu ne détestes pas les Arabes, donc.
— Je ne déteste personne.
— Même pas les Arabes.
— C'est un autre sujet et nous ne parlons pas de ce sujet pour l'instant.
— C'est vrai. Nous parlons d'Ibrahim.
— D'ailleurs il est tellement riche qu'il n'est même plus Arabe.
Elle éclata de rire.
— Donc, cet Arabe qui n'est même plus arabe est tellement riche que...
— Il possède des gens, Joan.
— Personne ne peut posséder des gens, Josh.
— Oh ! lui si. Mais la nuit dernière il ne m'a pas possédé.
— Comment ça?
— Je n'ai pas réclamé d'argent. Il me revenait mais je ne me suis pas mis sur mes pattes arrière pour le mendier.
— Oui, je sais. Comme tes parents. Tu es toujours très susceptible sur ce point et tu ne prendrais pas un centime qui ne serait pas à toi. Mais là il ne s'agissait pas d'emprunter, Josh. Désolé, mais tu aurais dû être payé.
— Et mon amour-propre?
— Si tu avais de l'amour-propre, Josh, tu aurais réclamé ce qui te revenait.
— Non.
— Si. Il a profité de toi et je n'aime pas cela. Ils ne le font pas assez souvent dans ton travail?
— Je suis rétribué.
— Ils profitent de toi, Josh. Et Ibrahim a fait la même

chose. Mais tu sais ce que je pense ? Je pense que c'est pour cette raison qu'il t'a téléphoné. Je crois qu'il veut te payer pour tout ce que tu as fait la nuit dernière. Et ce n'est que justice.

J'acquiesçai. Il avait une dette envers moi et il était temps qu'il paie.

Quand nous entrâmes dans notre chambre d'hôtel nous étions très contents de notre satisfaisante conclusion. Et la lumière rouge d'appel clignotait sur le téléphone.

— Ne lui téléphone pas tout de suite, dit Joan.

Tandis qu'elle se débarrassait de ses vêtements, je dus reconnaître qu'il était effectivement inconvenant de ma part d'être aussi accaparé par Ibrahim. Nous fîmes l'amour, tentâmes même quelque chose d'inédit, et quand le big bang arriva Joan poussa le Grand Glapissement, puis soupira et gémit. Et pour ces bruits qu'elle émettait toujours après l'amour, elle était vraiment spéciale.

Au contraire de pas mal de gens mariés depuis presque trois ans, nous faisions toujours l'amour comme des individus en danger. Comme des infidèles.

Ensuite j'appelai le standard de l'hôtel, et l'opératrice me transmit le message.

— Ibrahim a laissé son numéro, expliquai-je à Joan. Il veut que je le rappelle.

— Alors ?

— Je ne sais pas.

— Mais tu étais tellement impatient. Comme si ta vie entière dépendait de ce contact.

— Maintenant, je réfléchis.

J'étais dans l'incertitude, troublé. Je n'avais pas dit à cet homme où j'étais descendu et pourtant il savait où me joindre. Mais un homme tel que lui avait bien évidemment des moyens d'être renseigné. Ce n'était pas ce qui m'ennuyait.

Une amitié ordinaire était hors de question. Je ne jouais pas dans le même championnat que lui. Il voulait donc quelque chose de moi, c'était sûr. Même à la table de blackjack, captivé comme il l'était par notre jeu, j'avais senti l'attention qu'il me portait. Ce type me connaissait.

Alors que je ne faisais encore partie que des spectateurs, j'avais perçu son intérêt pour moi. Il m'avait choisi. Et quand il m'avait invité à sa table, le geste, cette élévation royale de la main, le mouvement de son auguste tête vers moi, tout cela n'avait rien d'une impulsion subite. Plus j'y pensais et plus j'avais la certitude qu'il m'avait délibérément choisi.

Mais pour quoi?

Le coup de la chance que je pouvais lui porter était bien sûr une plaisanterie. Il voulait autre chose.

— Je suis prête à passer une nuit en ville avec l'homme le plus riche du monde, déclara Joan. Et toi?

Joan était toujours prête à tout. Elle vivait avec la philosophie qu'il fallait tout essayer au moins une fois. Elle ne croyait pas à l'au-delà, pour elle cette existence terrestre était le début et la fin.

Je composai le numéro d'Ibrahim au Versailles, celui de sa suite, mais personne ne décrocha. Je laissai sonner sept fois avant de raccrocher. Joan paraissait déçue. Le téléphone sonna presque aussitôt.

— C'est Joshua?

— Oui.

— Merci de m'avoir rappelé, dit Ibrahim.

Je lui demandai comment il savait que je lui avais téléphoné. Il savait plus que ce simple fait.

— Vous avez laissé s'écouler sept sonneries avant de raccrocher, dit-il.

Ce qui le renseignait sur un point : j'étais intéressé. Un homme ne laissait pas passer sept sonneries s'il n'était pas intéressé par son correspondant. Et Ibrahim avait été là, à l'autre bout, comptant, mesurant ma vulnérabilité au nombre de sonneries.

— Nous avons pris congé trop vite hier soir, dit-il. Je n'ai pas eu l'occasion de vous remercier pour votre amabilité. L'impolitesse était de mon fait, entièrement. Vous avez été extraordinaire, monsieur Kane. Je vous dois des excuses. Voudriez-vous vous joindre à nous pour dîner ce soir, avec votre épouse?

Comment savait-il que j'avais une femme? Mon alliance, bien sûr...

— Nous avons déjà retenu notre soirée, dis-je pour reprendre l'avantage.

— Quel dommage, commenta-t-il.

— Merci de votre proposition.

— Demain soir, alors. Oui, dînons ensemble demain soir. J'insiste.

Nous convînmes du rendez-vous et je raccrochai.

— Le prince insiste.

Joan était ravie. Elle fit une pirouette puis m'embrassa. Ou était-ce quelqu'un d'autre?

4

Le lendemain, nous allâmes assez tôt à la plage, car Joan voulait être au soleil au plus vite — elle se trouvait encore trop « blanche » à certains endroits. Quelqu'un de jaloux aurait pu s'interroger sur cette volonté de bronzer. Nous devions rencontrer Ibrahim le soir même. Par bonheur je n'étais pas quelqu'un de jaloux et je ne lui demandai pas pourquoi elle désirait soudainement être aussi parfaite, elle qui d'habitude se montrait désinvolte en ce qui concernait son charme pour le moins abondant.

Allongée sur le dos sur sa serviette de bain, comme un cadavre, les yeux fermés, elle restait silencieuse. Je savais qu'elle était vivante en la voyant bouger d'un centimètre régulièrement, pour offrir son corps au soleil qui se déplaçait insensiblement. Elle avait peur de rater un seul rayon bronzant.

Autour de nous d'autres corps gisaient, éparpillés à droite et à gauche aussi loin que portait le regard, certains à l'abri de parasols blanc et rouge. Tout le monde était détendu, au ralenti, suivant le tempo de la plage, et les conversations et les rires, les radios étaient comme assourdis par le ronronnement des vagues qui arrivaient de l'horizon, ourlées de lumière.

J'entendis un vrombissement lointain et familier, et en levant les yeux je repérai un petit avion qui tirait une banderole publicitaire pour un restaurant marinier. Au bord de l'eau des couples marchaient main dans la main.

Des adolescents jouaient au frisbee, des enfants bâtissaient des châteaux de sable. Pour moi, la plage était agréable. Il suffisait de ne pas y traîner trop longtemps, voilà tout.

Joan avait amené le walkman et nous écoutions *Ma Vlast* — elle avait le chic pour trouver la bonne station au milieu de tout ce hard rock — et je me demandais à quoi elle pouvait bien penser.

Durant mes études à la New York University, j'avais écrit une nouvelle ayant pour sujet un homme qui rentre chez lui à l'improviste. Il a fait un mariage heureux, sa femme est visiblement et réellement amoureuse de lui et non, il ne la surprend pas au lit avec un autre homme. Mais il arrive alors qu'elle est au téléphone et il l'entend dire : « Oh c'est un tel connard !... »

Alors il ressort de la maison et n'y revient jamais, anéanti jusqu'à la fin de ses jours par le doute.

Le point de départ de la nouvelle était une personne que je connaissais, et bien que cette histoire n'eût jamais trouvé à être publiée, l'idée m'avait toujours intrigué : nous ne savons jamais ce que l'autre pense. Parce que nous ne connaissons pas le cœur humain. Pas même le nôtre.

Sur *Ma Vlast* arriva le moment de la chair de poule pour l'auditoire quand ils diffusèrent *La Moldau*, écrite par Smetana au sujet d'un fleuve tchèque et adapté par Israël comme hymne national, *Hatikvah*. Lors de la montée musicale du refrain, Joan se tourna un instant vers moi, le temps de me sourire et de me caresser la joue de la main.

— C'est toi, murmura-t-elle. Mon héros.

Elle comprenait, et comme d'habitude elle ne comprenait pas tout. Et elle ne comprenait certainement pas le jour où elle avait dit qu'elle se demandait, et se demandait sans plus, si cela valait le coup d'avoir une patrie quand cela signifiait tuer des innocents. Je suppose qu'elle parlait des Arabes, deux cents millions d'innocents, opposés à trois millions et demi de Juifs, tous coupables comme d'habitude.

Mais Joan était avant tout une pacifiste, et elle n'avait pas parlé ainsi pour me blesser, même si j'avais tendance à être très chatouilleux sur ce sujet. Mon père était en bonne partie responsable de cette susceptibilité.

Tout avait commencé en mai 1948, à Montréal. Nous étions encore des rescapés récents, à vif, de Hitler, et nous venions de perdre le reste de la famille. Mon père avait remonté Fairmount Street pour acheter le journal yiddish, et il était revenu en larmes, non à cause du gros titre qui rapportait la proclamation de l'État d'Israël mais pour la glorieuse photo de la première page.

— Regarde, m'avait-il dit. Un soldat juif!

Et c'était ce que j'étais devenu en 1967. Non pas un héros, simplement un soldat juif. J'avais embarqué dans un avion où un certain David ben Yiddidya m'avait dit :

— Nous cherchons un bon lanceur.

— Balles lentes ou rapides? avais-je demandé.

— Grenades.

Et je m'étais transformé en lanceur de grenades pour Tsahal, l'armée de défense israélienne. Personne là-bas ne savait lancer correctement, du moins comme un pratiquant du baseball. Ils me donnèrent un uniforme et me dirent de les suivre.

Je fis la connaissance de Shmuel et de Shlomo, de Moshe et de Doodoo, de Gavie et de Hezie, d'Avi et d'Avri, de Yonah et de Yanni. Nous nous retrouvâmes en plein Sinaï et je lançai contre l'Égypte. Après la prise du Sinaï nous repartîmes en arrière et je lançai contre la Jordanie, et nous gagnâmes, et je sus que nous avions gagné quand nous atteignîmes le Mur Ouest, que j'entendis le *shofar* et tout le monde qui pleurait.

C'était quelque chose que personne ne pourrait jamais comprendre.

Pour l'instant je commençais à en avoir marre de la plage et à éprouver une certaine tension en pensant à notre soirée avec Ibrahim. C'est à ce moment précis que l'envie me prit. L'envie de jouer. Peut-être que le moment était venu, le moment du pari qui ramène un million de dollars, le genre de gain qui vous évite à tout jamais de faire de la lèche à quiconque.

— Je retourne jouer un peu, dis-je à Joan. Tu veux venir ?

Elle était surprise.

— Nerveux ?

— Je crois bien, oui.

— Méchant garçon.

— Je sais.

— Non, je reste. On se retrouve ici.

Les femmes — les femmes comme Joan — ne comprennent pas l'envie. Juste derrière cette plage se trouvait la vraie vie, le casino, avec ses tables de black-jack alignées, qui attendaient.

Quel gaspillage, quel crime, quel péché que d'avoir ces lieux privilégiés du destin. L'argent y attendait d'être gagné. Supposons-là, l'envie atteignit la dimension d'une brusque poussée de fièvre —, supposons que vous ayez été destiné à gagner un pactole incroyable mais que vous ne soyez pas venu à temps... parce que vous vous prélassiez sur la plage...

Je retournai donc à la salle de blackjack et jouai une quinzaine de minutes. Il ne m'en fallait pas plus pour m'assurer un gain de soixante-cinq dollars.

Mais je décidai de jouer cinq minutes de plus.

5

Joan se trouvait à la place où je l'avais laissée.

— Déjà de retour?

— Je ne voulais pas gagner trop. Je les prépare.

— Hum! fit-elle avant de rire.

— Tu te souviens du soir où j'ai gagné trois cents dollars? Cette époque est-elle révolue?

— Il est peut-être temps que tu te trouves un autre hobby, glissa-t-elle.

J'approuvai d'un signe de tête.

— Bien sûr. Collectionner les timbres, par exemple.

— As-tu jamais envisagé que tu ne deviendrais peut-être jamais riche en jouant dans les casinos?

— Non, jamais.

— Ils ne tiennent pas des casinos pour que tu puisses t'enrichir, Josh. Ils font des affaires pour être riche, eux.

— Et comment faire pour devenir riche, en dehors du jeu? Certainement pas grâce à mon boulot.

— Tu réussiras, Josh. Je le sais. Tu réussiras par ton propre talent.

— Mon talent, c'est de parier.

— Oh !

Je m'étais assis à côté d'elle, et nous gardâmes le silence un moment.

— Tu n'as pas eu ta ration de soleil? dis-je enfin.

— Je me sens si bien, minauda-t-elle. Si seulement nous pouvions rester ici tout l'été...

Nous étions déjà assez heureux de pouvoir passer une semaine ici, et dans trois jours ce serait fini et il faudrait retourner à Philadelphie pour reprendre le train-train quotidien. Sy Rodrigo, le responsable des relations publiques du Galaxy, était un ami de ma période journalistique, et il nous avait eu la chambre à moitié prix.

— Tu es assez bronzée.

— Bientôt, pas encore.

— Je n'aime pas les femmes à point.

— Tu les préfères crues, hein?

— Saisies.

Elle se mit à écouter le ressac, ou ce truc mystérieux qu'écoutent les femmes quand elles se replient en elles-mêmes.

— Je ne veux jamais mourir, déclara-t-elle.

— J'y ai pensé, dis-je.

Ses yeux me parurent brusquement gonflés et rouges.

— Difficile à imaginer. Je veux dire tous ces gens sur cette plage, un jour ils seront morts. Même les enfants.

— Woah. Tu es triste à ce point?

— Non, je suis heureuse. C'est pour ça que je suis aussi triste.

— Tu es heureuse ?

— Très heureuse. Vraiment.

Je me demandai alors : *Et pourquoi est-elle heureuse?*

— C'est un beau type, ce type, dis-je.

— J'en suis sûre.

— A dire vrai, je pourrais même être jaloux.

— Moi je suis toujours jalouse.

— A cause de moi?

— Je vois bien comment elles te regardent.

— Pas moi.

— Moi, oui.

— Tu devrais voir comment elles le regardent. Cette femme à côté de moi, avant que je m'assoie elle n'arrêtait pas de répéter combien il était beau et fascinant. Elle a dû avoir des orgasmes à répétition à rester debout comme ça.

— Ha ! fit Joan avant d'éclater d'un rire allant crescendo jusqu'à cette note de ravissement qui lui était propre.

— Je ne plaisante pas.

Les paupières fermées, elle offrait son visage au soleil.

— Moi, je trouve que la jalousie est une bonne chose, dit-elle.

— Tout est une bonne chose pour toi.

— On n'est vraiment heureux que quand on est triste.

— Comme ça tout s'explique.

Elle se tourna sur le ventre.

— Masse-moi le dos.

J'obtempérai et mon caleçon de bain devint soudain trop étroit.

— Arrête, dit-elle.

— Arrêter quoi ?

— Tu sais quoi. Sale type. Tu es vraiment un gros cochon. A quoi ça ressemblait ?

— Où ?

— Dans le désert. C'est à ça que tu rêvais ? C'est à ça que rêvent tous les hommes ?

— Oui.

— Tu as tué des gens ? Tu ne me le diras jamais, n'est-ce pas ?

— Il y a certaines choses qu'un homme ne dit pas à une femme.

— Et certaines choses qu'une femme ne dit pas à un homme.

— Comme quoi ? demandai-je.

— Uh-uh... Toi d'abord.

— Si je dis, tu diras ?

— Peut-être. C'est vrai que les hommes ont des érections durant le combat ?

— Encore une connerie qu'on raconte dans la bonne société ?

— C'est ce qu'on dit.

— Des conneries.

— Très bien. Alors je ne dirai rien.

— Dire quoi ?

— Mes secrets. Je crois que j'emmènerai mes secrets dans ma tombe.

— Les femmes de la bonne société ne vont pas au tombeau. Elles vont aux soirées.

— Tu ne sais rien des femmes de la bonne société.

— Et je n'en saurai jamais rien non plus.

— Tais-toi et masse-moi.

— C'est à ton tour.

— Plus tard.

— Ah ! Ah !

— Cochon.

— Pourquoi est-ce bon ?

— Quoi donc ?

— La jalousie ?

— Parce que.

— La femme mystérieuse, déclamai-je. C'est toi.

— Je suis heureuse que tu sois un héros de guerre.

— Je croyais que tu détestais la guerre.

— C'est vrai. Mais j'aime les héros. J'ai l'impression que tu peux me protéger de n'importe quoi.

— Je ne sais pas ce qu'est n'importe quoi, Joan.

— Je nierai l'avoir jamais dit, mais une femme aime se sentir protégée par un homme.

— Ça pourrait bien te coûter ta carte de membre au club.

— Dis-moi ce qu'un homme veut.

— Je ne sais pas.

— Tu ne sais pas ?

— Non, je ne sais pas. Ce n'est pas si simple.

— Eh bien, que veux-tu de moi, par exemple ?

— Tout, je suppose.

— Tout ? C'est ce que les hommes veulent des femmes ?

— Je ne sais pas.

— Tu m'es d'un grand secours.

— Je n'ai jamais été très doué pour les expertises.

— Ne soyons jamais jaloux.

— Banco.

Elle se retourna avec moi.

— Soyons toujours heureux.
— C'est jouable ?
— Oui.
— Je n'en suis pas si sûr.
— A toi de décider, c'est tout.
— Vraiment...
— Les gens font ce choix, dit-elle, dès le début de leur existence. Ils décident.
— Parfois c'est la vie qui décide pour eux. Les événements qui arrivent.
— Pas si tu ne le veux pas.
— Joan...
— C'est un choix.
— D'accord. C'est un choix.
— Quand tu te lèves le matin tu décides si tu seras gai ou triste. Tout le monde fait ça, consciemment ou pas.
— Imagine que tu décides d'être gaie et qu'ils t'attendent au tournant.
— Qui ça ?
— Je suppose que tu ne le saurais pas à l'avance.
— Toi, si.
— Je ne parlais même pas de moi.
— Brrr ça a des airs de malédiction : « Ils vous attendent au tournant » !
— Exactement ce que je voulais dire.
— Eh bien je ne comprends rien à ce que tu veux dire.
— Oh si, tu comprends très bien.
— D'accord, alors disons que je ne veux pas savoir, c'est tout. Pas aujourd'hui. J'ai décidé d'être gaie et heureuse.

Elle roula sur le ventre et exposa ses jolies rotondités fessières de bonne famille. Dans un bikini, les femmes sont toujours d'une grande simplicité, une paire de ceci, une paire de cela, tellement que parfois vous vous demandez d'où vient tout cet émoi que vous ressentez. J'appliquai une tape amicale sur son derrière.
— Nous n'avons jamais essayé ça, dit-elle. Je veux dire, le SM.
— Que sais-tu du sado-masochisme ?

— Oh, j'ai lu des trucs.
— Et où as-tu lu sur le SM ?
— Dans la Bible. Pourquoi tous ces croyants ne sont-ils pas meilleurs que les autres ?
— D'habitude, ils sont pires.
— Je sais bien, dit-elle. C'est quand même bizarre. Ils devraient être meilleurs.
— Les gens sont comme ils sont.
— On pourrait croire qu'ils sont meilleurs quand on pense à tous ces commandements. Tu te souviens de ce rabbin ?
— Et toi, tu te souviens de ce curé ?
— Ce n'était pas un curé.
— Ah bon !
— Il n'était pas catholique.
— Super.
— Ça n'est pas pareil. Tu les confonds tous. Quelle naïveté !
— C'était un homme de robe, un homme de la Bible.
— Je ne crois pas que nous ayons vraiment besoin de la Bible.
— Ce serait le chaos.
— Les gens se souviendraient des commandements.
— Même avec les commandements les gens ne connaissent pas les commandements. Regarde autour de toi.
— Qu'y a-t-il autour de moi ?
— Joan...
— Bon, d'accord, je sais ce qui se passe autour de moi. Mais je ne veux pas savoir ce qui se passe autour de moi.
— Bravo !
— Nous avons déjà parlé de tout ça, dit-elle. Ça n'est pas une conversation pour la plage. Bonne nuit.
Je m'étendis sur la serviette de bain, fermai les yeux et essayai de faire comme tout le monde.
— Je n'arrive jamais à dormir sur la plage.
— Détends-toi, fit-elle.
— Justement : je n'arrive pas à me détendre.

— Hmmm, roucoula-t-elle. C'est le paradis...

— Quarante degrés, ça me semble plus convenir à la boutique concurrente du paradis. Comment peux-tu dormir sous un tel soleil ?

— Je ne peux pas. Pas avec toi qui jacasses tout le temps.

— Il est temps de rentrer, dis-je.

— Non. Je sais ce que tu as en tête.

Pourtant, n'était-ce pas de cette façon que tout avait commencé ?

C'était la seule femme parmi la vingtaine de personnes assemblées au cinquante-sixième étage de l'Empire State Building pour une réunion commanditée par ma firme et ayant pour sujet l'éthique commerciale.

Elle était très belle et très professionnelle, avec cet ensemble bleu qui ne révélait que ses jambes fuselées d'Américaine. Quand je me mis à penser à ses jambes, alors que nous étions assis autour de la table de conférence, elle tira sa jupe sur ses genoux. Je sus alors que nous communiquions, et pas nécessairement sur l'éthique commerciale.

— Je sais à quoi vous pensez, me dit-elle durant la pause-café.

Elle m'avait pris au dépourvu.

— Euh... Quoi ?

— Vous prenez tout ça comme une plaisanterie.

— Et vous ? Est-ce que nous parlons réellement de l'éthique ou de la meilleure façon de la tourner ?

— Je crois que ces gens sont sincères, oui, répliqua-t-elle.

— Je ne suis même pas sûr que ce soient des gens. Des corpos, rien de plus.

— *Corpo* ? Un mot à vous ?

— Oui.

— Et les corpos ne sont pas des gens ?

— Ce sont des gens incorporés. Des corpos.

— Et vous, qu'êtes-vous ? demanda-t-elle.

— Je suis un corpo aussi.

— Et moi?

— Regardez-vous. Ensemble strict pour le bureau. Même une cravate. Un attaché-case à la place du sac à main. Et ce sourire crispé...

De fait il n'était pas crispé du tout. En fait son sourire était en plein épanouissement.

— Continuez, dit-elle. Dites-m'en plus.

Eh, minute, me dis-je. C'est de la drague, tout ça.

— Vous êtes une corpo, dis-je. Au moins extérieurement.

— Oh, murmura-t-elle. Et vous savez ce qu'il y a à l'intérieur?

— Je vois en vous aussi, bien sûr.

Elle eut un rire bref et s'éloigna en me frôlant, les épaules bien ouvertes. J'aimai instantanément ces épaules, typiques des femmes riches et choyées. Je la jaugeai d'un coup d'œil. Une femme de caractère, avec de l'esprit, bien mariée. Mais il lui manquait quelque chose, je l'avais senti dans son rire : il cachait à peine la détresse qui pointait.

A la fin de la réunion, tout le monde échangea des poignées de main en disant : « Bonne réunion ! » Je la retrouvai devant l'ascenseur — il advint que nous étions les deux derniers — et elle me lança :

— Bonne réunion, n'est-ce pas ?

— Ne dites jamais « bonne réunion ».

— Pourquoi pas?

— C'est tellement années 80...

— Tellement corpo, vous voulez dire?

— Avant, les hommes et les femmes se posaient d'autres questions.

— Oh ! Comme quoi, par exemple?

— As-tu pris ton pied?

— Vous voulez dire : sexuellement ?

— Maintenant ils disent : la réunion était bonne, n'est-ce pas?

— Rien de sexuel, je vois. C'est votre problème.

— Quel problème?

— Pour vous, une femme égale rapport sexuel. Oui, c'est un problème. D'où sortez-vous?

— Des mauvais endroits, c'est sûr.

— Vous êtes quelqu'un de très vieux jeu, dit-elle. Je ne veux pas dire que c'est mal. Je ne veux pas dire que c'est bien non plus. C'est vous.

— Et vous voyez en moi, naturellement.

— Je commence, oui.

— Alors, c'est bien ou mal?

— Je vous l'ai dit. Je ne sais pas. Intéressant, en tout cas.

— Bonne réunion, n'est-ce pas?

— Oui (elle rit). Et vous?

— Un petit tour sur le toit vous tente? On m'a dit que par beau temps on pouvait voir jusqu'à Camden, dans le New Jersey.

Nous vîmes surtout New York, et le sommet de l'Empire State Building était plutôt venteux ce jour-là. De ses doigts écartés elle repoussa les cheveux qui retombaient sur mon front, et elle finit par m'interroger sur la canne que je tenais.

— Mon genou gauche, expliquai-je. La guerre.

— Ils ne peuvent pas vous opérer?

— Je ne le veux pas. Je ne le sens qu'une fois par an, pendant une semaine ou deux.

— A votre place, je me ferais opérer.

Je dus lui expliquer qu'on devait toujours garder quelque chose qui n'allait pas chez soi, que si on arrangeait tout ce qui n'allait pas, alors quelque chose de pire encore risquait fort de vous arriver, c'était bien connu.

— Mon Dieu! s'exclama-t-elle. Vous êtes superstitieux!

— Je ne suis pas superstitieux. Mais la malchance, ça existe.

— Je dois reconnaître que cette canne a quelque chose, dit-elle, songeuse. Un côté romantique? En tout cas elle a aidé à vous faire remarquer.

— Je n'avais pas besoin d'une telle aide.

Nous prîmes un taxi jusqu'à Greenwich Village. Je lui montrai Bleecker Street et lui décrivit l'endroit tel qu'il était dans les années 60. Je lui montrai le Bitter End, où j'avais été portier et où une génération était née. Je mentionnai Lenny Bruce, Bob Dylan, Peter Paul and Mary. Nous nous approchâmes de la porte et elle dit simplement :

— Eh bien, c'est devenu un bar.

— Euh, oui.

— Bon, allons ailleurs. A l'Algonquin Hotel, pour manger quelque chose. J'ai toujours voulu jouer à Dorothy Parker. Les gens étaient tellement intelligents et spirituels, de son temps.

Réincarnation ou pas, nous convînmes que certaines personnes, peut-être une majorité, rêvaient d'avoir fait partie d'une autre génération.

— Décidément, vous ne faites pas du tout années 80, décréta-t-elle. Voyons... Je dirais que vous seriez mieux à l'époque de...

— Je remonte aux temps du roi David.

— Je pensais aussi. C'est votre héros.

— Amant, poète, guerrier, pêcheur, roi, oui, c'est assez mon type.

— Lequel êtes-vous ?

— Un seul, mais je ne sais plus lequel.

Elle éclata de rire.

— J'opterais pour le poète.

— Ce qui fait de lui mon héros, plus que tout, c'est cette foi vibrante qui l'animait. Ça m'arrive par moments, mais j'ai comme l'impression que je ne parviens pas à la maîtriser, je veux dire ma foi vibrante. Ça, et sa très grande vulnérabilité. Il est resté très frustré parce que Dieu refusait de lui parler comme Il avait parlé aux prophètes, en commençant par Abraham. Alors, pour compenser, il s'est mis à parler à Dieu. C'est comme ça que nous avons eu les Psaumes.

— Vous avez lu les Psaumes ? s'étonna-t-elle.

— Que peut-on lire d'autre ?

— *L'attrape-Cœur*.

— Votre livre ?

— Oui, répondit-elle. C'est moi qui ai écrit ce livre.

— Et J.D. Salinger est au courant ?

— C'est le secret. Tous ceux qui lisent ce livre croient qu'il est d'elle.

— Je crois que j'ai ce genre de sensation quand j'écoute Beethoven, des fois. On devient Beethoven. Vous avez bien dit *elle*?

— Ne soyez pas comme ça...

— Mais Holden Caulfield est un garçon.

— Il est ce qu'on décide qu'il est. Pour moi c'est une fille, voilà.

Nous discutâmes d'autres grands livres et des navets qu'ils auraient pu être si on avait changé les titres. Je marquai un point avec *Guerre et Paix*, mais elle remporta la partie avec *Les Frères Karamazov*.

— Vous n'êtes peut-être pas si corpo que ça, après tout, lui concédai-je.

Elle pressa gentiment ma main et dit :

— Joshua, je suis une femme et une épouse heureuse. Je n'ai eu qu'une aventure et ça remonte à des années. C'était pour rendre la pareille à mon mari qui avait admis avoir passé une nuit avec une prostituée pendant un déplacement. A l'époque, nous ne nous entendions pas très bien. Maintenant nous nous entendons très bien et je n'ai besoin de rien d'autre. Je veux dire que mon existence me convient telle qu'elle est. Je suis quelqu'un de très occupé et je n'ai pas le temps de tomber amoureuse. Je vous aime bien. Vous êtes agréable, différent. Provocant, rafraîchissant. Mais...

Je continuais à contempler Manhattan sans rien dire.

— Oui, poursuivit-elle, je suis attirée par vous. Je crois que vous le savez. Nous savons tous les deux qu'il s'est passé quelque chose, nous ne sommes plus des enfants. Mais ce n'est qu'une réaction chimique, rien qu'une réaction chimique, et ce sera fini une heure après que nous nous serons dit au revoir. J'ai été tentée avant vous, et je le serai encore après vous. C'est la vie. Mais rien ne se passera. C'est la décision que j'ai prise.

Je n'en étais pas certain, mais elle avait l'air de sangloter. Ses yeux étaient gonflés.

— Je pleure facilement, expliqua-t-elle, avant d'ajouter : Ça n'est pas vrai. Je n'ai pas pleuré depuis des années.

— Désolé si je vous rends triste.

Elle me souffleta la joue gentiment.

— Ne soyez pas aussi arrogant.

— Arrogant?

— Oui, arrogant. Vous savez bien que c'est le contraire. Il y a ce sentiment et... J'aime ce sentiment.

— Mais ce n'est qu'une réaction chimique, rappelai-je.

— Oui. Les molécules et tous ces trucs.

— Il ne se passera rien.

— Rien, dit-elle. Garanti.

— Satisfait ou remboursé.

— Satisfait ou remboursé.

— Et mes sentiments, à moi?

— Vous n'avez pas de sentiments. Vous êtes un homme.

— Un point à zéro.

— Bon, très bien : est-ce que vous voulez dire que vous vous sentez attiré par moi? Je veux dire, d'une façon très spéciale?

— Eh bien, j'ai ce sentiment d'avoir besoin de vous.

— Oh, il ne faut jamais, jamais avoir besoin de moi ! C'est un mot tabou.

— Vous n'avez jamais besoin de personne? lui demandai-je.

— Jamais.

Elle se pencha vers moi et déposa un baiser sur ma joue.

— C'est un baiser de bonne famille?

— Comment savez-vous que je suis de bonne famille?

— Je viens de vous le dire. A cause de ce baiser.

— Et ça veut dire « bonne famille »?

— Oh, bien sûr ! Tellement bien élevé.

— Et d'où vous venez, quelle sorte de baiser pratiquez-vous?

— Je viens de France, dis-je, et je lui montrai.

— Comment étais-je? s'enquit-elle.

— Encore très « bonne famille ». Manque de pratique. (Je soupirai.) Mais évidemment, puisque vous avez pris votre décision...

— C'est exact. J'ai pris ma décision. — Comment avais-je pu penser autrement? — Ne me dévisagez pas de cette façon.

En fait, j'étais en train de contempler ses dents. Elle aurait pu tourner des spots publicitaires pour les pâtes dentifrices. Et avec une chevelure pareille, des pubs pour les shampooings. Les fabricants de cosmétiques auraient payé une fortune pour utiliser la douceur de sa peau comme exemple. Pourtant sa lèvre supérieure était très légèrement renflée du côté gauche. Ce qui lui donnait un zézaiement occasionnel.

— Tumeur bénigne, dit-elle.

— Où ça?

— La lèvre. Ils ont découvert une tumeur bénigne. Je me suis fait opérer et tout va bien.

— Et moi qui croyais que vous étiez la parfaite...

— *Shiksa ?*

— Eh! Pourquoi dites-vous ce genre de chose?

— Parce que c'est une des raisons qui nous attirent tant l'un et l'autre. Nous sommes tellement différents, c'est excitant, l'inconnu. Vous êtes le roi David et moi Dorothy Parker.

— Peut-être Bathsheba.

— C'est grossier, *shiksa*?

— Tout dépend de la façon dont on l'utilise.

— Si je vous avais rencontré avant, je serais probablement devenue votre *shiksa*.

— Ce mot vous plaît.

— *Shiksa?* Oui. J'aime les mots hébreux, comme *smatteh* ou *schmuck*. Vous êtes un *smatteh*.

— Ça veut dire *une loque*.

— Vraiment? Et *schmuck*?

— Est-ce que je suis un *schmuck*?

— Oui, vous êtes un *schmuck*. Je suis une *shiksa* et vous un *schmuck*.

— Je suis un grand *schmuck*?

— Oui, un grand *schmuck*.
— *Schmuck* signifie *braquemart*.
— Ça n'est pas vrai.
— Si.
— Vous êtes horrible. La façon dont vous m'avez amenée à cette conversation ! C'est horrible. Vous savez ce que vous êtes ?
— Quoi ?
— Un *schmuck*.

A cette heure de l'après-midi la salle de restaurant de l'Algonquin était déserte, mais toutes les tables étaient dressées. Un serveur hautain nous installa et nous commandâmes du café et une tarte aux pommes.

— Où sont-ils tous ? fit-elle.
— Pas de Dorothy Parker, pas de George S. Kaufman. Quelle déception !

Elle se plaignit que la tarte était froide. Elle semblait avoir perdu sa bonne humeur.

— Je crois que nous devrions prendre le premier train pour Philadelphie, dit-elle. Je suis prête à rentrer à la maison.
— Prête pour cette heure ?
— Quelle heure ?
— Vous avez dit qu'une heure après que nous nous serons séparés vous m'auriez oublié.
— J'ai dit ça ?
— Oui.
— Je ne me souviens pas de l'avoir dit. D'accord : il me faudra peut-être deux heures.

La note arriva. Le montant en était astronomique.

— Nous aurions dû demander un devis avant, fis-je.
— Pour un café et une tarte aux pommes ? Je n'arrive pas à croire à cette addition.
— Pour une telle somme, ils auraient pu nous offrir une chambre.
— D'accord, dit-elle. Allons-y.

Dans cette chambre à l'Algonquin, nous trouvâmes de multiples façons de nous étonner mutuellement, mais le summum — peut-être bien le plus grand moment de l'histoire de l'Humanité — se situa au début, alors qu'elle se tenait devant moi, bien droite, ferme et douce, si blonde et pâle, me fixant d'un regard franc et candide tandis qu'elle ôtait ses dessous roses.

— Je croyais que tu n'arrivais pas à dormir, dit-elle sur la plage d'Atlantic City.

— Je ne dormais pas.

— Alors à quoi pensais-tu ?

— A rien.

6

Joan s'était coulée dans une robe de soirée blanche très seyante. L'invitation était pour six heures, et j'étais en retard. Habituellement elle passait peu de temps à se préparer, et il fallait reconnaître qu'elle n'avait pas grand-chose à arranger chez elle, mais aujourd'hui c'était spécial. Elle venait de découvrir une très légère ride sous son œil droit, presque rien mais elle la contemplait fixement, jusqu'à ce que je lui dise que l'imperfection était dans le miroir, et non sur son visage.

Elle gloussa et répondit :

— Tu ne sais pas à quel point tu es dans le vrai. Certains miroirs sont vraiment peu flatteurs. — Elle appliqua son rouge à lèvres d'une main précise. — Certains miroirs vous font paraître si bien. Comme le nôtre, à la maison. Celui-ci est trop clair. Il est cruel. Je vieillis, Josh.

— Heureusement tu n'es pas la seule.

Je ne sais trop pourquoi, elle se hissa sur la pointe des pieds et m'embrassa. Elle sentait bon, la fraîcheur et la jeunesse. Elle était d'excellente humeur.

Alors que je m'escrimais sur le nœud de ma cravate, elle s'exclama :

— Tu ne vas pas mettre *ça* ?

— Pourquoi les femmes attendent-elles toujours qu'on soit habillé pour dire ce qu'on ne devrait pas mettre ?

— Parce que nous sommes méchantes. Toutes nous sommes méchantes. Nous faisons tout ce que nous pouvons pour vous rendre la vie impossible, à vous les hommes. Tu ne savais pas?

— Bien sûr, je le savais.

— Et maintenant retire cette cravate et cette chemise. Mets celles-là.

J'obtempérai. Dans ce domaine, Joan était le patron.

— C'est mieux, dit-elle. Maintenant tu es séduisant. Je crois bien ne te l'avoir jamais dit, mais je ne t'ai épousé que pour ton physique. Je t'ai vu et j'ai tout de suite pensé : « *C'est lui.* »

— Ah ! Ah !

— C'est vrai. C'est bizarre, non? Je veux dire, l'attirance qu'on peut éprouver pour quelqu'un, spontanément. Personne ne sait vraiment ce que c'est. Un grand mystère, qui fait que les gens tombent amoureux. Rien à voir avec la logique ou la raison.

— Tu disais qu'il s'agissait d'une réaction chimique.

— C'en est une. Aussi.

Elle accrocha le collier avec le pendentif en brillants et le disposa entre la naissance de ses seins, qu'elle avait d'une taille et d'une forme parfaites pour l'amour, avec ces tétons si sensibles...

— C'est plus qu'une simple réaction chimique, reprit-elle. Je vais te confier un secret. Juste avant cette fois, à New York, j'avais rêvé de toi. Je ne me souviens plus de ce qui se passait dans ce rêve, mais je sais que tu étais là. Ton visage, il était très clair. J'ai vu ton visage, Josh, alors que je ne t'avais pas encore rencontré. Ça ne te donne pas la chair de poule?

— Et ce type, dont j'ai oublié le nom?

— Un essai. Toi c'était tout de suite sérieux. Tu étais Broadway.

— Serons-nous toujours aussi fleur bleue?

— Oh oui ! moi je resterai comme ça. Je serai toujours fleur bleue pour toi. Il y a des moments où j'ai envie de t'avaler! Je ne parle pas d'un point de vue sexuel, même si ça se traduit comme ça quand je le fais. Non, c'est quelque chose d'autre. Oh, tu ne peux pas comprendre !

J'étais prêt et je m'allongeai sur le lit en attendant qu'elle finisse de se maquiller devant le miroir, dans cette confortable chambre du Galaxy. Je me sentais un peu tendu, et en même temps très léthargique. Comme souvent j'aurais voulu que le reste de l'humanité disparaisse, à l'exception de Joan. Parfois elle me disait la même chose :

— Si seulement il n'y avait que nous deux au monde. Pas d'autres femmes, surtout. Je déteste les autres femmes.

— On va être en retard.

— Je suis prête, assura-t-elle.

Il y en avait donc pour encore dix minutes.

— Pourquoi une queue de cheval ?

— Mes cheveux sont trop longs. Ça ne va pas ?

— Si, tu es éblouissante. C'est impeccable.

— Il faudra que j'aille chez le coiffeur quand nous rentrerons à Philadelphie.

— Tu avais besoin de prononcer ce mot ?

— Tu es sûr que ça me va, la queue de cheval ?

— Les femmes se soucient toujours de leur coiffure. Comme s'il n'y avait rien de plus important dans la vie.

— Et c'est reparti !

— C'est vrai. Dans le métro elles ne parlent que de ça : leur coiffure. Jamais de politique, ou de sport. Au bureau, *idem*. Elles passent leur journée à dire : « Quelle jolie coiffure tu as, Sue ! » Tiens, pourquoi toutes les femmes dans les bureaux se prénomment Sue ?

— Quel sexiste tu fais !

— Je sais. N'est-ce pas merveilleux ?

Elle me lança quelque chose.

— Raté d'un kilomètre. Normal : tu es une femme.

Ibrahim nous attendait dans le hall et il était également vêtu de blanc, comme Joan. Peu d'hommes peuvent porter un costume blanc, mais lui le pouvait, et il gardait une prestance extraordinaire. Son sourire était si large durant les présentations qu'il semblait avoir un millier de dents.

— Joan, dit-il, je vous présente mon épouse.

Il lui prit la main et elle fit une petite révérence. Les gens commençaient à regarder dans notre direction.

— Riva, dit-il.

— Bonjour, Riva, dis-je poliment.

Elle ne répondit pas. Je l'avais peut-être insultée.

— Nous avons réservé au Il Verdi du Tropicana, annonça Ibrahim. J'espère que l'endroit vous convient ?

— C'est parfait, dit Joan.

Nous y avions dîné une fois, quand j'avais gagné ces trois cents dollars.

— Eh bien, si nous y allions ? proposai-je.

Ibrahim acquiesça.

— Oui, allons-y.

Le restaurant n'était qu'à quelques pâtés de maisons, plus haut sur la promenade. Nous effectuâmes le trajet d'un pas pressé. Le Tropicana aurait aussi bien pu être un train que nous allions rater si nous ne nous hâtions pas. Le Il Verdi était sombre, l'éclairage constitué uniquement de bougies. Aux tables les femmes semblaient très belles, mais aucune ne pouvait être comparée à Joan. Et aucun homme à Ibrahim.

Nous nous installâmes à la meilleure place de la salle et Ibrahim commanda le vin.

Il me demanda si j'avais une cave.

Je lui répondis que j'avais une cave.

Il se mit alors à discourir sur l'établissement vinicole qu'il possédait en France, sur les cépages et les crus, et je ne le suivis que vaguement. Il connaissait par cœur les bonnes et les mauvaises années. Moi aussi, mais pas par rapport au vin. Il n'avait pas honte de sa richesse, en fait il en parlait même avec une fierté certaine, mais cela convenait à sa personnalité expansive.

— Le vin est une des rares choses qui s'améliorent avec les ans. Le vin et les femmes, quand elles sont belles.

Je pensais qu'il allait lever son verre à la santé de Joan, mais il ne le fit pas.

Néanmoins nous avions tous entendu ce genre de compliment auparavant, et il me parut un peu déplacé en la circonstance. Tout devint très vite convenu, avec la bonne humeur de rigueur. Mais il y avait des silences dans notre conversation, et cette sensation — celle que j'avais en tout cas — de voir Ibrahim à l'œuvre, comme un agent d'assurances qui veut placer un contrat. Tout ce qu'il disait, même les propos les plus badins, et tout ce qu'il taisait semblait converger vers un but unique.

Il essayait de faire impression, alors que je croyais que cette tâche me reviendrait.

Lorsque je restais silencieux il avait l'air satisfait de simplement être là, à dominer, sa présence physique et sa prestance nous écrasant tous les trois. Son regard noir si théâtral parlait à sa place. De temps en temps il le posait sur Joan, et elle détournait les yeux, mais parfois elle l'affrontait.

Lorsqu'il se mit à vraiment parler il confirma mes pires craintes sur ce repas. En dehors des cépages il possédait des immeubles, des ranches et des écuries de pur-sang arabes, des voitures, des avions. Il énuméra toutes ces richesses, et même cette île dont il était à moitié propriétaire. J'hésitai à parler de ma Malibu vieille de treize ans, que je possédais entièrement.

— La vie est agréable, dit-il. Nous devons nous en souvenir lorsque nous sommes tristes.

Joan n'était pas triste. Elle était aussi rayonnante que d'habitude et ne cessait de m'adresser des coups d'œil réjouis. Nous comprenions tous deux qu'il s'agissait là d'une nouvelle expérience à verser au trésor de nos souvenirs communs. Ces expériences étaient nôtres et n'appartenaient à personne d'autre, et pour cette raison notre richesse dépassait de beaucoup une simple addition d'avions et de cépages.

— Est-ce vrai que vous êtes un prince? demanda Joan.

Sa tentative pour paraître nonchalante rata complètement, mais il n'y avait aucun moyen de poser ce genre de question sans donner l'impression d'une innocence de collégienne pour le moins.

Mais il vint à son secours en répondant :

— D'où je viens, nous sommes tous princes. N'êtes-vous pas toutes des princesses, là d'où vous venez?

Elle rougit un peu.

— Et d'où venez-vous exactement?

— De quelque part dans le Moyen-Orient.

— Oh ! Serais-je indiscrète? Il se trouve que je suis très curieuse de nature. Je m'excuse.

— Ne vous excusez pas, je vous en prie. — Il se tourna vers moi. — Les origines d'une personne comptent-elles vraiment?

— Elles vous racontent la moitié de son histoire, répliquai-je.

— Oui, et j'ai cru comprendre que vous aviez vous aussi une histoire, Joshua Kane. Vous étiez dans le Sinaï, n'est-ce pas?

— Oui. Et j'ai le sentiment que vous en savez plus sur mon compte que...

— Ne vous inquiétez pas de ce que je sais, Joshua Kane, mais dites-moi plutôt : est-ce vrai, ce qu'on raconte sur Dayan? On dit qu'il aurait choisi un endroit où les bombardements égyptiens étaient les plus intenses, qu'il se serait allongé sur le sol et qu'il aurait dormi au milieu des obus qui tombaient. Cette histoire peut-elle être vraie?

— Oui.

Ibrahim secoua la tête d'un air rêveur.

— Quel homme c'était !... Quel peuple vous êtes ! Le mien remonte aux Amalecites, une race ancienne, et sans peur.

— Et brutale. Réputée pour tenir à ses rancunes.

Les Amalecites n'étaient pas parmi mes peuplades préférées. Une tribu ancienne, oui. Ils avaient menacé les Hébreux à toutes les occasions de l'histoire. Ils étaient alors les fils d'Esaü-le-Péquenaud à l'époque, et ils restaient les fils d'Esaü aujourd'hui. Saül avait perdu sa royauté quand il avait refusé de mettre à mort leur roi, à cause de cette compassion hébraïque.

Devant ma repartie Joan fit une petite grimace.

Elle me savait patient, mais pas très longtemps. Elle

craignait le côté sombre de ma personnalité, qu'elle avait vu le jour où des loubards nous avaient serrés sur la route. Je les avait laissés coincer ma voiture sur le bas-côté, ensuite j'étais sorti et j'avais fait ce qu'il fallait faire. Elle avait été impressionnée, et mécontente.

— Cette expression sur ton visage! m'avait-elle dit. Jamais je n'aurais cru que tu pouvais avoir ce genre de regard, ni faire ce genre de choses.

Je lui avais répondu qu'en l'occurrence je n'avais pas le choix. C'était eux ou nous. Elle avait assuré le comprendre, mais elle ne comprenait pas. Et maintenant elle ne comprenait pas non plus.

J'avais l'habitude de lui dire que le monde ne se réduisait pas à Bryn Mawr. En général elle répondait qu'il ne se réduisait pas non plus à Auschwitz.

A présent Ibrahim adressait un regard doux, presque tendre, à Joan. Pour moi, il eut ces mots soigneusement choisis :

— Je ne tiens pas rancune, monsieur Kane. Je tiens promesse.

Ma gorge se serra un peu.

— Oh, et feriez-vous une promesse?

— Peut-être.

— Et quelle est-elle?

— Cela peut attendre, monsieur Kane. Rien ne presse.

Juste à temps pour sauver une situation qui se dégradait plutôt rapidement, Sy Rodrigo apparut. Il était le responsable des relations publiques au Galaxy et mon ami depuis l'époque lointaine où je tenais une rubrique dans un journal et où lui était attaché de presse pour un night-club de Philadelphie.

— Hey! fit-il avec ce ton typiquement showbiz et en faisant de gros efforts pour paraître surpris de notre présence ici.

— Hey! répondis-je, et je lui présentai Ibrahim et Riva, qui était toujours là sans y être.

Sy était accompagné d'une dame accorte. La cinquantaine passée, c'était un homme au teint assez horrible, à cause d'un reste d'acné juvénile. Pourtant il n'avait jamais eu de problème avec les femmes. Il avait déjà eu deux épouses et vécu une vie bien remplie. Il avait fait l'agent pour des artistes, des boxeurs, des catcheurs, des strip-teaseuses et même quelques truands de premier plan qui le payaient pour ne pas voir leurs noms dans les journaux.

— Que faites-vous ici ? s'enquit-il. Je croyais que vous étiez descendu chez moi.

— Je pourrais te poser la même question, Sy.

— Moi ? Je viens voir comment va la concurrence. C'est mon boulot.

— Rude boulot.

— Ouais, mais il faut bien vivre. Comment va, Josh ?

— Impec, et toi ?

— Super.

— Nous sommes ici les invités de M. Hassan.

— J'avais cru remarquer.

Sy remarquait tout, et je ne savais jamais trop comment me situer par rapport à lui. Sy n'était pas un saint, mais Sy n'était pas un salaud. Sy était Sy, promoteur de ventes et opportuniste, avec une touche de sincérité, mais on ne pouvait jamais savoir quand cette touche apparaissait.

Tout le monde le connaissait et il connaissait tout le monde. Les relations publiques étaient son champ d'activité, les gens sa matière première. Il connaissait Philadelphie comme sa poche, et Atlantic City. Même à New York il n'était pas inconnu.

Il aimait raconter qu'il pouvait décrocher un téléphone et appeler n'importe qui, le président y compris.

Il n'avait pas d'*amis*. Il avait des *copains*.

Dans son métier, les faveurs — et non l'argent — étaient la monnaie d'échange. *Tu me rends service et je te rends service. Parle de mon poulain dans ton prochain papier et je t'arrange une interview de Franck.*

— Nous serions heureux de vous compter parmi les clients du Galaxy, monsieur Hassan. Nous offrons des services de qualité.

— Ah oui, dit Ibrahim.

— Essayez-nous.

Bien entendu, il parlait des tables de jeu.

Je vins à la rescousse d'Ibrahim.

— Toujours au boulot, hein, Sy?

— Tout est là, Josh.

C'était son expression favorite : « Tout est là. »

— Nous devons nous sauver, notre table est prête. Passe dire bonjour, Josh.

— Je n'y manquerai pas.

— Super.

Après son départ j'eus le sentiment que Sy et Ibrahim n'avaient pas besoin d'être présentés. Ils se connaissaient. Rien de particulier dans cette impression, une simple intuition, et cela d'ailleurs ne signifiait rien. Connaître les flambeurs, tout est là, aurait dit Sy.

Nous en étions au café et c'est l'instant d'un repas avec des étrangers où on se demande si on les reverra jamais, et quelle impression on laissera.

Depuis cette intuition opportune de Sy, Ibrahim était redevenu agréable et volubile. Joan paraissait apprécier la conversation, elle aussi.

— Vous arrive-t-il de parier? lui demanda-t-il.

— Non.

Une mèche blonde tombait sur son œil droit et elle le regarda de biais en souriant.

— Bien sûr, il vous arrive de parier, dit-il. Lorsque vous conduisez votre voiture vous pariez que les autres automobilistes ne sont pas saouls. Lorsque vous marchez dans la rue vous pariez que vous ne serez pas attaquée par un chien enragé. Lorsque vous mangez vous pariez que votre nourriture n'est pas empoisonnée. Lorsque vous respirez vous pariez que l'air n'est pas radio-actif. Lorsque votre mari part au travail vous pariez qu'il n'ira pas avec une autre femme. Vous pariez une centaine de fois par jour. Tout ce que vous faites est un pari. Alors quelle différence de parier de l'argent sur un cheval ou des cartes? C'est exactement la même chose.

Joan était sous le charme.

— Vous êtes persuasif.

— Oui.

— Et vous venez de me transformer en une joueuse acharnée. Comme ça !

Ibrahim renversa la tête en arrière et éclata de rire. Non que ce que venait de dire Joan lui parût drôle. Non, il exprimait tout simplement le plaisir d'un homme extrêmement satisfait de lui-même. Il y avait aussi un accent de mépris dans ce rire, le jugement décisif d'un gagnant dans un monde de perdants.

En fait, à le voir s'abandonner aussi complètement à sa gaieté, avec ce rire hautain... je ne pus m'empêcher de penser, comme si c'était la première fois, que ce monde était bel et bien un monde de perdants, et que j'avais devant moi un gagnant. *Voici un gagnant, Josh.*

— Je peux également me montrer acharné, dit-il. Je parie sur tout. Même l'amour.

— Hum ! fit Joan en s'agitant sur son siège et en essayant d'éviter son regard calme.

— Avec l'argent, poursuivit-il, tout est possible, vous savez.

— Non, ce n'est pas vrai, répliqua-t-elle.

— Tout.

— Pas vrai.

— Tout peut s'acheter. Tout et tout le monde.

— Oh ! souffla Joan, s'efforçant à la nonchalance. Je suppose qu'on peut acheter les gens ?

— Bien sûr.

— Vous avez acheté des gens ?

— Pour les affaires, oui.

— Pour l'amour ? demanda-t-elle.

Il réfléchit un instant.

— Pas encore.

— Vous voyez, fit Joan. Vous ne pouvez pas acheter l'amour.

— Oh ! en y mettant le prix. .

— Il n'y a pas de prix... L'amour est...

Il leva sa royale main.

— S'il vous plaît ! Je sais *ce qu'est l'amour*. Et je sais aussi ce qu'est l'argent.

Il se montrait si candide qu'il alla même jusqu'à énoncer une pensée d'une dangereuse profondeur, expliquant qu'il avait entendu toutes les chansons sur l'amour mais que, si les gens étaient honnêtes, ils en écriraient plus sur l'argent.

— C'est triste, dit Joan.

— Triste ?

— Que vous ayez à payer pour tout dans votre vie.

Il rit de son rire irritant.

— Touché. Mais vous vous trompez. Je ne faisais que tester les limites. Les femmes ont beaucoup de difficulté à comprendre cela.

Provoquée dans les règles, Joan s'aigrit aussitôt :

— Vous seriez surpris de tout ce que les femmes comprennent.

— Je n'en doute pas. Les femmes manquent... d'audace.

— Oh bon sang !

— Si si. Les femmes manquent d'audace. Elles sont... prévisibles.

— Et c'est si mauvais ?

— A vous de me le dire.

— Je pense... Je pense qu'être prévisible peut être une mauvaise chose, oui. Mais aussi une bonne. Ça dépend. Ça dépend des circonstances, et ça dépend du moment. A certains moments, ce qui habituellement est faux peut devenir vrai. Ça dépend de la façon dont on ressent la situation.

Il abattit sa main ouverte sur la table et rugit :

— Alors vous êtes peut-être une femme audacieuse !

— Peut-être, dit-elle avec une timidité feinte proche de la coquetterie. Peut-être pas.

Je trouvai cette conversation très étrange, et la façon dont Ibrahim avait ignoré sa femme d'un bout à l'autre tout autant. Cette Riva était-elle vraiment vivante ? Elle refusait de parler. Bon, qu'il en soit ainsi. Mais Joan m'avait exclu en beauté, elle aussi.

Elle sentit mon ennui et dit quelque chose à propos de son mari l'écrivain de discours. Ibrahim ne laissa pas passer l'occasion :

— Tout comme vous ne pouvez pas aller aux toilettes à la place de quelqu'un, vous ne pouvez pas écrire ses discours. Mais j'ai en cours la rédaction d'un livre, Joshua Kane. Peut-être pourriez-vous m'aider.

Je lui répondi que tout le monde a en cours la rédaction d'un livre.

— Non, dit-il, je parle sérieusement.

Je lui répétai que j'écrivais exclusivement des discours.

— Mais quand vous avez commencé, vous aviez certainement l'intention de devenir un vrai écrivain.

Ce n'était pas une réflexion nécessaire, surtout en présence de Joan.

Elle commit une erreur tactique : elle voulut voler à mon secours.

— Joshua est le meilleur dans sa partie, déclara-t-elle.

La prochaine fois que quelqu'un me défend de cette façon, me dis-je, *je ne dois pas oublier de plonger sous la table.*

— J'en suis certain, dit Ibrahim avec lenteur.

— Quel est le sujet de votre livre? demandai-je.

— Je pensais que vous ne poseriez jamais cette question.

— Je le pensais aussi.

Il avait déjà le titre :

— *Vengeance parfaite.* Tout le monde connaît une histoire de vengeance. Nous avons tous quelqu'un avec qui nous voulons tous régler nos comptes, et certains d'entre nous le font. Ce peut être assez fascinant. Je veux mettre dans ce livre les meilleures de ces histoires de vengeance. Qu'en pensez-vous?

— L'idée a l'air intéressante.

— Mais toutes ces histoires doivent être réelles et concerner des gens réels. Vous pourriez faire les recherches, et même la rédaction, sous mon nom, ou nous pourrions signer à deux. Il faudrait en discuter.

— Mais pas maintenant.

— Je suis sûr que le livre serait publié, dit-il. Je possède une maison d'édition.

Rire général.

— En fait ce pourrait même être la première histoire de vengeance. L'homme qui possédait cette maison d'édition avait refusé un autre manuscrit que je lui avais soumis. Alors j'ai racheté la maison d'édition et je l'ai renvoyé. C'est ce que j'entends par « vengeance », Joshua Kane. Cet homme s'appelait Cohen. C'est ce que j'entends par « vengeance parfaite ».

Je refusai de répondre au regard que m'envoyait Joan.

A présent Ibrahim disait qu'il avait des amis juifs. Il avait même étudié le judo et le karaté avec le célèbre Marcus Rosen. Modeste, il admit être ceinture noire, mais seulement premier dan. Joan glissa d'une voix flûtée que j'étais ceinture marron de Krav Maga.

— Vous avez eu Avri Ben Ish comme professeur? demanda Ibrahim.

— Pendant quelque temps, oui. A Pardes Chana.

— Je suis allé là-bas. J'ai même rencontré Imi à Natanya. Vous le connaissez?

— Oui, le père du Krav Maga. Vous connaissez donc le Krav Maga, monsieur Hassan?

— Non, dit-il. Mais on prétend que c'est la meilleure méthode de combat corps à corps. Après tout, si c'est celle adoptée par les Israéliens, elle doit être bonne. Je suis toujours prêt à apprendre. Peut-être pouvez-vous me donner des leçons...

— A moins que vous ne vouliez me donner des leçons, monsieur Hassan?

— Il y a un ring de boxe dans cet établissement, que nous pourrions utiliser... Si vous le désirez.

— Vous me défiez?

— Je vois que cela ne vous intéresse pas. Une autre fois, peut-être.

Il m'apparut soudain que j'étais déjà engagé dans un combat, un combat que j'étais en train de perdre. Mais c'était bien dans mon style. Au début je préférais être sous-estimé, jouer le perdant, le bouc émissaire, pourquoi pas ?

En toute franchise, j'étais tout le contraire d'un boy-scout : je n'étais jamais prêt. Quand on m'agressait, ma première réaction était de croire que l'autre personne plaisantait. Je pensais toujours que les autres plaisantaient. Et quand je me rendais compte que ce n'était pas le cas, je me demandais : *qu'est-ce que j'ai fait?*

D'ordinaire, et d'après moi, rien.

Mais traînez un peu trop longtemps quelque part et vous finirez pas avoir fait quelque chose à quelqu'un.

Cet Ibrahim, me dis-je, *est-ce qu'il plaisante*?

— J'ai appris une prise classique du Krav Maga, déclara-t-il. Je me demandais si je pourrais vous la montrer...

Il voulut savoir si je connaissais le Cavalier, et bien sûr je connaissais le Cavalier : bloquer une main et appliquer une pression de façon à soumettre le poignet à une torsion contre nature.

En d'autres termes, infliger une souffrance insupportable.

Je l'avais appris à Pardes Chana et pratiqué à Philadelphie avec le deuxième dan Alan Feldman, qui l'avait étudié auprès d'Imi en personne. Personne ne résistait à cette prise. Les deux mains de l'agressé serrées par les doigts emprisonnaient la main de l'attaquant. Une torsion brusque et c'était fini : poignet brisé.

On pouvait aussi procéder lentement, si l'intention était de faire souffrir l'adversaire et de le voir tomber à genou et implorer.

Je vis Ibrahim prendre ma main gauche. Avant qu'il me touche j'aurais pu le bloquer. Même ensuite j'aurais pu me dégager par une des six parades connues.

Mais non, je le laissai faire. Après tout, ce n'était que pour rire.

Pourtant j'étais un peu étonné... Ici, avec tous ces gens autour de nous, en public.

Je le laissai donc saisir ma main et à cet instant quelque chose changea dans son regard, et son sourire s'agrandit, se mêla à un rictus curieux. Une petite voix me dit que je venais de commettre une erreur. Cela arrive à tout le monde.

— Ça n'est pas nécessaire, dit Joan d'un ton sévère.

Je crus discerner dans sa voix un peu de peur, une trace de dégoût et une bonne dose de désespoir envers l'humanité entière.

— C'est stupide, trancha-t-elle.

Elle s'adressait à nous deux, bien que moi j'eusse aimablement accepté le rôle de victime.

Pour quelle raison? C'était une bonne question. Génération singulière que celle à laquelle j'appartenais, qui en une seule existence avait vu le rêve d'Hitler et celui de Herzl se concrétiser, à quelques années d'intervalle.

Une génération faite d'hybrides, d'hommes qui ne savaient toujours pas qui ils devaient suivre, de Akiba ou de Bar Kochba.

Mais un choix était parfois offert à ces hommes, finalement, et moi je venais de le faire.

Il avait bloqué ma main entre les siennes dans un Cavalier irréprochable, et à présent il se mettait au travail. Doucement d'abord, mais mes tympans commençaient déjà à carillonner. Il appliquait la torsion, dans le sens des aiguilles d'une montre, passant d'une heure à deux, puis trois, quatre, cinq, six, sept. Peu à peu il violait le délicat mécanisme de l'anatomie humaine.

— Arrêtez! lança Joan, sans se rendre compte que nous n'étions plus dans le même univers qu'elle.

Nous étions dans les sables du désert, avec les dromadaires, les tentes, les *wadis*, les nomades et les pleureuses.

Riva restait assise, impassible.

Ibrahim se redressa un peu pour peser mieux, tandis qu'il me forçait à m'incliner de plus en plus.

Très bien, pensai-je, *il connaît cette prise, il est temps de le féliciter*. Mais on nous observait, des montagnes de Hermon aux sources d'En-Gedi.

Je le laissai passer à huit heures, puis neuf avant de frapper ma cuisse du plat de ma main libre. Chez tous les adeptes d'arts martiaux, c'est le signal qu'on s'avoue battu ou qu'on est aux limites du supportable dans la douleur. Je fis claquer ma main sur ma cuisse, et il passa à dix.

— Eh ! grognai-je.

Mon visage s'approchait du sol, et mon corps était trempé d'une sueur brûlante.

Je frappai de nouveau et il rit. Il tordit mon poignet jusqu'à onze.

— Arrêtez ! dit de nouveau Joan.

Il accentua la prise jusqu'à douze heures et maintenant... maintenant la souffrance était insupportable.

Je giflai ma cuisse, encore et encore, mais bientôt je n'aurais même plus de force pour ce geste.

— Assez ! s'écria Joan. *Assez !*

Riva... J'eus soudain un éclair de génie : c'était le moment qu'elle se réveille et qu'elle dise quelque chose. Je la regardai, et elle baissa les yeux vers moi. Son visage conserva un manque d'expression remarquable. Je n'étais même pas là pour elle. Et je compris alors qu'aucun homme, aucune femme n'existait pour elle à part Ibrahim. Il était plus que la perfection, il était la création pour Riva.

— Est-ce que je fais bien le Cavalier ? dit-il.

— Assez ! fit Joan.

— Je le fais bien ?

— Assez !

— Dites-moi simplement si je le fais bien.

Mais j'étais incapable de prononcer un mot.

— Pour l'amour du Ciel, vous le faites bien, dit Joan.

Il me relâcha et tout d'un coup nous éclatâmes de rire. Je n'avais rien. Excellent.

— Bien ? s'enquit Ibrahim.

— Oh oui, dis-je.

— Votre Imi serait content ?

Pas de moi, pensai-je. *Pas de moi.*

Mais peut-être que si, en fait. Je me remémorai Imi,

ce jour au bord de la mer, à Natayana. Nous partagions un gâteau au fromage à l'Ugati, autour d'une table de jardin. Il nous faisait un cours sur l'essence de la sérénité. Il s'était redressé sur sa chaise, les yeux perdus dans les profondeurs de la Méditerranée, poings serrés à la taille.

— Pendant que tout le monde autour de vous saute et s'agite et fait ceci et cela... vous... vous restez assis. Vous restez *assis*. Et vous faites que votre place n'est plus ici mais là-bas, *loin*. Vous restez assis, comme ça. Comme ça. Vous voyez? *comme ça*.

Et je restai assis *comme ça* à la table de restaurant, mais je me répétai : *Souviens-toi. N'oublie pas.*

7

Nous quittâmes Ibrahim et Riva pour une ballade entre mari et femme le long de la Promenade. Ibrahim nous avait invités à l'accompagner au casino mais je n'étais pas d'humeur, pas plus que Joan. Elle paraissait maussade. Il était arrivé quelque chose. Quant à moi, j'avais trop pris le soleil ce matin, et Ibrahim le soir.

Les cieux étaient illuminés et à notre droite l'océan était splendide dans son murmure incessant. Sur notre gauche nous dépassâmes la galerie Fun Spot Arcade, le Ice Cream Parlour, la Jackpot Souvenir Shop, la Pier 21 T-Shirt Factory, et d'autres anachronismes face aux temples du jeu qu'étaient le Bally's Grand, le Versailles, le Tropicana, le Galaxy, l'Atlantis, le Trump Plaza, le Caesar's, le Bally's Park Place, le Claridge, le Sands.

Naguère les quelque dix kilomètres de la promenade n'étaient qu'un aménagement longeant la plage, où les richards et les pseudo-richards du week-end venaient parader dans leurs meilleurs atours. A présent les casinos étaient tout, et les gens qui y jouaient n'en sortaient pas. La Promenade était en bonne partie le territoire des clochards jetés des casinos ou vomis par le terminal de cars d'Arctic Avenue.

Ici même, à cet endroit que les vétérans de la Promenade appelaient encore Chelsea, le long de la rambarde la bonne société venait aligner ses transats, les hommes gros et chauves fumaient leurs cigares, et les femmes emmitouflées dans leurs visons dégustaient des coquillages frais et jetaient les coquilles sur les planches de bois.

A cette époque les gens dansaient et portaient des tenues de soirée. Ils allaient dîner chez Sid Hartfield ou chez Kent et ils séjournaient à l'Ambassador, au Marlboro-Blenheim, au Brighton ou au Breakers.

L'endroit devant lequel nous passions, Ocean One, une galerie marchande énorme bâtie sur les eaux, avait jadis été le Million Dollar Pier, et on venait y danser sur la musique d'Eddie Morgan.

Mais la ville me plaisait toujours, j'aimais tout de ces lieux.

— Tu as passé une bonne soirée ? demandai-je après un long moment de silence.

Elle ne répondit pas. Elle paraissait très méditative.

— J'ai volontairement formulé la question de façon très simple. *Oui* c'était une bonne soirée, *non* ce n'était pas une bonne soirée. *Oui* ou *non*.

Toujours pas de réponse.

— D'accord. Cligne des yeux une fois pour *oui*, deux fois pour *non*.

— Il m'a fait une proposition malhonnête, dit-elle.

Je m'arrêtai net. Elle continua de marcher. Je la rattrapai en hâte.

— Quoi ?

— Tu as bien entendu.

— Mais comment ?

— Il m'a proposé de coucher avec lui. Voilà comment.

— Quand ?

— Pendant que tu parlais avec Sy.

— Mais ça n'a duré que quelques secondes !

— Ça lui a suffi.

— Et qu'as-tu dit ?

A présent c'était elle qui s'arrêtait.

— Que crois-tu que j'aie dit ?

— Je ne sais pas.

— Tu ne sais pas?
— J'espère que...
Sa main droite jaillit et elle me gifla sur la joue gauche. Puis elle partit en courant, et je suivis d'un pas lent. Je la perdis de vue quand elle tourna vers l'entrée du Galaxy. J'y arrivai quelques minutes plus tard, pris l'ascenseur. Elle était sous la douche quand j'entrai dans la chambre. Oui, elle avait besoin d'une douche.
Je m'assis sur le lit. Je ne ressentais rien, un grand calme pour cacher la peur.
— Je suis désolée, dit-elle quand elle revint dans la chambre.
— Et moi donc.
— Je t'ai fait mal?
— Pas autant que moi je t'ai fait mal. Pardonne-moi.
— Je propose que nous choisissions nos amis avec plus de soin, à partir de maintenant.
— Il ne fait pas partie de mes amis.
— Il s'attend que je vienne à sa suite demain à six heures.
— C'est moi qui irai à ta place.
— Non, pas question. L'incident est clos.
— Non.
— Josh, un homme m'a fait une proposition malhonnête. Je me sens écœurée, sale. Mais il ne s'est rien passé. Ne complique pas les choses.
— Il y a quelque chose qui pue, dis-je.
— Quoi donc?
— Je ne sais pas. Mais il faut que je le découvre.
— Souvenons-nous que c'est un homme très riche. Son système de valeurs n'est pas notre système de valeurs.
— Qu'a-t-il dit exactement?
— Josh...
— Il faut que je sache.
— Il a dit : « Faisons l'amour. Ma suite demain, six heures. » Voilà.
— Et qu'as-tu dit?
— Rien.

— Rien? Tu veux dire que tu réfléchissais?

— Non, j'essayais de tourner la chose en ridicule, de trouver quelque chose d'ironique à dire.

— Bon. Alors qu'as-tu dit?

— J'ai dit non. Bien sûr que j'ai dit non. Josh, si je ne t'aimais pas autant en ce moment je te détesterais.

— Je me déteste déjà. C'est moi qui t'ai entraînée là-dedans.

— Très bien, maintenant j'en suis sortie.

Je me levai et la serrai contre moi, fort. Cette embrassade mettait si souvent fin à nos conflits. Mais cette fois nous nous écartâmes l'un de l'autre sans résultat. Elle ne pleurait même pas. Elle était trop dégoûtée ou trop *quelque chose* pour pleurer.

Eh, attends une minute, me dis-je. *Personne ne s'est fait violer ou quoi que ce soit. Un type a fait une passe à ma femme. Juste sous mon nez. Dégueulasse, ça oui, mais pas tragique, et certainement pas irréversible. Rien ne s'est passé, comme l'a dit Joan.*

Mais peut-être s'était-il passé quelque chose.

— Tu as été tentée? demandai-je.

— Absolument pas.

— Et maintenant tu es tentée?

— Josh... Pourquoi fais-tu cela?

— Parce que je me sens foutrement jaloux.

— De quoi?

— Du fait qu'il ait réussi à ce que tu te poses la question.

— Je ne me pose pas la question. Laisse tomber, Josh. Ça devient dangereux.

Il avait agi avec une telle adresse... Je ne l'avais même pas vu parler à Joan tandis que j'échangeais trois mots avec Sy. Depuis combien de temps préparait-il son coup, au fait? Depuis qu'il l'avait vue dans le hall de l'hôtel, ou peu à peu au cours du dîner?

Mais était-ce la première fois qu'il la voyait? Oui, il l'avait peut-être vue auparavant. Bizarre, me dis-je, la façon dont Sy est justement arrivé au moment propice. Non, Sy n'avait aucun rapport avec tout ça. J'exagérais.

Bon, un type avait fait une passe à ma femme. Je n'aurais pas dû m'étonner. C'était une femme extraordinairement belle. Après tout moi aussi j'avais fait une passe à Joan alors qu'elle appartenait à un autre. Si j'avais pu la gagner à moi, quelqu'un d'autre le pouvait également.

Son système de valeurs, comme elle l'avait dit, n'était pas le nôtre. Nous avions triché une fois. Ce n'étaient pas nos valeurs. Et nous avions trouvé un compromis. Nous n'avions pas vraiment triché, nous nous aimions trop pour cela.

Nous nous aimions tellement que nous étions forcément dans le vrai. Une fois mariés nous étions retournés à nos valeurs et avions retrouvé cette bonne vieille fidélité de la classe moyenne. C'était le contrat, et le contrat était toujours valable.

Mais ceci... Ceci était différent. Il n'était pas question d'amour, mais d'une tentative de séduction.

Joan était toujours à moi.

Mais il y avait un doute. Il y avait forcément un doute.

Elle n'avait pas dit non tout de suite. Elle avait marqué un temps avant de répondre. Le doute, dans l'esprit de Joan, dans celui d'Ibrahim, dans le mien.

Finalement elle craqua et fondit en larmes.

— Tu ne sais donc pas que je t'aime plus que tout? sanglota-t-elle. Même si j'avais été tentée — et je n'ai pas été tentée — je n'aurais jamais rien fait qui risque de ruiner ce que nous avons. Je suis à toi, Joshua, complètement et pour toujours. Rien ne peut nous séparer. Rien. *Tu comprends?*

8

Le lendemain matin nous prîmes notre petit déjeuner à la Coffee Shoppe du Galaxy, face à la Promenade et à l'océan. L'atmosphère de l'endroit était toujours très agréable. Nous bavardâmes du temps, de la chance que nous avions qu'il fasse aussi beau.

Mais aujourd'hui Joan n'irait pas à la plage. Peut-être s'installerait-elle au bord de la piscine de l'hôtel, annonça-t-elle.

— Tu peux faire comme moi. Ou jouer au blackjack toute la journée.

J'étais aussi mou qu'elle. Je n'avais pas envie d'aller à la plage non plus, ni à la piscine, et je ne me sentais même pas trop de jouer. Brusquement, il n'y avait plus rien d'intéressant à faire.

La serveuse nous amena nos œufs et nos toasts.

— J'avais demandé des petits pains anglais, lui dit Joan, d'un ton dépourvu de son charme habituel.

La serveuse s'excusa, reprit l'assiette de toasts et assura qu'elle revenait avec les petits pains anglais. Quand elle les apporta les œufs étaient froids. Elle proposa de les changer, mais ce seraient les petits pains anglais qui refroidiraient.

La situation apparaissait désespérée. A peu près le sentiment général que nous avions ce matin, à propos de tout et de rien.

— Ce n'est pas grave, fit Joan. Je les mangerai comme ça.

Mais elle ne les mangea pas. Elle sirota seulement son café.

— De toute façon, dit-elle, je suis au régime.

Je regardai par la baie vitrée pour éviter de voir son air triste, et ce qui s'était glissé entre nous depuis la veille. Quelque chose me disait que Joan avait grandi depuis la soirée d'hier. Jusqu'alors elle avait évité l'âge adulte, et il venait de déferler sur elle.

— J'ai l'impression de t'avoir perdu, dit-elle enfin.

— Jamais.

— Écoute-moi sans parler. J'ai l'impression de t'avoir perdu. Mais je te regagnerai. Finissons ces vacances sans aggraver les choses, d'accord ? C'est ce que nous devons faire. Tu ne me fais pas confiance, je sais. Tu ne m'as jamais fait confiance. Mais je gagnerai ta confiance. Ça va prendre du temps. Des années. Mais je gagnerai ta confiance comme j'ai gagné ton amour. Chaque chose en son temps.

Elle m'avait interdit de parler, donc je ne dis rien. Je regardais par la baie vitrée.

— Je sais ce que tu penses, poursuivit-elle. Dans ton esprit biblique tu imagines que Dieu nous mitonne un tas d'ennuis pour se venger de nous, parce que nous n'avons pas été honnêtes nous-mêmes. Mais nous ne sommes pas malhonnêtes maintenant et nous ne le serons pas, et si ton Dieu n'est pas un Dieu qui pardonne alors ce n'est pas mon Dieu. Mon Dieu est amour et pardon. Nous sommes des gens bien, Josh. N'attends pas de récompense. Nous sommes des gens bien, c'est tout.

C'est vrai, me dis-je. *Nous sommes des gens bien. Mais y a-t-il des gens dans le coin qui ne se prennent pas pour des gens bien ?*

— Oublions tout ça, dit-elle, histoire que je me souvienne et que je revive les frissons de la nuit passée.

— C'est oublié.

— Bien, fit-elle.

Un silence. Chacun notre tour, nous évitâmes le regard de l'autre.

— Complètement oublié, dis-je.

— Alors n'en parlons plus.
— Parler de quoi ? J'ai oublié.
Elle sourit et la magie revint, presque.
— Tu es un tel...
— Un tel quoi ?
— Un tel type.
— Tu flirtais, en fait.
Je n'y pouvais rien : c'était sorti tout seul.
— Flirter ? répéta-t-elle. *Flirter ?* Je flirtais, moi ?
— Tu flirtais.
— Je ne peux pas croire que tu dises ça, Josh.
— Moi non plus.
— Je ne flirte jamais... sauf avec toi.
— Je me trompe peut-être.
— Sur toute la ligne.
— Ah ! Ah !
Elle marqua un temps puis dit :
— Je me suis trompée sur une chose. Quand j'ai dit que tu étais le meilleur dans ta partie. C'était idiot. Mais il essayait de te déprécier. La façon dont il essayait de t'humilier... Je ne pouvais pas rester sans rien dire.
— Ça ne me gênait pas.
— Eh bien moi ça me gênait. Je suis tellement fière de ce que tu fais, et tu es vraiment le meilleur écrivain de discours au monde et personne ne le sait, pas même toi. Je ne sais pas comment tu t'y prends, pour écrire ces discours pour ces gros bonnets, sans jamais avoir un seul mot de félicitation.
— Ça me va, à moi.
— Tu fais tout le travail et ils ramassent tous les compliments. Ils devraient dire : « Ce discours était écrit par Joshua Kane. »
Je ne pus m'empêcher de rire.
Une fois le directeur général d'une compagnie d'assurances avait fait un discours particulièrement inspiré à la chambre de commerce sur le thème « Nous faisons tous partie de l'économie mondiale ». Il avait été interrompu douze fois par les applaudissements, et à la fin toute la salle était debout pour une ovation à tout rompre.

J'étais là, au fond de la salle, avec Joan. J'avais commis l'erreur de l'amener.

— Il ne va pas mentionner ton nom? m'avait-elle demandé.

— Bien sûr que non.

— Mais c'était *ton* texte!

— Chut.

— C'est à chaque fois comme ça?

— C'est comme ça que ça se passe, oui.

— C'est scandaleux.

A présent, je lui disais :

— Bon, donc je suis modeste. Qu'y a-t-il de mal à être modeste?

— Ce n'est pas toi qui disais qu'il faut de la modération en tout?

— Même dans la modération, dis-je.

— C'est justement ça.

— Explique.

— Trop de modestie est une forme de vanité.

— Ça c'est un sacré raisonnement.

— Tu n'as rien à montrer pour tout ce que tu as fait, Josh. Tu t'en rends compte?

— Je t'ai, toi.

— C'est gentil. Mais je sais que tu as remporté un titre de meilleur lanceur au collège. Un score de 400. Pas vrai?

— 406, comme Ted Williams. Comment sais-tu cela?

— Ils envoient toujours des lettres pour te dire d'aller chercher le trophée.

— Les championnats de baseball au collège ne comptent pas.

— Si, ils comptent, dit-elle. Tout compte. Tu n'as pas reçu quelque chose comme la Médaille d'honneur pour ces guerres en Israël?

— J'ai eu des médailles. Tu t'en es même plainte.

— Non, je ne me suis pas plainte. Bref. Où est la grosse?

— Quelque part.

— Je connais ton raisonnement, Josh...

— Uh-oh.
— Oui, c'est ce que tu dis...
— Je ne veux pas entendre.
— Tu dis : « Je suis un rien-du-tout » !
— C'est tout le contraire, ma chère. Je n'ai pas besoin de médailles pour me rassurer.
— Tu es comme ton père. Très fort quand il s'agit de défendre autrui.
— Ça n'est pas bien ?
— Si, mais tu n'as jamais appris à te défendre, toi. A te préserver. Et je vais te dire pourquoi. C'est l'immigrant en toi.
— Je suis aussi américain que toi.
— Tu ne penses pas que tu appartiens à la nation américaine. Tu as peur qu'on ne te remarque... qu'on ne te déporte ou je ne sais pas quoi. Tu as peur de posséder des choses à toi parce qu'il faudrait que tu les abandonnes. Oui, Josh, c'est vrai, et c'est pour cette même raison que tu étais jaloux de ce... cet Arabe.

Plus d'arguments de ma part, me dis-je — du moins pour l'instant — face aux pouvoirs de déduction de cette gente dame. C'était importé direct de l'école d'Aristote, son Grec favori.

Dans des moments comme celui-ci nous étions esprit contre esprit, cœur contre cœur, âme contre âme, et il devenait tellement évident que nous étions faits l'un pour l'autre que je m'étonnais presque que d'autres gens puissent tomber amoureux aussi.

Elle avait probablement raison sur tout. Ce don de perception était un véritable délice. Connaître la réalité des choses, même cachée, et dire ce qu'il fallait au bon moment. Elle savait reconnaître le bon moment. Elle faisait résonner un tas de clochettes dans votre cervelle, comme lorsqu'elle disait que tout comptait. Profond. Pour moi, c'était profond. Comme ce toast, durant notre nuit de noces : « Puissions-nous continuer d'enrichir mutuellement nos existences. »

Et nous le faisions toujours. N'empêche : elle avait flirté, ça ne faisait aucun doute.

9

Le bureau de Sy était situé au quatrième étage du Galaxy, dans l'ensemble des locaux réservés à l'administration de l'établissement, entre le casino aux étages inférieurs et les chambres dans la partie supérieure.

Quand j'entrai Sy était au téléphone, comme toujours. Il expliquait à son interlocutrice que les massages du dos n'étaient pas spécifiés dans son contrat et que d'autre part le masseur maison était malade.

Un comédien célèbre se trouvait également dans le bureau de Sy, et lorsque celui-ci raccrocha l'artiste dit aussitôt :

— Sy, je ne peux pas faire ça!

— Je me suis démené comme un diable pour t'avoir ce rôle. Je croyais que tu voulais cette pub.

— Je n'ai pas besoin d'une foutue publicité. Tu me traites de *has-been*?

— Je ne te traite de rien du tout. Nous, nous avons besoin de la pub, tu piges?

— Je n'ai pas besoin de ton boui-boui, tu sais. Je peux trouver quelque chose à Las Vegas pour deux fois plus.

— Eh, pourquoi tout ce foin?

— Ouais, comme tu dis, fit le célèbre comédien en sortant, furieux.

— Un type marrant, commentai-je.

— Alors ris une minute, mon vieux. Bienvenue au bout du monde. Tu profites de ton séjour? Joan a l'air très épanouie. On prend bien soin de vous? Sinon, dis-le-moi. Seul truc que je ne puisse pas t'avoir, c'est un massage du dos, ni un passage à « Good Morning America ». Tu as vu ce type? Je lui décroche un passage à cette émission — et ça n'a pas été facile, tu peux me croire, ce type est un has-been — et quelle est sa réaction? Il me snobe... Ce n'est pas un has-been pour rien, tiens... Plus ils sont petits, comme je dis souvent, plus ils rapetissent. Cette fille, sa partenaire, elle réclame un massage du dos. Tu as déjà vu ce genre de gamines? Ce sont tous des gamins. Tout est de la dernière urgence avec eux. Dans ce foutu bureau, c'est la fin du monde à peu près tout le temps... Enfin, tu sais déjà tout ça, évidemment. Alors, qu'est-ce que je peux faire pour toi?

— Ce type, Ibrahim. Tu le connais?

Une femme vêtue d'un ensemble strict entra dans la pièce.

— La publicité pour les T-shirts est sortie aux mauvaises dates.

— Vous ne pouvez pas refaire une campagne?

— Nous y arriverons, mais en attendant il nous faudrait quelque chose, un passage aux actualités si possible.

— Je vais voir ce que je peux faire.

— Le plus tôt sera le mieux, répondit-elle en s'éclipsant.

— Les T-shirts, pfff, maugréa Sy. Oui?

Sa secrétaire venait d'apparaître sur le seuil du bureau.

— Une dame est ici, qui dit avoir été agressée par un de nos chauffeurs de cars.

Sy secoua la tête avec une moue écœurée.

— C'est un problème qui concerne la sécurité. Emmenez-la à la sécurité.

— Elle est très remontée.

— Vous voulez dire qu'elle voudrait un dédommagement. Bon, d'accord. Offrez-lui un repas.

La secrétaire repartie, Sy se tourna vers moi.

— Alors, mon vieux, que puis-je pour toi?

Le téléphona sonna.

— Vous dites que son nom est? demanda Sy. Et vous êtes de quel journal? Je vois. Eh bien envoyez-nous votre demande par courrier, sur papier à en-tête du *New York Times*, et nous l'étudierons... Franchement, non : je n'ai jamais entendu parler de vous. Mais vous savez il y a beaucoup de gens dont je n'ai jamais entendu parler... Merci, de même.

Il raccrocha avec un grognement.

— Encore un journaliste du *Times*. Il voulait une chambre et la bouffe gratuites pour une semaine entière ! Il est du *Times* comme moi, oui. Alors, mon vieux, que puis-je pour toi?

— Ce type, Ibrahim. Tu le connais?

— Bien sûr que je le connais. Je connais tous les flambeurs, ça fait partie de mon boulot. Un type très riche. Aux dernières estimations il pèserait dans les trois milliards de dollars. Et j'ai bien dit milliards. Un sultan quelconque. Il dirige son propre petit pays, où il pleut du pétrole. Mahareen, je crois que ça s'appelle, quelque part près de l'Irak. Quatre-vingt mille habitants, quelque chose comme ça. Tous cousins, évidemment. Son père était encore plus riche qu'Ibrahim. Tué dans une tentative de coup d'État, son père. Entre nous soit dit, cette tentative de coup d'État venait peut-être bien d'Ibrahim... Un dur, ce type... Mais il a été éduqué dans les meilleures écoles d'Europe. Deux années d'entraînement militaire. Top secret. Il a perdu un œil à la guerre. Tu t'en étais rendu compte?

— Non.

— Ne me demande pas de quelle guerre il s'agit. Ils sont toujours en guerre, tu sais bien. Des guerres saintes, évidemment. La femme qui l'accompagne est son épouse, mais d'après ce que je sais il en a quelques autres au pays. Riva est espagnole. Elle ne décoince jamais un mot, tu as dû remarquer. Très belle et très muette, mais c'est comme ça qu'ils les dressent là-bas, au Moyen-Orient. On devrait les imiter, si tu vois ce que je veux dire.

— Je deviendrais dingue avec une femme comme elle, dis-je.

— Oui, tu as sûrement raison. Moi aussi. Lui aussi, en fait. Il reluque sans arrêt les autres femmes. Il est comme Freud, ce sont les Américaines qui le branchent. Il adore les blondes. Il n'y a pas tellement de blondes dans son désert. Mais je n'ai jamais entendu dire qu'il ait fait des avances.

Moi si, pensai-je.

Sy me jeta un regard soupçonneux en prononçant ces derniers mots. Ou peut-être imaginai-je qu'il le faisait.

— Il collectionne les voitures anciennes, poursuivit-il. Champion de polo. Il joue aussi aux échecs. Très bien, d'après ce qu'on dit. Au bridge aussi, dans certains tournois. Le milliardaire de Mahareen typique, quoi. Il vient ici une fois par an, pour profiter des plaisirs de la ville. Il est musulman mais il lui arrive de boire quand il séjourne ici. Soutient activement les causes arabes, mais il ne hait pas les Juifs. Pourquoi ?

— Eh bien, tu sais que nous avons fait connaissance, dis-je.

— Toute la ville le sait. Tout le monde est au courant de cet incident au Versailles. Est-ce qu'il t'a au moins donné un peu d'argent de poche pour s'excuser ? Disons cinquante, et je veux dire cinquante mille ?

— Non, mais bien sûr nous avons dîné ensemble. Et je t'ai présenté, et tu as fait comme si tu ne le connaissais pas…

— C'est l'étiquette, Josh. Il est présomptueux de laisser penser qu'on connaît un sultan. Que se passe-t-il ?

— Rien.

— Il n'est pas bidon, si c'est ce que tu crois. Il s'est déjà fait une réputation en perdant trois millions de dollars en une seule nuit et en repartant comme si de rien n'était. Mais pourquoi pas, hein ? Quand il va pisser ses puits de pétrole pissent assez pour racheter cette baraque. Nous essayons de l'attirer ici depuis des années, mais il refuse de jouer à nos tables. Si lui et ses cousins venaient ici, nous n'aurions pas à nous occuper de la vente de T-shirts, si tu me comprends.

— Il n'est jamais venu ici?

Sy ne semblait pas goûter à l'excès la question.

— Il est venu une fois.

— Quand?

— Il y a quelques jours. Il est entré, a fait un tour, et il est ressorti. Il n'a pas dû apprécier l'ambiance, je suppose. Les flambeurs sont comme ça, ils y vont au feeling. Surtout les gros flambeurs, et ce type est un gros flambeur, le plus gros peut-être bien. Tu as déjà eu tant d'argent que tu ne peux pas perdre? Même si tu perds tu gagnes?

— Non, Sy. Je n'ai jamais eu autant d'argent.

— Eh bien lui il est comme ça. Même s'il perd, il gagne. La vie est-elle juste?

— Pour lui oui.

— Bah, pas complètement. Aucun homme n'a tout c'est bien connu. Lui, il est diabétique. Il faut qu'il prenne de l'insuline. Son toubib personnel le suit partout où il va. Il fait partie d'une suite très importante. On ne les voit jamais mais il ne faut pas se tromper, ils sont là Je vais te dire la vérité, Josh : j'étais surpris, je veux dire de vous voir ensemble, toi et lui. Je sais que tu les a combattus en 67. Si je me souviens bien, tu t'es précipité en Israël. Tu es un sioniste pur jus, Joshua.

— Je ne hais pas les Arabes, Sy. Je ne les hais que quand ils se mettent à me haïr.

— Une vraie parole de la Bible. Rien d'autre?

Non, me dis-je. *Rien d'autre*. Même si je ne savais toujours rien d'Ibrahim, à part ces détails de sa biographie. Mais il y avait chez lui plus que cela, et moins aussi.

Il n'était pas invincible. Il avait tout l'argent qu'il voulait mais un seul œil, et malgré toute sa puissance et sa prestance il était diabétique. Il n'était pas aussi parfait qu'il voulait le faire croire, et j'avais donc mes chances

Il faudrait que je m'en souvienne pour le diminuer dans l'esprit de Joan. Malgré ses protestations d'innocence, Ibrahim, l'idée romantique qu'elle se faisait d'Ibrahim, lui resterait dans le crâne après le départ d l'homme lui-même. A moins que je ne trouve un moyen de le démolir à ses yeux. Non, Ibrahim ne se contenterait pas de disparaître comme ça, et je ne pouvais pas lui permettre de disparaître dans son désert arabe en emportant avec lui le cœur de Joan. Il fallait que je m'occupe de lui ici, pendant qu'il était encore réel, et avant qu'il puisse s'enfuir et devenir un rêve pour elle.

Je demandai à Sy quelle importance avait pour le Galaxy la présence d'un homme tel que Ibrahim à ses tables de jeu.

— Une importance énorme, répondit-il. Gigantesque. Tout est là, en fait.

Je lui demandai ce qu'accepterait de payer le Galaxy pour faire venir un type comme Ibrahim.

— N'importe quoi. Ton prix est le nôtre.

Je n'avais pas de prix en tête, mais je pouvais en trouver un.

Sy m'expliqua que le Galaxy n'avait jamais été un établissement fréquenté par les flambeurs. Le Versailles, le Caesar's, le Resorts, le Trump, c'est là qu'ils allaient. Mais une stratégie se mettait en place pour attirer des « joueurs de qualité » au Galaxy.

Le nouveau directeur de l'établissement, Roy Stavros, y voyait une priorité absolue. Des architectes avaient déjà redécoré une partie du casino, créant des salons privés tendus de velours rouge, avec lustres, banquiers en smoking et une hôtesse par joueur pour accéder à son moindre désir. La mise minimale à ces tables était de cent dollars, bien entendu.

Oui, ils feraient tout et n'importe quoi pour un flambeur.

Et Sy — mon ami Sy —, que ferait-il pour allécher les flambeurs? Je ne lui posai pas la question.

Mais il parut deviner mes pensées.

— Nous sommes tous des putes, Josh. Tu le sais. Tu n'es pas né de la dernière pluie.

Sy avait toujours été correct avec moi. Lorsque j'avais quitté le journalisme pour l'activité plus lucrative de rédaction de discours, il avait été là, des années plus tôt, pour me rappeler que ce n'était pas grave. Je n'avais pas vendu mon fonds. C'était sa façon à lui de dire que j'avais vendu mon fonds.

— Survivre, avait-il déclaré, tout est là. Nous ferions n'importe quoi pour survivre.

Sur ce point, nous divergions. Nous serions prêts à faire beaucoup pour survivre, mais pas n'importe quoi.

— Allons, Sy, lui dis-je. Nous ne sommes pas des putes, pas chacun de nous. Pas même la plupart d'entre nous.

Sy éclata d'un rire paisible.

— Quelle innocence, dit-il. A ton âge ! Et venant d'un ex-journaliste ! Tu ne sais donc pas ce qui se passe ? j'ai l'impression que non. Dans mon secteur au moins, on achète des gens tous les jours. On les amène par car, par limousine ou par avion. On les loge. On les nourrit. On les saoule. On les dorlote. C'est cela qu'on fait : on les achète. Les gens sont vulnérables, Josh, et je vais te dire pourquoi. Ils sont vulnérables parce qu'ils sont comme tout le monde, et que tout le monde désire plus et mieux. Tu entends ? Tout le monde veut quelque chose de mieux dans la vie. Personne, non personne n'est heureux avec ce qu'il a déjà. C'est pour cela que notre secteur est prospère. Nous répondons à cela, à cette faiblesse, et c'est une faiblesse qui est en tout le monde, même les Ibrahim de ce monde.

Il me déclamait le discours qu'il ne pourrait jamais écrire pour son patron, avouant ces vérités qu'un directeur des relations publiques doit avaler, et je ne savais pas s'il parlait avec colère ou fierté, ou un mélange des deux. Mais il n'avait pas fini :

— Eh oui, Josh, tout le monde pense qu'il s'est fait baiser par la vie. Tu le sais bien, Josh. Tu n'es pas un gosse. Nous pensons tous que nous nous sommes faits escroquer, à un moment ou un autre. Personne n'est heureux de l'existence qu'il mène, et tu connais le dicton : « Qui est riche ? Celui qui est heureux de ce qu'il a. » Tu connais des gens comme ça, toi ? Non, tu sais comme moi que personne, vraiment personne n'est complètement satisfait de ce qu'il a. Ce n'est jamais assez. Même ceux qui ont tout n'ont pas assez, et il faut voir les choses en face : la plupart des gens n'ont rien. Rien, c'est un grand mot, je sais, mais toi tu comprends ce que je veux dire... Résultat : la situation est magnifique, je veux dire pour nous, dans notre secteur. Jamais nous ne ferons faillite et quand un casino passe dans le rouge c'est uniquement dû à une mauvaise direction, parce que les clients sont là, et ils recherchent tous cette chose impalpable, une vie meilleure... *Quelque chose de meilleur*. C'est le cri de l'humanité, Josh... Mais les animaux sont pareils. Ils courent, les oiseaux migrent, les poissons remontent le courant des rivières pour aller là-bas, parce que là-bas est mieux qu'ici. C'est l'instinct : la poursuite de quelque chose de meilleur. Même un poisson pense que son Créateur lui a fait une injustice qu'il essaie de réparer lui-même... C'est vrai, les gens ne se mettent pas au parfum aussi rapidement, c'est pourquoi la majeure partie de notre clientèle a un certain âge, tu l'auras sans doute remarqué. Ça n'a rien d'un hasard, Josh. Les jeunes croient encore que tout dans la vie leur est dû. Plus tard ils commencent à comprendre, et ils disent : « Eh, j'en suis à la moitié de ma vie et qu'est-ce que j'ai gagné ? Ce n'est pas juste. On m'a roulé. Je mérite mieux. » Alors ils viennent ici. Regarde-les, autour des tables, devant les machines à sous. Regarde leurs visages et dis-moi, est-ce qu'ils jouent ? Non, ils ne jouent pas. Ce n'est pas un jeu. Ce n'est même pas amusant. Tout ça est très sérieux. Déjà vu quelqu'un sourire au blackjack, au baccarat ou devant les machines ? Déjà vu des gens apprécier nos spectacles ? Nous avons les meilleurs, et pourquoi ?

— Pour le plaisir, répondis-je. Les gens viennent ici pour s'amuser, se détendre.

Sy eut un rire aigre.

— Ouais, bien sûr. La détente au soleil... Écoute, nous avons des clients qui ne savent même pas qu'il y a un océan de l'autre côté de la rue. Ouais. Oh, nous vendons le tout avec l'étiquette « détente-plaisir », bien sûr, tu as vu nos publicités, mais tout ça est sérieux, Josh. Foutrement sérieux. Tiens, l'autre jour un jeune type était à la roulette, et il y perdait une fortune. Il perdait à chaque fois, et il transpirait et il jurait et il perdait. Jamais vu un type aussi misérable. Arrive son père qui le tire par la manche pour l'écarter de la table, tu vois le genre, pour lui rappeler qu'il faut qu'il garde quelque chose pour sa femme et ses enfants. Et le type se retourne et lui sort : « Fous-moi la paix, Papa! Tu ne vois pas que je m'amuse? »... Crois-moi, Josh : ils sont vulnérables. Tout vient de là. Et celui qui a inventé le jeu, quel génie! Il avait trouvé la faille. Nous, nous avons pris le relais. Nous appâtons en disant : c'est ici, venez donc le prendre, venez gagner ce million de dollars. Et ils viennent. Ils accourent... Tiens, tu veux un chiffre? Trente millions. C'est le nombre de gens qui vont dépenser leur argent au casino chaque année. Il n'y a pas un autre endroit sur la terre qui voit défiler autant de monde. Trente millions. D'après toi, il y a autant de gens qui vont à l'église?

Je lui répondis qu'il aurait ses trente millions de péquins s'il réussissait à regrouper toutes les églises en un seul endroit.

— Jamais de la vie, rétorqua-t-il. Les gens ont laissé tomber la religion. Ou alors ils passent à l'église histoire de saluer Dieu, pour rester en bons termes. Par crainte. Mais il n'y a pas besoin de foi pour croire en une machine à sous. Tu prends un car, et tu arrives ici. Tu mets tes pièces, tu abaisses la manette et qui sait, peut-être que tu n'auras plus jamais à prier pour une vie meilleure... Eh oui, Josh, c'est ce que nous faisons ici : nous promettons une vie meilleure, et c'est ce que nous recherchons tous, même toi. Vrai, nous dépensons beaucoup d'argent, mais il y a une raison : ça nous fera gagner encore plus d'argent! Nous allons dépenser un million de dollars pour déplacer cet escalier d'ici à là, et pourquoi? Parce que ça nous fera gagner deux millions de dollars. Tout est là : dans un casino l'argent est tout. D'un bout à l'autre de la Promenade nous faisons tous le même boulot : nous achetons les gens. Parfois il suffit d'un T-shirt, parfois il faut plus. Mais je n'ai jamais rencontré d'homme ou de femme qu'on ne pouvait pas acheter. Le tout est de proposer le prix qui convient.

10

Caché à la vue du public, un ascenseur privé menait directement aux suites des clients fortunés. Il se trouvait dans un coin retiré, après une salle servant de cimetière aux machines à sous hors d'état. Un groom m'y avait mené, après avoir téléphoné et répété mon nom. Ainsi Ibrahim savait que je venais le voir. A la place de Joan.

J'appuyai sur le bouton pour appeler l'ascenseur, et quand les portes s'ouvrirent j'hésitai, comme toujours. Prendre l'ascenseur n'était pas mon passe-temps favori. Je n'avais pas le vertige, ni la peur de voler, ni celle du combat ou une autre de ces phobies répandues, mais les ascenseurs m'avaient toujours terrifié.

Rester enfermé à l'intérieur! Pire, y être oublié... Oui, c'était ma plus grande peur. Un jour je me trouverais bloqué dans une cabine d'ascenseur et personne ne le saurait. Pendant des heures, des jours, des mois, des années. Je ne manquerais suffisamment à personne pour qu'on s'inquiète. Oublié. Je ne pouvais rien imaginer de plus horrible.

Être mort ne serait pas moitié aussi horrible, si on savait que vous étiez mort. Imaginez maintenant que vous soyez mort et que personne ne le sache? Ce serait affreux.

Mais être vivant et que personne ne le sache, voilà qui était bien pire encore. C'était même la pire des choses.

Dans l'ascenseur qui montait vers le dix-huitième

étage, je réfléchis à ce que j'allais dire. « Arrêtez de draguer ma femme » ? Non, ça n'irait pas. Je pourrais le provoquer en duel... C'était un peu dépassé. En gros je n'avais donc aucun plan de bataille, à part me montrer et satisfaire... plus que de la curiosité. Oui, beaucoup plus.

Je n'étais pas du tout certain de faire ce qui convenait. Joan et moi nous étions querellés une bonne partie de l'après-midi à ce sujet. Elle estimait que je me conduisais comme un crétin.

— La vieille réaction du macho, avait-elle dit, mais elle avait également ajouté : Tu ne peux pas gagner contre un homme comme lui.

Pas très loin de ce qu'avait dit Sy : même quand il perd, il gagne. Il ne peut pas perdre. Cette idée me chiffonnait un peu.

Quand je sortis de l'ascenseur un type qui ressemblait à Paul Newman — mais ce n'était pas lui — m'accueillit en disant :

— Veuillez me suivre, je vous prie.

Je détectai un accent autre qu'arabe.

Hormis sa ressemblance avec Paul Newman, il ne m'était pas inconnu. Je me souvins alors qu'il se trouvait à la table voisine de la nôtre, le soir précédent au Tropicana.

Bientôt d'autres visages apparurent dans le couloir que nous suivions, Paul Newman et moi. Des visages aussi familiers que le sien. Il était clair que Ibrahim avait bien une suite nombreuse, et qu'elle était partout.

On m'escorta jusqu'à une pièce qui me surprit par son manque de décor. Il n'y avait qu'un canapé beige, deux fauteuils identiques, une table basse et un petit bar. Bien sûr ce n'était qu'une des nombreuses pièces de la suite. Ibrahim devait avoir retenu tout l'étage. D'un autre côté, il aimait peut-être les pièces peu meublées. Un homme riche n'a pas besoin d'être riche tout le temps, à la différence d'un homme pauvre qui lui ne peut faire autrement qu'être pauvre tout le temps.

On me laissa seul quelques minutes. Me surveillait-on ? J'aurais parié que oui. En fait, j'avais eu cette sensation dans l'ascenseur, et même auparavant, alors que je venais par la Promenade. Paranoïa? Peut-être. Pas sûr.

Ibrahim pénétra dans la pièce, portant un costume noir et un sourire très blanc. Les femmes devaient le juger éblouissant, pas de doute. Il se montrait si jovial que je me levai naturellement du fauteuil pour lui serrer la main qu'il présentait. Nous étions seuls dans la pièce. Il m'offrit un Manhattan et se servit un cognac.

— Je savais que vous viendriez, dit-il.

Il s'assit face à moi et je remarquai un mouvement particulier. Au lieu de relever légèrement ses pantalons aux genoux, comme le font certains pour en épargner le pli, il accomplit un geste latéral inutile de sa main droite, signe qu'il avait l'habitude de robes.

C'était le sultan de Mahareen!

— Pas ma femme? dis-je.

— Non, c'est vous que j'attendais, et je suis très heureux que vous soyez venu. Nous avons beaucoup à discuter.

— Vous avez des gardes du corps intéressants.

— Oh?

— Israéliens, n'est-ce pas?

Il maîtrisa un toussotement. Jamais il n'avait été aussi près d'exprimer son étonnement.

— Excellent, dit-il. Comment avez vous su?

— L'accent. Et pas un d'entre eux ne porte de cravate.

— Vous êtes surpris?

— Non. Les gardes du corps du roi David étaient des Philistins. Dans le palais d'un homme ses ennemis sont plus sûrs que ses amis.

— Mais vous vous demandez sûrement comment j'ai pu conclure un tel arrangement.

— Oui, je me le demande.

— Je vais donc vous le dire. Vu de l'extérieur, et pour préserver l'unité arabe, mon pays est dans un état de guerre perpétuelle contre Israël. Nous déclarons ce qui convient contre lui, pour entretenir la haine du peuple, et nous ne reconnaissons même pas son droit à exister. Mais la réalité est bien différente. Nous sommes amis. Non par goût, peut-être — bien que j'aie de l'estime pour eux —, mais par nécessité. Nos deux peuples vivent sur des terres arides. Ils n'ont pas de pétrole. Nous n'avons pas d'eau. Nous leur fournissons le pétrole, ils nous fournissent leurs experts en irrigation. C'est de telles nécessités que découle l'amitié, monsieur Kane, même en temps de guerre. Ce principe s'applique aux individus, comme nous deux. Tout ce qu'il me faut, c'est trouver quel est votre besoin. Vous connaissez déjà le mien.

— Vous espérez que je sois correct après une réflexion pareille?

— Oui, parce que nous parlons affaires.

— Vraiment?

— Je crois comprendre que votre femme s'entêtera à m'éconduire. C'est pourquoi je parle avec vous.

— Les affaires, répétai-je.

— Les affaires, oui. Deux personnes font affaire quand elles comblent mutuellement des besoins.

— Ma femme n'est pas une affaire, monsieur Hassan.

— Oh, tout est affaires, monsieur Kane. Tout est transaction. Tout est affaires et je vais vous le prouver. Je vous offre un million de dollars contre une nuit avec votre femme.

Et un dromadaire en prime?

Très bien, me dis-je, *c'est le moment le plus incroyable de ta vie*, Joshua Kane. Et le compliment le plus injurieux aussi! Est-ce qu'un homme a jamais été aussi insulté? Est-ce qu'un homme a jamais été aussi flatté? Qu'y a-t-il de plus grand? De plus bas?

— Une nuit et une nuit seulement, répéta Ibrahim. Un million de dollars. Net d'impôts.

Je réussis à rire, puis je dis quelque chose de stupide :

— Je n'ai jamais entendu rien de pareil.

— Je n'ai jamais vu quelqu'un de pareil à votre femme, monsieur Kane. Les choses sont donc égales. Nous pouvons faire affaire.

— Jamais.

— Je vous en prie, je ne vous demande pas une décision maintenant. Réfléchissez-y. Pensez à ce million de dollars. Mais souvenez-vous... Une nuit passera très vite. L'argent durera toute votre vie. Alors ne dites pas « *jamais* », monsieur Kane. Il faut y penser.

Je me levai et posai mon verre sur la table basse. C'était bien là le problème : *y penser*.

— Déjà ? dit-il. Je croyais que vous étiez un joueur, monsieur Kane. Eh bien, voilà : le jackpot ! Et contre quoi ? La mise n'est pas si haute. Un million de dollars n'est rien pour moi. Une nuit avec votre femme... Cela ne devrait rien être pour vous. Une nuit.

— Je ne joue pas ma femme.

— Le jeu est le jeu. Votre femme elle-même a reconnu qu'elle était une joueuse effrénée. Ce n'est qu'un jeu de plus.

— Quand avez-vous vu ma femme pour la première fois ?

— Avec vous, au casino du Galaxy.

— Sy Rodrigo a quelque chose à voir avec tout ceci ?

— Très peu. Je lui ai seulement demandé qui vous étiez, vous et votre magnifique épouse.

— Donc vous me connaissiez déjà quand vous m'avez proposé de m'asseoir à votre table, au Versailles, en prétendant que je vous portais chance.

— Oui, je vous connaissais déjà, et oui, je vous ai traité en ami dans ce but.

A l'évidence, il était prêt à m'écraser de sa candeur.

— Sy est au courant de cette offre ?

— Je ne le lui ai pas dit. Mais Sy Rodrigo n'est pas né d'hier.

— Non, bien sûr. C'est un homme qui vit dans la vérité des clichés. Il croit que tout homme peut être acheté. La seule question est celle du prix, or vous m'offrez un million de dollars. Dites-moi, monsieur Hassan, lui avez-vous promis de jouer à ses tables en échange du sacrifice de ma femme ? Quel était le marché ?

— Il n'y a pas eu de marché. Une simple... compréhension réciproque. Et pourquoi parlez-vous de sacrifice? Je ne vais pas la tuer. Puisque nous pouvons nous exprimer en toute franchise, nous ne parlons que de sexe. Vous avez déjà passé de très nombreuses nuits avec elle, et vous en passerez encore de très nombreuses. Je n'en demande qu'une. Craignez-vous qu'elle ne tombe amoureuse de moi?

— Non, mais je m'écœure moi-même à entendre ce que vous dites.

— Oui, vous avez votre honneur, votre intégrité, vos valeurs. Mais vous n'avez pas un million de dollars.

— Aucune somme d'argent ne vaut ce que vous demandez.

— C'est ce que vous dites maintenant. Mais je vous assure que vous y réfléchirez. Je vous garantis même que vous ne réfléchirez plus qu'à cela.

Je repris mon verre et me rassis. Il existait une réponse parfaite à la situation, mais je ne parvenais pas à la trouver. Je cherchais une phrase ou un geste assez fort pour mettre un terme à toute cette histoire maintenant, là, dans cette pièce, avant que je ne sorte et qu'elle ne devienne une idée fixe. Mais je n'avais aucune inspiration.

Par pure stupidité je m'étais aventuré dans un monde où je ne pouvais pas gagner. Et même si je gagnais, je perdais. L'exact contraire de ce qui était vrai pour lui. Même s'il perdait il gagnait. Comme l'avait dit Joan. Comme l'avait dit Sy. Cet homme ne pouvait pas perdre.

Dans son monde, les limites n'existaient pas. Dans le mien, seules existaient les limites.

A la table de blackjack j'avais eu un aperçu de la façon dont un homme immensément riche pouvait tout bouleverser, rendre anodin ce qui était sans prix. Et comme un abruti j'étais entré dans son jeu, là où le devoir d'un homme envers Dieu, l'honneur envers autrui, la fidélité du mari à la femme étaient une plaisanterie à l'ombre de cette montagne plus énorme que le mont Sinaï.

Oui, les gens étaient vulnérables parce que tous ils

désiraient mieux. Et c'est ce qu'Ibrahim avait tout de suite détecté en moi. Je croyais m'être conduit avec aplomb quand j'avais été son partenaire au blackjack, mais lui sentait mon désir, mon désespoir. Il prenait ma mesure, ce qui signifiait qu'à ses yeux j'étais apparu semblable aux autres, une créature insignifiante, aux envies pathétiques.

Mais il était trop tard pour revenir en arrière, maintenant. La discussion elle-même, le simple fait que j'y prenne part me rendait déjà complice de son dessein, me souillait déjà, et certainement Joan. Que cela me plaise ou non, j'avais surenchéri et j'étais battu.

— Je vous garantis que je n'y penserai pas, répondis-je en me souvenant que le doute, l'hésitation étaient la faiblesse qu'il cherchait, celle qu'il avait trouvée en Joan quand elle ne l'avait pas repoussé immédiatement. C'était hier, seulement, me dis-je. Et il avait essayé de l'avoir pour rien.

— Peut-être Joan voudra-t-elle y réfléchir, dit-il, et j'espère que vous en discuterez ensemble.

— Et sinon?

— Sinon, je le ferai.

— Votre arrogance est...

— Si vous avez l'intention de m'insulter vous perdez votre temps, monsieur Kane. Je m'attendais que vous soyez outragé. Mais je m'attends également que vous vous montriez raisonnable et ouvert. Je vous ai fait une offre. Vous n'avez pas d'autre choix que de l'accepter. Pensez au gain. Vous ne perdrez rien. Le sexe? Nous vivons à une époque où le sexe n'est plus rien. Autre chose, monsieur Kane : tôt ou tard Joan aura une aventure avec un autre homme. Je vous l'assure. Je connais ce genre de femmes. Elle est trop belle pour un seul homme. Alors pourquoi pas maintenant, avec un profit?

A cette phrase en particulier j'aurais dû être profondément offensé. Mais je ne l'étais pas. Aussi horrible que ce soit, je dois admettre que j'étais sous le charme. Sous le charme de son raisonnement, de sa candeur, de son talent pour réduire le plus complexe au plus simple. De plus le sourire n'avait jamais déserté son visage, un sourire qui d'une certaine façon nous faisait partager la même plaisanterie.

Il était sérieux, bien sûr. Mais il laissait suffisamment de place à l'humour pour que je profite de son dédain pour mon univers. Je l'enviais. Pas son argent. Mais être aussi détaché des trésors que sont les valeurs de la classe moyenne était un luxe propre à aiguiser la convoitise.

Ses yeux ne me quittaient pas, et je ne parvenais toujours pas à définir lequel était artificiel. Pour donner plus de poids à ses propos il se levait parfois de son fauteuil et se dressait de toute sa taille devant moi, me dominant mais sans aucune attitude menaçante. Il possédait la grâce d'un athlète, renforcée par une auto-adulation pleine de certitude. Il s'aimait, et cela aussi avait un certain charme.

Si vous le débarrassiez de cette mystique — et c'était difficile — ce n'était qu'un enfant gâté, rien de plus. Certainement on ne lui avait jamais refusé aucun caprice, même le plus aberrant. S'il voulait quelque chose, il l'obtenait. S'il voulait quelque chose qui appartenait à autrui, il l'obtenait aussi.

C'était ainsi quand vous étiez le sultan de Mahareen, le pays où il pleuvait du pétrole : les faveurs venaient aux favorisés. Sa fortune n'était pas seulement celle de l'argent mais aussi ce physique trop avantageux. Dans son royaume du désert il était certainement connu comme le Bien-aimé de Dieu.

Pour l'instant il se renfonçait dans son fauteuil, croisait les jambes avec ce geste royal de la main, et me décochait un sourire des plus malicieux.

— Imaginez que je sois impuissant ? Cela ferait-il une différence ?

J'hésitai avant de répondre :

— Non. Nous souffrons tous de ce genre d'ennui de temps à autre.

— Je voulais juste voir s'il existait pour vous des exceptions. Ma foi, vous êtes très résolu ! Vous ne laisseriez même pas un impotent toucher votre femme ?

Il parlait sur le ton de la réprimande.

— Quelque chose me dit que vous n'êtes pas impotent.

— Et si je l'étais?

Pour un million de dollars? Peut-être accepterais-je. Il fallait que je sois honnête. Peut-être accepterais-je, oui. Il avait finalement réussi à me faire douter, et il en était visiblement réjoui. Étudiant de la nature humaine tel qu'il était, il pouvait voir que je réfléchissais, pesant en esprit ces nouveaux paramètres, presque favorable soudain.

Le risque était singulièrement réduit s'il était vraiment impuissant, ce dont je doutais fort. Mais discuter d'exceptions était comparable à discuter d'un prix, et l'un ou l'autre étaient une chute des hauteurs de la vertu.

Qu'il soit impuissant ou non était presque sans intérêt. Le but n'était que de me forcer à réfléchir, à mettre en doute mes absolus. Il n'y avait pas d'absolus, disait-il. Il n'y avait pas de vérités. Nommez-moi un absolu, une vérité, disait-il, et je vous donnerai son prix. Voyons ce qui l'emporte.

— Bien sûr je ne suis pas impuissant, dit-il. Mais peut-être le suis-je. Peut-être. Je vous propose un million de dollars pour le découvrir. Vous êtes un joueur, monsieur Kane! Qu'êtes-vous d'autre ici, à Atlantic City?

Bonne question. J'étais venu à Atlantic City pour décrocher la timbale, mais pas de cette façon. Il devait exister un moyen de gagner beaucoup et proprement. Peut-être pas. Peut-être était-ce la seule façon. Pour gagner un million de dollars il fallait offrir l'équivalent, quelque chose d'aussi précieux, et même plus.

— J'ai vu votre expression à la table de blackjack, poursuivit Ibrahim. Et c'était l'expression d'un perdant, monsieur Kane. N'ai-je pas raison? Bien sûr j'ai raison. Vous voulez être riche! Tout le monde veut être riche. Je dois vous dire une chose : aucun homme au monde ne rejetterait l'offre que je vous fais. Un million de dollars? C'est une somme qu'aucun homme ne refuse. Ce serait comme refuser l'éternité, ou renoncer au paradis. Et je demande quoi en échange? Une nuit. (Il marqua une pause, pour assurer son effet.) Et je suis peut-être impuissant, en effet.

C'était sa carte cachée. *Je la retourne si vous offrez votre femme.*

C'était la mise.

— Pensez-y comme au blackjack. Pensez-y comme à n'importe quel autre jeu de chance.

Une nuit. Avec un homme qui était impuissant, peut-être. Pour un million de dollars.

L'inconcevable était devenu concevable.

L'étape suivante du raisonnement était de se dire : *et s'il n'est pas impuissant ? Ce n'est toujours qu'une nuit. C'est toujours un million de dollars.*

Il avait réussi à entailler les absolus d'un homme.

Ibrahim était visiblement passé maître dans cet art. Il avait déjà pratiqué ce jeu auparavant, peut-être même pour la femme d'un autre homme. Peut-être le jeu seul l'intéressait. Le prix ne pouvait égaler les délices de la négociation. La capture ne pouvait égaler le plaisir de la chasse. Il se délectait de voir le pouvoir de sa richesse arracher le masque de l'orgueil aux hommes et aux femmes. Dans ce sens il me voulait moi, ma capitulation, tout autant qu'il voulait Joan.

Quand un homme a tant d'argent que rien ne lui est inaccessible, il ne peut plus jouer qu'avec les gens. Ce qui avait pour premier objet de tromper son ennui créait fatalement du mépris, et le mépris d'Ibrahim pour autrui était aussi grand que sa prestance.

Sur la table basse Ibrahim prit un Montecristo d'une boîte à cigares en cèdre. Il le renifla sur toute sa longueur, le lécha du bout de la langue pour coller la feuille de tabac puis en trempa le bout dans son cognac. Il le laissa sécher, sortit de la poche de sa veste un coupe-cigares et fit une incision en V parfaite. Ensuite il craqua une allumette et attendit quelques secondes que le soufre se soit totalement consumé. Il alluma alors son cigare en le faisant rouler entre ses lèvres, sans que jamais la flamme ne touche la feuille de tabac. Il tira à petits coups sur le Montecristo, et se souvint de ma présence.

— Mes excuses, dit-il en me présentant la boîte de cigares. Je peux vous en offrir un ? Cubains.

— Merci, mais ce serait gâché.

— Peut-être, oui.

Si cet homme avait un défaut, pensai-je, c'était de mésestimer son adversaire. Quelque chose dont on pouvait se servir contre lui. Comment, je ne le savais pas encore, mais il y avait un moyen. *Laissons-le jouer au tout-puissant, moi je serai le faible. Ensuite je le surprendrai. Je trouverai bien comment le surprendre.*

— Pour vos faveurs passées, fit-il, je vous dois plus qu'un cigare. L'autre jour vous m'avez réellement porté chance, comme vous avez d'ailleurs pu le constater par vous-même. Je vous avais promis que vous ne perdriez pas votre temps... (Il sortit une enveloppe rebondie de sa veste et la plaça sur la boîte à cigares.) C'est à vous.

A moi, c'était à moi ! Ma rétribution, les dix mille dollars que j'escomptais se trouvaient dans cette enveloppe, à portée de main. Cet argent était autant à moi que mon chèque de paie. Un accord oral avait été passé. J'avais rempli mon contrat, et à présent c'était son tour.

Pourtant comment pourrais-je prendre cet argent ?

Mais bon sang, j'en avais besoin. Foutrement besoin, même !

Tu te penches un peu, tu étends le bras et tu prends l'enveloppe. Elle t'appartient, elle n'a aucun rapport avec l'autre marché. Aucun rapport. Cet argent-là est propre. Kascher. Béni. Sans souillure. C'est de l'argent mérité. Du bon argent. Honnêtement gagné.

Mais c'était aussi un test, un appât, un piège. Un artifice pour me faire céder. *Prends cet argent, et tu as perdu.* Avait-il prévu cette manœuvre depuis le début et l'avait-il gardée en réserve pour ne l'utiliser que maintenant ?

Si oui, il avait tout calculé avec beaucoup plus de soin que je ne l'avais cru. A présent je comprenais pourquoi il ne m'avait rien donné à la table de blackjack. Il le conservait pour l'instant présent. Alors cette enveloppe aurait été gaspillée, elle n'aurait eu aucun poids dans la tractation, maintenant elle constituait un argument de plus. Il avait monté sa machination depuis le début, et m'avait ferré peu à peu. Jusqu'à prévoir que c'était moi qui viendrais à son rendez-vous et non Joan. Il l'avait ferrée, elle aussi. Il avait deviné qu'elle me dirait tout. Y avait-il quelque chose qu'il n'avait pas prévu?

— Prenez-la, dit-il. Elle est à vous.

— Non, elle est à vous. Ce qui est à vous reste à vous. Ce qui est à moi reste à moi.

Il saisit l'allusion, mais je n'avais marqué aucun point. Puisqu'il avait tout prémédité, il avait dû envisager aussi ce refus. J'étais opposé à une finesse supérieure, et le défaitisme commença à m'étreindre. C'est le problème avec les perdants : ils s'attendent à perdre. Oh, mais j'étais un gagnant !...

— Vous ne vous sentez pas bien? s'enquit-il.

— Je vais très bien.

— Vous êtes pâle. J'ai un médecin dans la pièce voisine. Vous êtes très pâle.

Je connaissais cette tactique, typique d'un joueur, pour diminuer et intimider l'adversaire. Pourtant c'était vrai, j'étais couvert de transpiration, je me sentais mal à l'aise dans mes vêtements et l'atmosphère m'oppressait. Le conditionnement d'air ne fonctionnait pas dans les appartements d'Ibrahim, peut-être à cause de quelque interdit religieux concernant la pureté naturelle de l'air. Et je commençais à suffoquer.

Bien entendu, en qualité de fils du désert lui était accoutumé à la chaleur.

A présent je m'affaiblissais et j'avais des difficultés à respirer et cette sensation, quand je craignais que chaque inspiration ne soit la dernière, était accompagnée de frissons. Ma vision se troublait.

Notre médecin de famille n'avait rien détecté sur le plan physique, et il avait diagnostiqué pour ces crises un cas relativement bénin du syndrome de la peur des gens, le même qui affectait Howard Hughes, Greta Garbo et J.D. Salinger. Ce qui signifiait que j'étais en bonne compagnie.

Mais ces crises étaient rares, cette crainte des gens, et maintenant j'avais une de ces rares crises et Ibrahim me semblait se dresser devant moi comme les géants de Canaan. Je me sentais aussi minuscule qu'un insecte.

J'essayais de lui dissimuler mes tremblements convulsifs, mais il me souriait et je me dis qu'il fallait que je sorte au plus vite.

Je me rappelais l'Exposition universelle de New York. A cette époque je travaillais dans une équipe de nuit, et au matin je remontais les escaliers pour sortir alors que les touristes déferlaient des métros aériens par milliers, inconscients de mes efforts pour trouver un passage dans ce flot humain. Je me sentais alors horriblement petit, sans aucune importance, rejeté par la race humaine.

Exactement comme en ce moment.

Ne meurs pas, me répétais-je. *Pas maintenant. Garde ça pour plus tard.*

Je rassemblai toutes mes forces et je réussis à me mettre debout. Je rejoignis en titubant la porte qui changeait de place sans arrêt. Mais je l'atteignis, et je laissai Ibrahim assis dans son fauteuil, qui me regardait avec les yeux d'Esaü-le-Chasseur.

11

L'ascenseur me libéra à côté du cimetière des machines à sous. De là on ne pouvait sortir que par le casino. J'étais de toute façon d'humeur à y aller.

Des lumières clignotaient devant mes yeux, et les néons au-dessus des machines à sous annonçaient des gains possibles de 25 000 dollars, 50 000, 100 000, 250 000, et même un million de dollars !

En dehors de cet éclairage intermittent, l'endroit était sombre. Il faisait toujours nuit dans le casino, pour que les gens oublient le grand air. Il n'y avait aucune pendule, pour que les gens oublient le temps. Ils avaient même masqué l'entrée des toilettes et les sorties de secours. Ceci, mesdames et messieurs, essayaient-ils de vous dire, ceci est le monde entier ! Tu n'auras pas d'autre monde devant les yeux que celui-là.

Pour l'instant ça m'allait très bien. J'avais justement besoin d'oublier le temps, l'endroit, et ma propre personne.

Je fis ma tournée. D'un bout à l'autre, les tables étaient assaillies de clients. Blackjack, baccarat, craps, roulette, grand-roue, ils étaient assis devant ces autels, comme en prière. Ici la réponse aux prières venait rapidement, quoique rarement affirmative, avec chaque carte retournée ou chaque lancer de dés. Ici était décidé qui serait riche et qui resterait pauvre. Le paradis et l'enfer en un seul lieu.

Je saisis le flot du casino, je ressentis sa magie, son attrait irrésistible. Je passai de salle en salle. Rien n'égalait ceci : l'argent ! La religion de l'argent. La chance, le culte de la chance.

Je vis un homme placer des jetons de cent dollars sur chacune des trente-huit cases de la table de roulette, sauf une. Ce fut ce nombre qui sortit. Il voulut protester, tout son visage exprimait sa colère, mais il n'avait personne vers qui la tourner. La roue et la bille étaient l'autorité finale, elles avaient toujours le dernier mot.

A une table de craps, un homme murmurait au dé dans son poing, l'encourageait en le lançant. On devrait trouver étrange qu'un homme murmure à un dé, et l'encourage. Mais ici ça ne l'était pas. Dans ce temple du hasard rien n'était étrange, ou déplacé. L'avidité même était acceptée.

Mais avidité n'était pas le terme convenable. Non, cette frénésie trahissait quelque chose de plus profond, un besoin de saisir la vie avant l'arrivée de la mort. « *Faites que mon numéro sorte, avant que je meure* », telle était la prière ici.

Ces femmes d'un certain âge devant les machines à sous, où avaient-elles trouvé ces mines agressives ? Comment faisaient-elles pour toutes se ressembler autant ? C'étaient les gens déversés par les cars, les joueurs d'un jour. Ils venaient de partout, mais c'étaient des habitants de banlieues modestes, chacun dans une maison identique à celle du voisin. Rien en eux ne suggérait l'idée d'espaces ouverts ou de liberté. Ils affichaient l'expression fermée de ceux qui ont vieilli trop vite, piégés par les certitudes de la routine. C'étaient les épouses d'employés moyens, aux existences régies par un salaire plutôt que par des rêves.

C'étaient les Américains qu'on ne voit nulle part ailleurs qu'ici, dans un casino. Ces établissements les faisaient sortir de leurs trous, et ils venaient en masse, décidés, féroces, pour réclamer leur part du jackpot américain. Chaque fois qu'ils abaissaient la manette, ils déclaraient : « *Donnez-moi, donnez-moi, c'est à moi.* »

Et je n'étais pas différent. Avec eux je disais : « *Donnez-moi. Je veux une vie meilleure. Je mérite mieux.* » Ce gros homme chauve, là, à la table de craps, avec ses plaques noires de cent dollars et son cigare noir au coin de la bouche, pourquoi avait-il tant de chance ?

Non, l'envie n'était pas le problème. Ni l'avidité. Ce que je cherchais, c'était la justice. Nous la cherchions tous. L'existence était injuste, bon sang, sauf pour les riches. Le but était simplement de la rendre vivable. Tout était là.

Joan n'était pas là quand je revins dans la chambre. J'appelai la réception pour avoir l'heure — je ne porte jamais de montre — et j'appris qu'il était sept heures et demie. J'avais dit à Joan que je serais revenu de chez Ibrahim pour six heures et demie au plus tard. Elle avait dû aller manger seule, me dis-je. Mais peut-être pas.

Je me mis instantanément à paniquer. Elle pouvait se trouver n'importe où, y compris chez Ibrahim. Non, impossible. Bien sûr il avait menacé de lui faire l'offre directement si je ne la transmettais pas, mais c'était encore trop tôt. Et se serait-elle précipitée chez lui, de toute façon ? *Ne soyons pas ridicule*, pensai-je.

Plutôt que de partir à sa recherche, je décidai de l'attendre. J'allumai le poste de télévision pour m'occuper, mais sans succès. Elle me manquait. Elle emplissait si bien les vides de mon existence que sans elle je n'étais plus rien.

Dans les endroits publics, lorsque je n'étais pas avec elle, je me retournais toujours sur les chevelures blondes. Quand je me retrouvais seul je continuais à lui parler. Je l'avais laissée devenir tout pour moi, et un homme ne devrait jamais permettre cela.

Peut-être était-elle déjà au courant de ma conversation avec Ibrahim. Si c'était le cas elle avait toutes les raisons d'être furieuse, et de repartir. Je regardais dans la penderie. Ses affaires étaient toujours là, bagages Gucci, chaussures Aigner, jupes, robes, pantalons et tout ce qu'elle avait sauvé de son premier mariage.

Le livre qu'elle lisait, *L'Arc de Triomphe* de Erich Maria Remarque, était sur le lit. Elle l'avait presque terminé. Je l'avais déjà lu et nous en avions discuté, disséquant l'idée que les femmes dirigeaient le monde de l'amour. D'après Remarque, l'amour était un domaine réservé aux femmes. Les hommes? Des étrangers en terre étrangère.

Joan estimait ridicule cette théorie. Une autre raison d'en vouloir aux femmes.

Dans le livre de Remarque, l'héroïne aimait le héros, mais elle ne voyait aucun mal à avoir d'autres amants. Personnellement, avait dit Joan, ce genre d'arrangement ne lui convenait pas. Mais elle pouvait le comprendre. Oui, elle pouvait comprendre qu'une femme aime un homme et garde d'autres amants. Les hommes ne faisaient-ils pas la même chose?

C'était différent, pour les hommes, avais-je répondu.

La vieille ritourelle : « *Les hommes ont le droit, pas les femmes...* »

Parfois je la provoquais dans le seul but de la voir prendre ses airs de princesse outragée.

Où était-elle maintenant?

J'aurais dû cogner Ibrahim, tout à l'heure. Mais cela ne m'aurait rien apporté. Il avait sans doute prévu aussi cette éventualité. L'offre serait quand même restée valable, et avec cette offre, à prendre ou à laisser, que je le cogne ou non, il me tenait. Oh oui, il me tenait magistralement.

Quand Joan arriva il était presque huit heures.

— Salut, dit-elle.

— Salut.

— Où étais-tu passé tout ce temps? As-tu terrassé le dragon?

— Toi, où étais-tu passée?

— Je suis allée manger. Seule, puisque tu ne revenais pas. Et j'ai joué un peu aux machines à sous, finalement.

— Toi?

— Juste pour tuer le temps.

— Et tu as gagné?

— Oui... Mais pas le jackpot d'un million de dollars.
— Peut-être bien que si.
— Quoi?
Je lui racontai tout.
Elle tomba à la renverse sur le lit, riant à moitié.
— Oh mon Dieu! Tu as dit non, au moins?
Je ne répondis pas immédiatement.
— Bien sûr.
— Tu n'as pas l'air sûr, justement.
— Bien sûr que je suis sûr.
— Alors pourquoi as-tu hésité? Si tu hésites maintenant tu as dû hésiter tout à l'heure.
— Je n'ai pas hésité.
Nous nous abîmâmes dans le silence, chacun attendant que l'autre parle, dise quelque chose de spirituel, d'amusant, de profond, de sage ou quoi que ce soit que réclamait la situation. Mais quelle était la situation, au fait? Qui était la partie lésée? Y avait-il seulement une partie lésée?
Joan ne semblait pas le penser. Elle s'était retranchée dans une de ces humeurs très « bonne société » que je n'arrivais jamais à cerner, mi-sérieuse mi-moqueuse. Impossible de la prendre au mot lorsqu'elle était ainsi, impossible aussi de ne pas la prendre au mot.
Un air joueur marquait maintenant son visage réjoui.
— L'offre est quand même alléchante, dit-elle.
— Arrête, Joan.
— Hmmm... Un million de dollars pour mon corps. Tu as vérifié dans le *Livre des records*?
— Non, mais je suis sûr que c'est le plus haut prix jamais offert.
— Tu es impressionné?
— Oh, je suis très impressionné, Joan !
— Eh bien, maintenant nous savons tous les deux ce que je vaux. Pas trop mal, qu'en penses-tu?
— Où veux-tu en venir, Joan?
— Moi? A rien, mon chéri. Où veux-tu en venir?
« Mon chéri » était un mot qu'elle n'employait que lorsqu'elle avait décidé d'abandonner toute délicatesse.

— On ne va pas remettre ça, dis-je.
— Exactement.
— Exactement quoi ?
— Je suis partante, Josh. Exactement ça.
— Ce n'est pas un très bon sujet de plaisanterie, Joan.
— Je ne plaisante pas.
— Il vaudrait mieux, pourtant.
— Oh mais non ! Je le ferais pour toi, Josh. Je suis heureuse de ma vie, mais toi non. Réfléchis. Plus besoin de travailler. Plus de bus, plus de métro. Nous pourrions partir de Philadelphie, que tu détestes. Acheter une maison, une voiture. Deux voitures. Trois voitures. Payer les études de nos futurs enfants. Voyager. Rester en Israël, pays que tu aimes, pendant un an, ou deux, ou trois, ou aussi longtemps que tu veux. Évidemment, avec tes principes religieux et tout ça, tu pourras donner dix pour cent à des organismes de charité, ou pour la recherche contre le cancer. Qui sait, c'est peut-être avec ton argent qu'on découvrira le remède. Tout ça pour une seule nuit avec moi. Ça ne ressemble plus vraiment à un sacrifice, tu ne trouves pas ?
— Au cas où je n'aurais pas été assez clair, nous parlons de ton corps.
— Tu as été très clair. Mon corps. Pas mon cœur. Pas mon esprit. Pas mon âme. Ceux-là, ils t'appartiendront toujours. Tu perdras mon corps, mais pour une seule nuit. Quelle affaire ! Qu'est-ce qu'un corps ?
— Très grosse affaire, oui.
— Un million de dollars, Josh. Le jackpot, Josh.
— Est-ce que tu peux croire que nous avons cette conversation en ce moment ?
— Oh oui ! je peux le croire. D'une certaine façon je savais qu'il arriverait quelque chose comme ça. Tu as toujours voulu être riche. Tu as prié pour être riche, et maintenant tes prières sont exaucées, d'une manière cruelle, bien sûr. Mais tu acceptes que ton Dieu soit parfois cruel. Eh bien : Il l'est. Oui, il y a un prix. Il y a toujours un prix. Mais tu ne perds pas tant que cela au change. Le sexe ? Ce n'est qu'une autre fonction organique.

— C'est presque mot pour mot ce qu'il a dit. Vous avez beaucoup en commun, tous les deux.

— Oh, n'en fais pas une histoire d'amour, Josh ! Il ne s'agit pas d'amour, mais d'argent.

— Et comme tu dirais, prenons d'abord l'argent, nous verrons ensuite pour l'amour-propre.

— Non, dit Joan. D'abord il faut gagner cet argent.

C'était un coup direct, et elle le savait, aussi sûrement qu'elle savait ce que signifiait « gagner » dans cette discussion.

— Comme tu es pragmatique, dis-je.

— C'est ce que je suis, oui. Pragmatique.

La nuit dernière elle m'aimait plus que tout au monde. Rien ne pouvait nous séparer. Elle répéterait ces paroles maintenant, j'en étais certain. Mais pour l'instant le mot important était pragmatisme.

— Oui. Tu es très pragmatique.

— Oui, et pragmatique, toi tu ne l'es pas.

— Alors il gagne. L'Arabe gagne.

— Non. C'est nous qui gagnons.

— Il va te toucher.

— Je survivrai.

— Il va te *pénétrer*.

— Tu as dit qu'il était peut-être impuissant.

— Je ne le crois pas une seconde.

— Bon, donc il va me pénétrer. Je fermerai les yeux et je penserai au million de dollars.

— Joan, ça fait de toi une *pute* !

— Et alors ?

— Ça ne te dérange pas ?

— Non. Et puis, ce n'est pas l'Évangile selon Sy ? *Nous sommes tous des putes*.

— Tu veux dire qu'il a raison ?

— Bien sûr il a raison.

— Je ne comprends pas les femmes.

— Je ne comprends pas les hommes. Tu veux que je le fasse, je le sais.

— Non, je ne le veux pas.

— Si, tu le veux. Ça se voit.

— A quoi le vois-tu?
— A tout.
— Quelque chose que j'ai dit?
— Non, ce n'est pas ce que tu dis.
— Ce que je ne dis pas, alors?
— Aucune importance.
— Il y a une formule magique?
— Pour quoi faire?
— Pour te convaincre que je ne veux pas de tout ça. Existe-t-il une formule magique pour tuer cette laideur qui s'est mise entre nous?
— Non, il est trop tard pour les mots magiques. Je n'ai pas le choix. Nous n'avons pas le choix. Nous devons le faire, Josh. Tu le vois bien, j'en suis sûre. Nos existences ont déjà changé. Chaque fois que nous recevrons une facture que nous ne pourrons pas payer, ou que ton patron sera sur ton dos, ou que la voiture tombera en panne, ou la machine à laver, nous penserons à ce million de dollars. C'est à ce point, oui. Nous ne pouvons pas reculer. Trop tard. Rejeter sa proposition nous déchirerait bien plus que l'accepter. La liberté, Josh! Tu serais libéré de toutes les entraves. Tu n'auras plus à écrire des discours bidons pour des patrons bidons. Tu te vends tous les jours. Maintenant c'est mon tour et je suis d'accord. La liberté, Josh. La liberté de dire oui quand tu penses oui, non quand tu penses non. Tu vas enfin l'avoir.

Je me souvins de ce qu'avait dit Ibrahim à propos du refus de l'éternité et du paradis. Un million de dollars permettait d'acheter un peu plus que des biens matériels. En fait, c'était même l'aspect le plus négligeable. Le gain principal s'appelait liberté, c'était vrai, cette liberté que perdait un homme en devenant mari, père, employé. J'avais toujours dit que tout le monde possède une partie d'un homme. Mais ce n'était vrai que pour les classes sociales inférieures et moyennes. Un homme riche se possédait lui-même. Quel effet cela ferait-il de posséder le droit de ses convictions et de ses goûts? C'était une question que je m'étais souvent posée. Dire ce qu'on a envie de dire, faire ce qu'on a envie de faire? Joan avait raison. Dire oui quand on pense oui, non quand on pense non. Combien de gens pouvaient se permettre ce luxe? Très peu.

— Mais cela va à l'encontre de tout ce que nous croyons, dis-je. Comment fera-t-on après?

— Tu veux dire après avoir rempli le contrat? Nous continuerons à vivre. Mais avec plus d'argent.

Pragmatique. Logique. Trop pragmatique. Trop logique.

Oui, le contrat. Qu'en était-il du contrat?

— Je saurai que tu as couché avec un autre.

— Tu le sais déjà. J'ai été mariée avant toi, tu te souviens? Et toi aussi tu étais marié.

— Nous n'étions pas mariés ensemble, alors.

— Non, mais nous avions couché avec d'autres partenaires. Ça n'a rien diminué entre nous.

— Mais c'était avant. Je parle de maintenant.

— Tu n'as qu'à faire comme si maintenant était avant.

Jongler avec le temps, comme les mystiques. Le passé, le présent, le futur n'étaient pas nécessairement appréhendables dans cet ordre. Un esprit fort ne se limitait pas au déroulement terrestre du temps. Un esprit fort était libre de transformer le futur en passé. Mais qui avait dit que j'étais un esprit fort?

— Rien ne changera, Josh. Tu oublieras.

— Suppose que toi tu n'oublies pas?

— Oh, il serait aussi extraordinaire? Josh, les femmes ne tombent pas amoureuses à cause du sexe. Jamais.

J'apprenais. Brusquement faire l'amour n'était plus qu'une fonction organique. A moins, bien sûr, que cela ne se passe entre deux personnes amoureuses l'une de l'autre. Et Joan et moi étions amoureux l'un de l'autre. Donc entre nous ça comptait. Avec Ibrahim ça ne compterait pas.

Elle avait raison sur un point : nos existences avaient déjà changé. Accepter la proposition détruirait peut-être notre couple. La refuser détruirait presque à coup sûr notre couple. Ce million de dollars serait toujours présent, et s'il n'était pas entre nos mains il hanterait nos esprits. Et ce serait bien pire.

Les femmes ne tombent pas amoureuses à cause du sexe?

— Combien de fois as-tu fait l'amour? demanda Joan. Avec moi, ton ex et d'autres femmes?

— Je ne sais pas. Je ne tiens pas de comptabilité.

— Tu peux te souvenir d'une fois plus que d'une autre?

Je ne le pouvais pas.

— Tu ne peux pas parce que le sexe n'est pas aussi spécial que ça, tout simplement. C'est comme la cigarette.

— La cigarette?

— Demande à un fumeur s'il se souvient d'une cigarette plus que d'une autre.

— Si c'est aussi anodin, pourquoi Ibrahim est-il prêt à payer un million de dollars pour faire l'amour avec toi?

— Oh !... La tentation, c'est autre chose.

De nouveau elle avait raison. Tout ça me déconcertait un peu. Tout le monde avait raison. Quelqu'un devait bien avoir tort, pourtant.

En ce qui concernait Joan, je ne pouvais pas me faire une idée de sa sincérité. Certainement elle était en train de jouer avec moi, de me tester, de me jauger. La vérité était là, derrière ce sourire qu'elle me décochait par intermittence. Mais je ne la connaissais pas, cette vérité. Je ne connaissais pas la vérité sur Joan. Il n'y en avait peut-être pas, ni sur elle, ni sur moi, ni sur personne.

La tentation était autre chose, d'accord. Mais ne parlions-nous pas d'une autre sorte de tentation? Pas celle d'Ibrahim, la sienne, celle de Joan. Après tout, c'était elle qui professait qu'il fallait tout essayer au moins une fois dans sa vie, et quelle fois ce serait!

Son manque d'indignation devant la proposition m'intriguait. Elle semblait trop consentante. Pas de doutes, de protestations, d'inhibitions, aucune réaction offusquée de cette femme qui croyait au caractère sacré de la personne féminine. Aucune révulsion de cette lady qui détestait que des gens auprès d'elle toussent, éternuent, se grattent ou simplement se raclent la gorge.

Plus question de fidélité pour cette lady qui m'avait un jour assuré qu'elle me tuerait si elle me surprenait avec une autre femme. Rien que l'acceptation, une certaine curiosité et quelque chose qui ressemblait presque à de la délectation.

Elle devrait être horrifiée, pensais-je, *et elle ne l'est pas. Son corps, mon pote ! Rien à voir avec le cœur, l'esprit et l'âme, voyons. C'est un contrat sur l'enveloppe, par sur le contenu. De quoi rêvent-ils, la nuit venue, dans leurs lits roses de la bonne société ?*

Moi, je ressentais tous les signes de la trahison, mais qui était le traître ? J'étais aussi coupable que Joan.

Tu le veux, ça se voit, avait-elle dit.

Ce n'était pas vrai. Impossible. D'accord, je me compromettais cinq jours par semaine, et qu'était une nuit en comparaison ? A la lady de jouer. C'est son tour. Pour décrocher le gros lot.

Pense à la rétribution ! Celle-là durerait des années. Alors, est-ce acceptable ? Non.

Mais est-ce inacceptable ?

Est-ce que quelque chose peut être à la fois acceptable et inacceptable, bien et mal ? Est-ce qu'un péché peut être anodin ?

Une nuit d'adultère équivaut-elle à une vie d'adultère, et est-ce acceptable si le mari y consent ?

Jamais.

Absolument jamais.

— En fait, ce n'est pas de la prostitution, disait-elle maintenant.

— En fait, c'est exactement cela.

— Non, c'est même tout le contraire. Nous acceptons cette nuit et ensuite nous rentrons chez nous libres. La façon dont nous vivons, ce n'est pas de la prostitution ? Les autres qui t'imposent leur volonté, qui se servent de toi ! Ce n'est pas l'exacte définition de ce qu'est une prostituée ? A la limite, nous effacerons la prostitution quotidienne de nos vies.

— Ça s'appelle rationaliser.

— Ou être réaliste.

Pose-toi la question, me dis-je. *Le test suprême : suppose que ta mère, ta sainte mère, ait eu la même proposition? Qu'aurais-tu voulu qu'elle fasse?*

Qu'elle refuse, évidemment!

Oh, vraiment?

Souviens-toi d'elle... Comme elle courait éteindre la radio quand le propriétaire rentrait et qu'il posait la main sur le poste. Ah, Mr. Sherchock était malin, oui! La radio était chaude, on s'en était servi!

Une telle finesse d'esprit venant d'un homme qui possédait un salon de beauté sur Park Avenue, un célibataire qui paradait avec ses conquêtes féminines pour nous impressionner et laissait ses cendres de cigare sur son bureau pour vérifier l'efficacité de ma mère. Rien de mieux à faire pour lui que réfléchir à ce problème crucial et avoir l'idée géniale de poser sa main sur la radio. Et elle était tiède!

L'horreur sur le visage de cette femme qui en France avait eu trois domestiques à ses ordres.

Et la réprimande : *« Je ne vous l'ai pas déjà dit, madame Kane? Je ne vous ai pas prévenue? Pas de radio. Je n'ai pas d'argent à gaspiller dans l'électricité. Mieux vaudrait que je ne vous y reprenne plus. »*

Souviens-toi du cadeau qu'était sa bonne humeur, sa gaieté. Et souviens-toi de ce jour où elle avait plié l'échine. Ses épaules s'étaient voûtées, sa bouche s'était close sur l'amertume et la vivacité avait déserté son pas. L'éclat avait quitté son regard, et même sa voix avait paru devenir lointaine, désincarnée.

Tout cela pour toujours, jusqu'à la fin de sa vie, car elle avait vu la vérité en un éclair, et ce n'était pas un jour où le père rentrait au foyer avec de mauvaises nouvelles. Non. Ce jour-là il avait de bonnes nouvelles. Il avait trouvé un nouveau partenaire et se lançait dans une nouvelle entreprise. Et dans un an, avait-il claironné, « *tu verras, nous serons invités de nouveau chez les Bronfman* ».

A cet instant elle avait compris. Jamais sa vie ne s'améliorerait.

Durant les vingt années suivantes rien ne l'avait vraiment changée. Elle accomplissait les tâches qui lui incombaient, elle remplissait son rôle. Elle avait déjà vécu sa vie, il ne lui restait plus qu'à attendre la mort. Même le retour de son fils de la guerre, le retour du héros, n'avait rien signifié pour elle. Que son mari se réjouisse et fête ce retour, mais pour elle un héros était un homme qui gagnait beaucoup d'argent.

La pauvreté, et moins le besoin que la dégradation, voilà le pire à endurer.

Maintenant... revenons au moment de sa révélation, et faisons-lui la proposition d'Ibrahim.

Accepter ou refuser ?

Refuser, bien sûr. Ce n'est pas acceptable, ce n'est pas bien. Mais...

... Quelqu'un a-t-il le droit de choisir la misère ? S'il existe un autre choix, par exemple un million de dollars contre une nuit ?

Oui, fais le bon choix pour survivre. Mais imaginons que ce soit le *mauvais* choix qui permette de survivre ?

Définissons la misère. Un ensemble de privations physiques, et à peu près n'importe quoi peut être excusé s'il s'agit d'améliorer sa condition. Mais la pauvreté — ou la perception qu'on en a —, est-ce une souffrance ?

12

Joan proposa que nous allions marcher sur la Promenade, afin de soulager nos esprits de ce fardeau, et dès notre premier pas à l'extérieur nous nous sentîmes ragaillardis à la seule vue de la foule qui passait d'un casino à un autre, par les rires, les couples qui marchaient main dans la main. Nous fîmes halte un moment près du pavillon devant le Tropicana et regardâmes l'orchestre et un homme qui exécutait des acrobaties sur son skateboard... Je me souvins du même genre de scène à laquelle j'avais assisté, sur le Mont-Royal à Montréal.

Nous entrâmes à Atlantic Books. Le dernier Philip Roth était sorti en édition de poche. Alors que Joan en prenait un exemplaire, j'entendis deux femmes, toutes deux employées au salaire minimum, qui parlaient de la boutique voisine de nouveautés.

— Vas-y. Ça te fera passer plus vite la journée.

Quelle façon de vivre : faire passer plus vite la journée !...

C'était donc ainsi pour presque tout le monde. A des degrés divers, mais personne ne pouvait ignorer la détresse d'autrui. Cela, c'était souffrir.

Une fois ressortis de la librairie, je demandai à Joan :

— Qui a dit : « Nous menons tous des vies d'une tranquille désespérance » ?

— Thoreau, dit-elle.

— Dans *Walden* ?

— Oui. *La plupart des gens mènent une vie de tranquille désespérance. Ce qu'on appelle résignation n'est qu'une désespérance confirmée. Un désespoir stéréotypé mais inconscient se cache même derrière ce qu'on appelle les jeux et divertissements de l'humanité.*

Bien sûr elle connaissait la citation. Elle était Joan.

— Oui, Josh. Le secret a déjà été divulgué. Thoreau le connaissait bien avant toi.

— Et tu es d'accord avec lui ?

— Oh, je ne sais pas... Non, je ne crois pas. J'ai vu trop de gens heureux.

— Moi aussi. Heureux une heure. Un jour. Une semaine, peut-être. Mais jour après jour ?

— Oh oui, dit-elle. Jour après jour. Ma sœur Sunny...

— Bon, d'accord. Il y a ta sœur Sunny.

— Et il y en a beaucoup d'autres, là d'où elle vient.

— Mais imagine qu'il ait raison...

— Bien sûr, il y a beaucoup de gens misérables...

— Et imagine qu'Ibrahim fasse sa proposition à l'un d'eux ?

Elle réfléchit un moment à cette hypothèse.

— Ils accepteraient. D'abord, si tu le dis à un niveau théorique, ils diront non, c'est sûr. Par réflexe. *Qui, moi ? Jamais.* Mais si tu mets l'argent derrière la question, la réponse sera oui. *Oui.*

— Et ça, c'est nous.

— C'est nous.

— Bien que nous ne soyons pas misérables.

— C'est un état d'esprit. Le tien.

— Le mien.

— Oui. Tu es obsédé par l'argent.

— Mais je ne suis pas misérable.

— Une personne qui n'a pas ce qu'elle veut, comment l'appelles-tu ?

— Donc je suis misérable.

— Non. Mécontent. Tu es mécontent et frustré et c'est la raison pour laquelle tout cela a un sens.

— C'est la seule raison.

— C'est la seule raison, affirma-t-elle.

— Et ça ne te fait rien... que nous n'ayons pas un sou... que nous roulions dans cette voiture ?...

— Si. Mais et alors ? Nous ne sommes pas les seuls.
— Tu peux le supporter, n'est-ce pas ?
— Oui, je peux. Mais pas toi. Et c'est pour ça que je suis d'accord.

Je résistai à l'envie de dire « Peut-être un peu trop d'accord ».

— J'ai confiance en toi, dit-elle. Tu as du talent. Les gens le remarqueront, forcément, et ils comprendront ta valeur.

Comme ma mère. La même gaieté, la même confiance en un avenir radieux. Comme ma mère, exactement, et comme elle Joan se réveillerait un jour pour découvrir que tout cela n'était que futilité.

Était-ce ainsi que je transformais Joan ? Comme mon père avait transformé ma mère ?

Dans ce cas, Joan avait raison. Accepter la proposition d'Ibrahim était sensé. Il n'y avait pas d'autre solution.

Pas question.

J'étais d'accord sur un point : j'avais du talent. Et les gens finiraient par reconnaître ma valeur. Oh oui !

Mais si cela n'arrivait que bien après ma mort ? Après tout, beaucoup de gens vivaient et mouraient sans qu'on reconnaisse leur valeur.

— A la façon dont nous parlons, on dirait des adieux.

Aussi inattendue qu'une embuscade, sa réaction me prit de court. Elle s'arrêta net, se retourna et me serra dans une étreinte fougueuse, couvrant mon visage de baisers humides.

— Jamais. Jamais jamais jamais. Rien ne changera. Rien. Tu es mon mari et mon amant, pour toujours.

Ça ne ressemblait que plus encore à des adieux.

Nous passâmes devant Convention Hall, où bientôt se tiendrait l'élection de Miss America, puis nous prîmes au vol un tramway. Joan était absolument ravie de cette petite infraction.

Nous nous assîmes l'un contre l'autre, très près.

— On ne fait pas assez souvent ce genre de choses, dit-elle avec un au-revoir de la main au gens sur le trottoir.

Sur la plage un athlète en maillot marchait sur ses mains, et la femme près de Joan dit :

— Et il recommence. Il fait ça tous les soirs. Il ne fait que ça. Je me demande s'il n'a pas un grain.

Même maintenant, dans l'obscurité, les habitants promenaient leurs chiens qui gambadaient au bord de l'eau. Sur le sable, à l'écart, les silhouettes de couples occupés à des bavardages intimes se découpaient devant le miroir sombre de la mer.

Sur les kiosques et les bancs le long de la Promenade s'étaient installées une collection de personnes âgées. Elles parlaient et gesticulaient et murmuraient et riaient sous cape, assemblage de vieillards venus du monde entier, accents et dialectes et langues diverses, même un peu d'anglais.

Après un passage à vide d'une trentaine d'années, Atlantic City était redevenue une ville cotée. La Promenade était l'endroit où il fallait être vu.

Je la surveillais du coin de l'œil. Elle avait l'air contente, ça ne faisait aucun doute... la proposition d'Ibrahim paraissait oubliée. Elle exultait, souriait et riait, bavardait avec les autres passagers du tramway. Malgré ses efforts pour être ordinaire et simple, elle dégageait toujours un je-ne-sais-quoi qui évoquait une reine venue se mêler à ses sujets bien-aimés. Sur ses épaules, le châle blanc qu'elle portait négligemment prenait des allures de toge royale. Cette lady avait vu la Riviera ! Comment pouvait-elle s'amuser ici ?

Elle avait voyagé en jet privé, en voiture de sport, en bateau de course, mais elle gardait une nonchalance indéfinissable. Un jour, elle m'avait dit :

— Au fond, je suis une vraie mère juive. Oy vey.

Pour la mettre à l'épreuve je l'avais donc emmenée à la synagogue orthodoxe de Castor, un jour saint. Elle avait été consternée.

— Oh, c'était très beau, avait-elle déclaré ensuite. Le chantre et tous ces hommes en blanc. Et ces mélodies étaient si jolies, et les rouleaux de la Torah... Quel dommage que je n'aie presque rien vu ni entendu parce qu'ils casent les femmes au fond ! Pourquoi, Josh ?

— Parce que... C'est trop compliqué, Joan.
— Au fond?
— Parles-en à Gloria Steinem.
— Mais *au fond*?
— Crois-moi, les femmes juives sont plus égales que les hommes.
— J'irai où tu voudras, Josh, vraiment, mais pas en deuxième classe.
— Les femmes n'ont pas besoin d'aller à la synagogue, de toute façon.
— Mais je veux y aller, moi. Pourquoi?
— Pourquoi quoi?
— Pourquoi les femmes n'ont-elles pas besoin d'aller à la synagogue?
— Parce que leurs prières sont déjà entendues, de par le simple fait qu'elles sont femmes.
— Très joli. Non, je suis sérieuse : c'est très joli. Mais un jour je parlerai à Dieu de cette histoire de femmes reléguées au fond. Il faut qu'Elle soit mise au courant...
A présent le tramway passait devant le Bally's Park Place, le Claridge et le Sands. Nous descendîmes plus loin, en face du Showboat.
— Nous entrons? demanda Joan.
— Non.
— Tu ne veux pas jouer?
— Non.
— Mais tu n'as jamais essayé, ici.
— Ils sont tous pareils.
— Ça ne ressemble pas à mon Josh, ça...
Domine-toi un peu, me dis-je. *Cette soirée est agréable, non? Et que faire d'autre?*
Elle me tira à l'intérieur.
— D'accord, fit-elle. C'est moi qui vais jouer.
Ce qui ne ressemblait pas à ma Joan.
— Quoi?
— Quelque chose...
— *Méfie-toi, Showboat!*
Elle suivit la foule et découvrit que le jeu à sensation était pour l'instant les pokers électroniques. Ici, à la

différence des autres machines, vous aviez un semblant de choix. Vous pouviez décider.

— Sais-tu seulement jouer au poker? lui demandai-je.

— Josh, tu ne me connais pas. Bien sûr que je connais les règles du poker, j'y ai joué au collège.

— Strip poker?

— Une fois, peut-être.

Une majorité de femmes occupaient les machines.

— Retiens-moi celle-là, dit-elle en me désignant la seule encore libre.

Elle partit faire de la monnaie et revint avec un rouleau de quarante pièces de vingt-cinq cents. Elle était visiblement excitée.

Elle mit un quarter.

— Chérie, fit une dame à côté d'elle, vingt-cinq cents ne te donneront rien. Il faut mettre cinq quarters au moins.

— Merci, dit Joan en continuant à ne mettre qu'une pièce à chaque jeu.

— Je connais cette machine, dit la dame. Ça peut chiffrer.

C'était l'évidence même. Sur les cinq cartes, Joan avait quatre carreaux : le dix, le valet, la reine, le roi. Un as de carreau et elle décrochait le jackpot.

— Tu vois ça, Josh?

— Oui.

Mais elle n'avait parié que vingt-cinq cents. Si elle sortait l'as elle ne gagnerait que quelques dollars au lieu d'un bon millier si elle avait parié cinq quarters, comme le lui avait recommandé la dame.

Joan conserva les quatre carreaux et changea la dernière carte. L'as de carreau apparut. *Flush royal.*

— Josh! s'exclama-t-elle.

La machine lui donna quelques dollars.

— Vous venez de perdre un millier de dollars, fit la dame à côté.

Joan s'en moquait. Elle avait eu un flush royal! Je m'en moquais aussi. Et alors? Mille dollars.

Je veux dire : *qu'est-ce que mille dollars, hein?*

Nous avions gaspillé mille dollars.

Qui a besoin de mille dollars?

Je transpirais. Qu'avait le système de conditionnement d'air de l'établissement? Je me remémorais ce film, *Hole In The Head* ou un titre approchant, dans lequel Frank Sinatra tient le rôle d'un fainéant fauché et Keenan Wynn celui du type riche. Ils sont amis d'enfance, et Sinatra essaie de faire croire à l'autre que lui aussi a réussi. Ils sont aux courses, ils ont tous les deux parié de grosses sommes sur le même cheval, et Sinatra a mis toutes ses économies dans ce pari. La course démarre et Sinatra est sur la pointe des pieds, à crier et à transpirer, alors que Wynn reste calmement assis parce que pour lui ce n'est qu'un pari de plus. Et il regarde Sinatra s'agiter et il voit le désespoir de son ami, et il voit le perdant en lui.

Il avait suffi d'un instant pour que le perdant se trahisse.

Alors ne te trahis pas, me dis-je.

Quand nous sortîmes du casino, je fis donc de mon mieux pour être gai.

— J'ai eu un flush royal, dit-elle.

— Et j'étais témoin!

— J'espère que je ne vais pas devenir accro. C'était vraiment amusant.

— Bien sûr.

Pas un mot sur le millier de dollars. Elle ne voyait pas les choses de cette façon.

Nous rentrâmes à pied. Près du Bally's Park Place plusieurs policiers avaient plaqué un Noir à terre. Les badauds attroupés disaient qu'il avait volé un sac à main. Maintenu au sol avec fermeté, le suspect répétait qu'il y avait erreur.

Je me tournai vers Joan.

— On fait quelque chose?

— Il n'y a rien à faire, admit-elle.

Nous pressâmes le pas pour rejoindre le Galaxy, mais avant de remonter dans notre chambre nous allâmes jusqu'à la Promenade pour contempler l'océan. Nous restâmes plusieurs minutes ainsi, sans rien dire, et je sentis qu'elle réfléchissait. Elle me glissait sans arrêt des regards en biais, soupirait ou souriait.

Tout était très calme, comme si tout le monde était parti. Joan cessa d'admirer l'océan et se tourna vers moi avec l'air déterminé à me faire une déclaration monumentale. Elle me regarda droit dans les yeux et pressa sa main contre ma poitrine. Mais les mots ne sortirent pas. Elle avait déclaré quelque chose de monumental, mais elle l'avait gardé pour elle. Elle se détourna et scruta de nouveau la mer.

J'eus alors le sentiment qu'il s'était passé entre nous quelque chose de grand et de profond, de merveilleux et d'horrible à la fois. Mais je ne savais pas ce que c'était.

— Mon père..., dit-elle après un long silence. Longtemps j'ai cru que tous les hommes étaient comme lui. C'était et c'est toujours quelqu'un de violent. Jamais il n'a levé la main sur moi, ma mère ou ma sœur. Mais il n'en était pas moins violent, il avait voulu des garçons et nous étions des filles, et il ne nous emmenait jamais nulle part. Il ne nous parlait presque pas. Il n'avait aucune patience avec les filles, et je ne suis pas certaine qu'il en aurait eu plus avec des garçons. Il reprochait à ma mère d'avoir donné naissance à des filles, comme si elle était responsable. Elle lui a demandé s'il aurait été plus heureux de ne pas avoir d'enfant du tout, et il a dit oui, *devant nous*. Sunny a pleuré pendant une semaine. Mais il y a un lien étrange entre un père et ses filles. Je me rappelle cette fois où nous l'avions accompagné à l'aéroport, et au moment de l'embarquement j'attendais qu'il se retourne vers nous pour nous faire un signe de la main, et... il ne s'est pas retourné. Je me suis sentie tellement *dévastée*... Je devais avoir douze ans, et ça m'a laissé une impression horrible. Je croyais que tous les hommes étaient comme ça... comme mon père. Oh, à bien des égards j'ai eu une jeunesse merveilleuse ! Bien sûr nous étions riches, mais quand on grandit dans la richesse on ne s'aperçoit pas qu'on est riche. Nous traversions les quartiers pauvres quand nous venions à Philadelphie, bien sûr, mais ce n'était qu'un décor pour nous. Mon père a même dit un jour : « Ce ne sont pas des gens réels. Considérez-les comme des extras. » C'est la stricte vérité... Charles était issu du même moule, je suis désolée de prononcer son prénom mais c'était mon premier mari. Je n'y peux rien. Et je croyais que je l'aimais, parce que j'étais censée l'aimer. C'était un homme bien, et il m'aimait... Mais il était tellement... Il ne me surprenait jamais. Je me souviens de lui avoir offert un roman pour son anniversaire. Il ne lisait que ses livres de droit, et je m'étais dit qu'il apprécierait quelque chose de littéraire. Alors je lui ai acheté un roman d'Updike, je crois. Et quand il a ouvert le paquet-cadeau il m'a dit : « Mais qu'est-ce que tu veux que j'en fasse ? » Alors j'ai compris, et j'ai vu ce qui se produisait. C'était mon père, son double. Tu as rencontré mon père, tu comprends ce que je veux dire. Charles était un peu moins insensible, mais pas de beaucoup. Et puis tu es arrivé dans ma vie... Josh, tout est devenu si différent avec toi, si excitant. Si seulement tu savais combien je t'aime, depuis le tout début. Tu as été parfait. A ta façon tranquille, tu étais époustouflant. Tu étais timide et impertinent, plein d'assurance et de doutes, tellement masculin et vulnérable en même temps... Et tu avais fait et vu beaucoup de choses et pourtant tu n'étais pas aigri, pas même cynique, même si tu aimes à le croire parfois. Mais tu n'es pas cynique, Josh. Tu es ouvert et disponible. Moi aussi j'ai fait et vu certaines choses, différentes de tes expériences, de toutes celles que tu as connues en Europe et en Israël, de ces femmes dont tu n'as pas voulu me parler, mais je devine. Tu as été un vrai débauché, Josh, je le sais. Moi je t'ai dit que je n'avais connu que deux hommes dans ma vie, Charles et toi, et c'est vrai. Mais ma vie n'a vraiment commencé que lorsque je t'ai rencontré. C'est alors que l'aventure a commencé. Tu es mon aventure, Josh. Tu n'es pas une femme et tu ne pourras jamais vraiment le comprendre, mais tu peux me croire, aussi libérée que soit une femme, elle ne vit que pour son homme. C'est aussi vieux que les cavernes de nos ancêtres et il existe un million d'exceptions, mais ça reste la règle. Je suis une femme, Josh, et tu sais que je combats pour mes droits. Et tu peux ironiser autant que tu veux sur nos bavardages revendicatifs autour d'un thé glacé au country club, ça n'y changera rien. D'accord, je ne suis pas complètement avec elles et je ne suis pas complètement contre elles. Je suis moi, une individualité, une âme irremplaçable comme tu dis, et voilà ce qui est important : je peux le nier et le combattre quand je me sens trop recluse, trop en toi, trop partie de ta vie, mais je t'appartiens, Josh. Je veux ton bonheur. Oui, je suis vieux jeu à ce point. Je veux dire, même quand nous faisons l'amour... Tu dois reconnaître que parfois c'est assez bizarre, mais tu aimes cela, donc ça me plaît. En fait *j'adore* ! Jamais je n'avais pensé que nous pourrions faire toutes ces choses, mais j'aime ça, Josh, vraiment. Mais ce n'est pas uniquement une question de sexualité. La sexualité est même le point le plus négligeable. C'est tout le reste. Les livres que tu lis, les idées que tu as, tes sentiments... Je veux tout pour moi. J'aurais aimé être avec toi en France, et à Montréal, et même quand tu étais à la guerre. Non, je ne te comprendrai jamais totalement et tu ne me comprendras jamais totalement. Mais c'est bien. J'ai même rêvé que j'étais une infirmière et que je te sauvais la vie et que nous tombions amoureux. C'est rare, non, d'avoir ce genre de rêves au sujet de l'homme avec qui on vit déjà ? Il fallait que tu saches tout cela, Josh, quoi qu'il arrive. Et nous savons tous les deux qu'il va arriver des choses, et ça nous fait peur et nous avons tous les droits pour avoir peur parce que c'est horrible. Cette chose est effrayante. *Effrayante*. Mais il faut que tu saches que même lorsque j'ai l'air moderne et libérée et que je me rebelle je reste une shiksa, et au fond je suis toujours ta Sarah, ta Rebecca, ta Rachel, ta Leah. Maintenant rentrons.

De retour dans notre chambre, nous revînmes à la réalité de la situation. Ibrahim et sa proposition se portaient toujours aussi bien à Atlantic City.

Il était temps de partir.

Elle prit une douche et se mit en tenue pour dormir.

— Je suis prêt, lui dis-je.

— Prêt?

— A rentrer chez nous.

— Nos vacances ne sont pas terminées.

— Pour moi, si.

— Ça n'est pas une fuite.

— Oui.

— Tu ne peux pas fuir cela, Josh.

— Regarde-moi.

— Tu es un combattant, Josh.

— Eh bien, je combats.

— En prenant la fuite?

— Repli stratégique.

— Tu es un héros de guerre. Tu as toutes ces médailles israéliennes.

— Je peux affronter un Arabe avec une arme. Mais comment faire face à un Arabe avec un million de dollars?

Nous nous assîmes sur le lit. Nous nous sentions las, épuisés, et la sensation nous submergea au même moment. Comme si un signal s'était déclenché, nous comprenions que nous étions arrivés à une fin, pour l'instant au moins. Le visage de Joan, habituellement rose, était d'une pâleur de craie.

— Alors qu'allons-nous faire? demanda-t-elle.

— Oublier. Oublier tout ça.

— Comme tu veux.

— Et je pense toujours que nous devrions rentrer.

— Comme tu veux. Je t'aime, Josh.

— Je t'aime, Joan.

Je décidai de ne pas la rejoindre dans le lit. Je descendis au casino pour jouer. Au blackjack.

Je gagnai cent quatre-vingts dollars. Il fut un temps où cette somme aurait représenté une fortune pour moi. Je serais revenu en hâte dans la chambre pour annoncer la merveilleuse nouvelle à Joan. Mais maintenant... Que représentaient cent quatre-vingts dollars ? En comparaison de mille dollars, par exemple ?

En comparaison d'un million de dollars ?

Nous quittâmes Atlantic City le lendemain matin.

13

Le réveil me tira du lit à six heures. Lundi matin, Philadelphie. L'épisode Atlantic City était terminé, et Philadelphie recommençait. Joan sommeillait à côté de moi. Elle avait encore une semaine de vacances. Moi, c'était fini. Le réveil venait de le confirmer.

— Je déteste Philadelphie, maugréai-je en me levant.

— Tu m'as réveillée, marmonna-t-elle à son oreiller. Tu ne peux pas faire moins de bruit, s'il te plaît ?...

Je me penchai donc sur elle pour lui murmurer à l'oreille :

— Je déteste Philadelphie. Est-ce que je t'ai dit à quel point, récemment ?

— Oui.

— Non, tu ne pourras jamais imaginer à quel point.

— Je sais. Je sais. Chhhtt...

Que vais-je mettre aujourd'hui ? me demandai-je. Moi et ma garde-robe de deux costumes et demi... Je pratiquais beaucoup l'assemblage. *Je vais pratiquer l'assemblage aujourd'hui*, me dis-je. *Non, je vais mettre le costume bleu. Mieux vaut porter un costume uni pour mon retour.*

On devrait toujours porter un costume, bien sûr, puisqu'il s'agit du monde merveilleux des affaires. *Idem* pour les relations publiques. Sans parler du fait que nous étions à une époque où on préférait que vous ayez l'air programmé plutôt que né normalement.

Naguère il m'était arrivé de porter un jeans au bureau, et nombre de gens en avaient été offusqués, un vice-président en particulier. Par Myer Lipson, j'avais appris que ce vice-président avait dit :

— A la façon dont il est habillé, on voit que Josh ne prend pas son métier au sérieux.

Au sérieux? Je devais prendre *ce* travail au sérieux? La chirurgie du cerveau, voilà un sujet sérieux. Mais on parlait affaires. Personne ne voyait donc la plaisanterie? Étais-je vraiment le seul à voir le résultat concret de tout ce cirque?

A leur façon de parler marchés et profits, on aurait pu croire qu'ils allaient tous vivre éternellement. Or ces businessmen avaient une durée de vie plus réduite que dans n'importe quelle autre classe professionnelle. Et pour ce que je savais, ils disparaissaient en laissant tout derrière eux, même leurs marchés et leurs profits.

Costume bleu, me dis-je. *Je porterai le costume bleu*. Je fouillai dans la penderie.

— Je n'ai plus qu'un caleçon de propre.

— Il faut que je fasse une lessive.

— Et une seule paire de chaussettes.

— Eh bien? Mets-les.

— Elles sont marron. Je voulais mettre mon costume bleu.

— Alors mets ton costume marron.

— Je n'ai aucune chemise qui aille avec le costume marron.

— La chemise blanche?

— La tache de sang se voit toujours sur le col.

— C'est une toute petite tache, et elle est presque partie. Tu devrais faire ressemeler tes chaussures. Les talons aussi.

— Demain.

Je trottinai jusqu'à la salle de bains, urinait, pris une douche et me coupai à la place habituelle en me rasant, juste à côté de la pomme d'Adam. Je ruinais la plupart de mes chemises de cette façon. Cette malédiction me mettait en rage.

— Pourquoi jures-tu ?

— Je me suis coupé en me rasant. Je déteste Philadelphie.

Je mis le costume bleu et les chaussettes marron. Qui regarde la couleur de vos chaussettes, de toute façon ? Puis je descendis prendre le journal qu'on aurait dû apporter.

— Devine ? dis-je en remontant. Pas de journal.

— Téléphone-leur.

— Je n'ai pas le temps. Ils te font poireauter une heure à leur standard, avec une musique atroce. Appelle, toi.

— Promis. Quand je me lèverai.

— On ne peut plus avoir de livreur de journaux capable. Je déteste Philadelphie.

J'avalai quelques cuillerées de cornflakes et une tasse de thé brûlant.

— Bye, dis-je.

— Bonne journée.

— Trop tard.

Je marchai jusqu'à l'arrêt de bus de Old Bustleton. Je passai à côté des voisins qui montaient dans leurs voitures. Nous n'échangeâmes pas un mot. Nous ne parlions qu'en hiver, quand nous nous retrouvions tous dehors, à débarrasser le trottoir de la neige. En été nous ne bavardions jamais.

Une fois j'avais essayé d'engager la conversation avec un voisin. Une semaine plus tard il installait une palissade d'aluminium autour de sa maison. Ensuite il acheta un chien qui devenait fou de rage quand je passais devant chez lui. J'avais compris.

Pour l'instant j'attendais le bus. *Oh Seigneur*, priai-je avec ferveur, *faites qu'il ait l'air conditionné et qu'il y ait une place assise pour moi*.

Mais aucun bus n'apparaissait. Étaient-ils en grève ? Je n'avais pas suivi les nouvelles. Il y avait toujours une catégorie professionnelle en grève. Dans cette ville on se contrefichait de fermer les écoles, de paralyser les rues, les trains, la collecte des ordures ou même les hôpitaux. Dans cette ville, rien ne marchait de façon satisfaisante.

Le bus finit pourtant par arriver, avec comme demandé l'air conditionné et une place assise. Fait incroyable, je n'avais pas la somme exacte du billet en monnaie. Pendant trois années j'avais accompli cette routine sans coup férir. Aujourd'hui, j'avais oublié. Le plus petit billet dans ma poche était une coupure de dix dollars.

— La somme exacte seulement, dit le conducteur.

— Vous voulez dire que vous ne me rendrez pas la monnaie ?

— La somme exacte seulement.

Je me retournai vers les autres voyageurs.

— Quelqu'un aurait la monnaie sur dix dollars ?

Mais je parlais à des zombies. Un bus plein de zombies.

— Très bien, dis-je au conducteur. Vous acceptez mon billet de dix dollars ?

— Mettez-le dans le détecteur.

Il fallut que je le glisse dans une fente, mais je me trompai de sens. J'essayai de le glisser à l'envers. Le conducteur aurait pu m'expliquer la manière de procéder, mais il restait impavide, à me regarder. Ils ne vous disent jamais rien, dans la Cité de l'Amour Fraternel. Ils se contentent de vous regarder. Je réussis enfin à insérer le billet dans le détecteur.

Ces nouveaux bus avaient été construits pour des gens amputés d'une fesse. Je me calai au fond du véhicule, entre une dame d'âge incertain à ma gauche et un homme bien vêtu — pour Philadelphie — à ma droite. Il pouvait avoir une trentaine d'années, et il n'y avait rien de particulièrement repoussant dans sa personne.

Je sortis un livre de mon attaché-case, histoire d'avoir l'air absorbé au cas où le bus deviendrait encombré et qu'une pauvre vieille chercherait à m'apitoyer pour me prendre ma place. J'étais un infâme salopard avec les vieilles dames, mais celles de Philadelphie avaient si mauvais caractère qu'on ne pouvait que les traiter de cette façon.

Je jetai un coup d'œil à l'extérieur tandis que nous

parcourions Bustleton Avenue. Il y avait des détritus partout ! Incroyable. J'aurais dû m'y habituer depuis le temps, mais je n'y parvenais toujours pas. Les balais sont donc en grève ? me demandai-je. Les bennes à ordures portaient les mots « *AIDEZ A GARDER PHILADELPHIE PROPRE* ». *Garder?* Parce que cette ville *est* propre ? Mais oui, Philadelphie la tout juste sale était considérée propre.

L'homme bien vêtu à ma droite cracha un gros jet de salive.

— Quoi ? m'exclamai-je.

Il ne m'entendit pas. Un autre zombie.

Qu'est-ce que je fais ici?

En hiver ils vous toussaient au visage, éternuaient, reniflaient. Vous aviez l'impression d'être dans un zoo. En été c'était un peu moins insupportable. Mais j'étais tombé sur un cracheur. C'était nouveau.

J'avais souvent dit qu'on devrait évacuer tous les habitants et bombarder Philadelphie. A présent j'étais moins convaincu de la nécessité de l'évacuation.

Comment se faisait-il que tous les ploucs de la terre se soient donné rendez-vous dans cette ville ? Pourquoi avaient-ils choisi Philadelphie ? Y avait-il eu une convention où l'on avait décrété Philadelphie Ville Sainte des Ploucs ?

Cette ville avait été celle de la Déclaration d'Indépendance. Elle était devenue La Mecque des Zombies. Elle avait frisé l'insurrection quand Leonard Tose avait menacé d'emmener l'équipe des Eagles à Phœnix. Mais quand le corps enseignant s'était mis en grève, aucune réaction.

Il cracha une nouvelle fois. Un gros jet bien écœurant.

— Eh ! fis-je.

Je lui balançai un coup de coude.

— Yo ! lança-t-il.

C'est ce qu'ils disaient à Philadelphie : « *Yo!* »

Yo, Angelo!

Il cracha encore.

J'avais payé dix dollars — dix dollars ! — pour endurer ça ?

— Plouc, lui dis-je.

Oui : *Plouc City, USA*.

Il cracha. Il y avait maintenant une petite mare de salive glauque devant nous.

Je jetai un regard alentour, espérant trouver une trace d'indignation sur le visage des autres passagers. Mais non, ils restaient zombiesques.

Encore une fois, me dis-je, *et je lui en colle un sur la bouche*. Pour l'instant, je me contentai de lui taper sur les mains. Ce n'était pas vraiment de la violence, plutôt un contact physique, et ce n'était pas du tout mon genre de frapper les gens en temps de paix. Mais à l'arrière de ce bus on approchait de l'état de guerre.

— *Yo!* répondit une voix à l'avant.

C'était mon ami le conducteur.

— Ce gars m'agresse, dit le plouc.

— Ce gars crache par terre, rétorquai-je.

Le conducteur arrêta le bus au coin de Bustleton et de Roosevelt, quitta le volant et vint à l'arrière du véhicule.

— Bon, fit-il. Que se passe-t-il?

— Il m'a frappé.

— Il a craché. Dans *votre* bus.

— Vous n'êtes pas le type qui... ?

— Oui, répondis-je. Je suis *le type qui*.

— Je peux vous ordonner de descendre.

— J'ai payé dix dollars pour prendre ce bus.

— Écoutez, je ne veux pas de problème, compris?

— Dites à ce type d'arrêter de cracher.

— Pas de problème, vu? Sinon j'appelle les flics.

La plupart des flics de Philadelphie étaient en prison, de toute façon.

Le conducteur retourna s'asseoir derrière son volant, et le bus redémarra.

— J'ai des problèmes, dit le plouc.

Il avait parlé sur un ton de confidence tel que je ne pouvais plus lui en vouloir.

— Quels problèmes?

— Des problèmes.

— Tout le monde a des problèmes.

— Les miens sont spéciaux.

— Désolé de l'apprendre, dis-je. Et désolé de vous avoir frappé.

— Vous ne devriez pas frapper les gens comme ça.

— En général je ne le fais pas. Vous êtes le premier.

Le bus s'arrêta au terminus de Bridge and Pratt, et tous les zombies descendirent pour se précipiter vers le métro. Je suivis dans le flot et fus accueilli par les papiers gras et les pigeons qui volaient droit sur vous. Ces pigeons étaient une race particulière à Philadelphie.

Je montai dans un wagon et m'assis à un endroit où quelqu'un venait juste de vomir. Le trajet de vingt-cinq minutes jusqu'à Center City commença. Un trajet qui vous faisait traverser quinze kilomètres de ruines. Rien que des maisons collées les unes aux autres et aux fenêtres sans vitre, des usines abandonnées, des entrepôts ravagés. Seuls les bars étaient encore ouverts. Des graffitis recouvraient le moindre pan de mur, du haut en bas. Cette ville agonisait.

14

Le bureau se trouvait au sixième étage d'un immeuble rénové sur la Douzième, entre Market et Chestnut. Deux semaines avant que je ne parte en vacances, il y avait eu une émeute dans le quartier. On avait brisé des vitrines et mis à sac quelques magasins. Personne ne connaissait la raison des troubles, mais on n'était plus dans les années soixante : le maire avait déclaré qu'il ne s'agissait que de quelques gosses qui avaient voulu s'amuser.

Harvey Lint, qui tenait le kiosque à journaux du hall, m'accueillit en m'offrant une barre Hershey. Il m'expliqua que son employée était encore malade et qu'il avait toujours besoin de quelqu'un pour la remplacer ; peut-être quelqu'un de mon bureau, glissa-t-il. Mais il fallait que ce soit quelqu'un « de qualité » ; c'était indispensable.

— A Philadelphie, il n'y a pas de qualité, lui dis-je.

Harvey éclata de rire.

— Ne riez pas. Vous avez déjà vu un visage agréable dans cette ville ?

Je pris l'ascenseur et Helen Smith, la réceptionniste qui avait vieilli avec la société, dit à mon entrée :

— Eh bien, regardez qui voilà ! Comment était Atlantic City ?

— Bien. J'ai raté quelque chose ?

— Tout est toujours pareil, Josh. Vous savez comment c'est.

J'allai directement aux lavabos pour me laver les mains, comme toujours après mon trajet en bus et en métro. Je finissais quand un employé d'un des bureaux voisins — la firme qui vendait des systèmes de communication — sortit des toilettes et retourna directement à son travail.

Je me demandai comment il se faisait que les gens ne se lavaient plus les mains après être allés faire leurs besoins. Quand avait-on commencé à abandonner cette coutume ? Ces derniers temps j'avais l'impression que ce comportement se généralisait. Peut-être devrait-on apprendre à cette nouvelle génération un peu moins sur les ordinateurs et un peu plus sur la propreté manuelle post-défécatoire. Parfois, c'était la seule chose qui différenciait un humain d'un quadrupède.

Alors que je tournais le coin de mon bureau, je murmurai :

— Qu'est-ce que je fous ici ?

Gloria Indoza, la secrétaire que je partageais avec trois autres rédacteurs de discours, me dit dès qu'elle me vit :

— Vous avez réunion à neuf heures trente dans la salle de conférences.

— Content de vous revoir, Gloria.

— J'ai un travail urgent, fit-elle en disparaissant.

L'Amérique vit dans l'urgence, comme disait mon père.

Myer Lipson entra dans mon bureau et s'assit.

— Tu es de la réunion ?

— Bonjour, Myer. Je t'ai beaucoup manqué ?

— Sans toi, rien n'était pareil, Josh. Tu es de la réunion ?

— Je le soupçonne.

— Ils veulent que tu fasses le boulot.

— Quel boulot, Myer ?

— Nous avons eu le contrat.

— Quel contrat ?

— Tu n'es pas au courant ?

— J'étais en vacances, Myer.

Il le savait, bien entendu. Myer savait tout. Mais Myer tergiversait toujours. La ligne droite n'était pas son style, du fait que lorsque Dieu délivrait dix mesures de paranoïa à ce joyeux monde, Myer en prenait neuf. Quant à l'anxiété, il raflait le lot.

— Nous avons décroché le contrat Friedrich.

— Ceux qui fabriquent les savons et les détergents, dis-je, en jouant à l'idiot.

— Plus tout le reste.

— La firme allemande.

— *Ya vol.*

— Les nazis.

— Allons, Joshua, tous les Allemands ne sont pas des nazis.

— Ils font des savons? Avec quoi?

Bien sûr, Myer savait que les nazis avaient fabriqué du savon avec le corps des Juifs. Et on ne pouvait être sûr de rien avec la firme Friedrich. On avait donc le droit au doute.

— Leur directeur général vient spécialement de Berlin par avion pour participer à la réunion. Adolph Friedrich. Jules a fait ta pub, d'après ce que j'ai compris. Ce Friedrich tient à ce que ce soit toi qui écrives ses discours. Ça pourrait être un tremplin, Josh.

La jalousie de Myer était évidente. L'idée que je puisse devenir vice-président avant lui le terrifiait, mais Myer était terrifié par tout et n'importe quoi. C'est d'ailleurs pourquoi il voulait tant faire plaisir et être aimé. Myer était un employé modèle.

— Dernières nouvelles, dis-je.

— D'après ce qu'on raconte, le contrat serait de l'ordre du million de dollars...

Un million de dollars, encore. Où que j'aille, il semblait que cette somme fût en jeu.

— Tu vas certainement avoir une augmentation, ajouta Myer.

Cette hypothèse le terrifiait aussi.

— Si j'accepte.

— Tu dois accepter.

— Je ne dois rien du tout.

— Qu'est-ce qui te rend aussi sûr de toi, tout d'un coup? Tu as gagné le gros lot à Atlantic City?

— Je suis un homme libre, Myer.

— Celle-là, c'est la meilleure. Qui est libre?

— Myer, que fait-on ici?

— C'est ce que je n'arrête pas de te demander.

— Moi, je ne viens ici que pour la soupe. Toi, Myer, tu es ambitieux. Tu te sens concerné.

— Je suis comme toi, Josh. Je ne suis concerné par rien du tout.

— Myer, tu es concerné par tout!

— Je suis père de famille.

— Alors fais ton boulot mais ne te sens pas si concerné. Ou tu mourras avant d'avoir atteint quarante-deux ans.

— J'en ai quarante-trois.

— Alors tu es peut-être déjà mort. Tu ne t'es jamais posé la question?

Il le ferait.

A neuf heures trente nous nous retrouvâmes dans la salle de conférences. Les vice-présidents entrèrent un par un, puis je suivis. Myer ferma la marche. Nous étions les seuls à ne pas être vice-présidents. Avec Jules Corson, qui était président.

Il s'assit à la tête de la grande table.

— Bonjour, dit-il. Et merci de votre présence. (Comme si nous avions le choix...) M. Friedrich va arriver dans un instant. C'est une très grosse opportunité pour notre entreprise. La Friedrich Corporation pèse plusieurs milliards. Leur filiale américaine, basée à Milwaukee, a décidé de frapper un grand coup, si vous voyez ce que je veux dire. Leurs ventes stagnent, et ils sont assez mécontents. C'est ici que nous intervenons. Friedrich veut que nous insufflions de l'enthousiasme à ses troupes américaines. Nous devons lui donner les moyens de réussir. Il prévoit une campagne grand modèle — publicité, relations publiques et le reste. Vous voyez ce que je veux dire. Mais d'abord nous devrons rédiger les discours qui lui permettront de dynamiser ses directeurs régionaux. Il veut rendre visite à chacun. Joshua, vous dirigerez l'équipe de rédacteurs. Des questions ?

Non, bien sûr. Il n'y avait jamais de questions.

— Jules...

— Josh, c'est une chance pour vous.

— Je sais. Est-ce qu'il parle anglais ?

Jules se rembrunit.

— Bien sûr, il parle anglais !

— Sans accent ?

— Bien sûr il a un accent. Il est allemand.

— L'accent allemand peut être...

— Peut être quoi ?

— Suggestif.

— Suggestif de quoi, Josh ?

— Brutal, disons.

— Brutal de quelle façon ?

— D'une façon militaire. Quel âge a-t-il, Jules ?

— Je n'en sais rien, Josh. Pourquoi ces questions ?

— Vous avez demandé s'il y avait des questions, lui rappelai-je.

— Oui, mais pas des questions stupides.

Myer souriait. Je ne pouvais pas le voir sourire, mais je le sentais dans mon dos.

— Je vais devoir travailler avec cet homme, n'est-il pas logique que je m'informe sur son compte ?

— Vous avez un problème, Josh ?

— Peut-être.

— Quel problème ?

— Je ne raffole pas des Allemands.

— Et alors ? Je ne raffole pas des Japonais, et pourtant je conduis une voiture japonaise. Depuis quand la nationalité des clients a à voir avec les affaires ?

Jules avait combattu les Japonais en Birmanie. C'est ce qu'il m'avait raconté, du moins. Et il possédait une voiture japonaise. Bon. Il avait fait sa paix. A moi de faire la mienne. Pour les affaires.

Adolph Friedrich arriva, accompagné d'un assistant.

Il serra la main à tout le monde. Il devait approcher la quarantaine. C'était un homme cordial, au contact facile. Son visage luisait d'une bonne santé excessive. Il avait le teint d'une jeune femme, ou mieux : d'un bébé, mais ses yeux étaient petits, et ternes. Quelque chose n'allait pas dans son regard.

— Eh bien, dit-il, voici une belle famille.

Pourquoi fallait-il qu'il se prénomme Adolph ? S'il s'était appelé Hans, ou Otto, ou Ludwig, ou Gustav, j'aurais pu le supporter. Mais Adolph, c'était trop. Même pour les affaires.

Son larbin — Otto, d'ailleurs — nous assena une heure d'historique sur l'entreprise, narrant ses modestes débuts à Hambourg en 1923, la diversification des produits, son expansion en puis hors d'Allemagne, dans le monde entier. Des diapositives et un petit film illustrèrent l'ensemble. Nous découvrîmes même les fondateurs, Grandpapa et Grandmaman Friedrich. La présentation était exhaustive, à l'exception d'un détail : il n'y avait aucune mention des années 1939 à 1945. Qu'avaient-ils fait durant ces années ?

Étrange omission que celle de cette période, pensai-je. Il n'y avait pas eu quelques troubles durant ces années ? Une guerre, non ?

Enchaînant sur l'exposé d'Otto, Adolph se leva pour présenter sa conclusion :

— Aujourd'hui est le début de demain. L'avenir est notre destination. Les possibilités de meilleures affaires s'offrent à nous, comme à vous et à tous. Marchons ensemble vers le succès. Je suis très joyeux.

Ce type a besoin qu'on lui écrive ses interventions, pas de doute, me dis-je.

Jules Corson se leva à son tour.

— Des questions ?

Je levai la main et l'expression de Jules se fit agressive.

— Oui, Josh ?

— Ce que j'aimerais savoir...

— *Plus tard*, Josh. La réunion est terminée.

Myer souriait. Lui aussi était très joyeux.

Plus tard, comme il m'en avait menacé, je me retrouvai dans le bureau de Jules. Il m'avait fait venir. Quand j'entrai il était au téléphone, mais cela ne l'empêcha pas de me parler. En général Jules était incapable de ne tenir qu'une conversation à la fois. Il lui en fallait deux.

— Vous avez besoin de vacances, dit-il.

— J'en reviens.

— Peut-être des vacances plus permanentes.

— Vous me virez, Jules?

— J'aimerais le faire, mais je ne peux pas. Vous êtes le meilleur rédacteur que j'ai, même si ça n'est pas une référence. Mais qu'est-ce qui vous a pris?

— Vous savez que je ne suis pas très doué avec les clients.

— Mais pas à ce point. Je ne vous ai jamais vu comme ça.

— Qu'ai-je dit?

— C'est ce que vous alliez dire, plutôt...

— Et qu'allais-je dire?

— Dites-le-moi.

— J'allais juste demander la composition de leur savon.

— Ça aurait pu annuler la signature du contrat. Un contrat d'un million de dollars...

— Jules, je ne peux pas écrire les discours d'un nazi.

— Bon sang, il n'est pas nazi, Josh!

— Il s'appelle Adolph.

— Vous êtes injuste.

— Je sais, Jules. Je ne suis pas quelqu'un de juste.

— Il est trop jeune pour avoir été nazi.

— Alors c'est son père qui était nazi. A propos, qu'ont-ils fait entre 1939 et 1945?

— Je ne sais pas.

— Vous avez remarqué que ces années avaient été éclipsées de l'historique?

— Je m'en fiche. Nous ne sommes plus en guerre contre les Allemands.

— Vous non. Moi *si*.

— Je suis désolé d'entendre cela, Josh. Il va vous être difficile de travailler sur ce contrat.

— Alors remplacez-moi.

— Je ne peux pas. Vous êtes déjà engagé. Mais ça vous fera du bien. Ça vous apprendra à pardonner.

Fin de la discussion. Quand je retournai dans mon bureau j'y trouvai Myer. Il faisait mine d'être ravi pour moi.

— Myer, je ne suis pas d'humeur.

— De quoi parliez-vous avec Jules ?

— De toi, Myer. Je l'ai convaincu encore une fois de ne pas te virer. C'est tous les jours, en ce moment.

Myer se doutait que je plaisantais, mais il ne pouvait pas en avoir la certitude absolue.

— Jules t'a promu vice-président ?

— Bien sûr.

— Et tu as une augmentation ?

— Naturellement. Plus une prime. On ne m'arrêtera plus, maintenant, Myer.

— Jules t'apprécie beaucoup.

— Je sais.

— Moi, il ne m'apprécie pas.

— Ça, c'est sûr.

— Pourquoi ne m'apprécie-t-il pas ?

— Parce que tu es trop tendu. Tu fais trop d'efforts.

— Non, c'est faux. Je peux être aussi décontracté que n'importe qui.

J'avais déjà vu Myer décontracté. Il faisait beaucoup d'efforts aussi pour être décontracté.

— Ne sois pas aussi crédule, Myer.

— Il allait vraiment me virer ?

— Non, il allait me virer, moi.

— Tu étais un peu à côté de la plaque, il faut dire. Mais il aime ça. Ton culot. Allons déjeuner.

Nous mangeâmes dans un snack sur Chestnut, le groupe des cinq rédacteurs. Pour aucun d'entre nous ce métier n'était un choix. Non, c'était arrivé comme ça. Quelle était cette citation ? « *La vie est ce qui vous arrive alors que vous faites d'autres projets.* » Eh bien, ça nous correspondait assez.

J'écoutais la discussion de mes collègues. Qu'avais-je raté durant mon absence? Pas grand-chose. *Étonnant*, pensai-je, *comme personne n'a changé*. Bob Porter haïssait toujours les Républicains, Morris King continuait de penser qu'Israël prenait les mauvaises positions sur tous les sujets. Quant à Fred Manning, il détenait toujours le secret du système de classement le plus performant, conçu par lui-même. Si seulement Jules Corson l'avait écouté et avait adopté son système pour toute l'entreprise. Mais Jules refusait. Fred pensait à aller proposer son système de classement ailleurs. Démissionner. Et Myer? Myer s'inquiétait toujours de son licenciement. Moi, je n'avais rien de spécial à dire.

— Que se passe-t-il, Josh ? demanda quelqu'un. Tu as l'air distant.

Je devrais être moins critique, pensai-je. *Ce sont mes pairs, je ne suis ni meilleur ni pire. Qu'est-ce qui ne va pas ?* me demandai-je. *Que veux-tu? Je veux quelque chose de différent. De simplement différent. Comme quoi? Il n'y a rien de différent. C'est là le hic, mon gars. Tu viens par le bus, puis par le métro, tu travailles un peu, tu déjeunes avec les gars, tu retravailles un peu, ensuite tu reprends le métro et le bus, tu rentres, tu manges, tu regardes la télé et puis au lit. Et le lendemain matin, rebelote.*

Rien ne change donc jamais? Toujours la même routine? Trente ans de plus de cette routine-là ? Trente ans de plus à écouter Fred Manning parler de son système de classement ?

15

Joan avait repris possession de son nid douillet. La maison lui appartenait comme une maison ne peut appartenir qu'à une femme. Un homme n'y était qu'un visiteur, même dans son propre foyer. Pour le week-end elle avait prévu un repas avec Tilly, Bobbi et Sandi, trois échantillons de la bonne société, et un tennis avec Vera — de la bonne société elle aussi, bien entendu. Elle était allée à la laverie automatique, avait fait trois machines, pris rendez-vous avec Roberto son coiffeur, passé l'aspirateur et nettoyé l'appartement. Elle était de retour au centre de son univers et la vie pouvait recommencer à tourner autour d'elle.

Quand je rentrai du boulot, je la trouvai dans la cuisine, occupée à préparer le repas. Je lui avais déjà dit que c'était dans la journée un des moments que je préférais : rentrer et la trouver dans la cuisine. Elle était assez consciente de sa valeur propre pour comprendre cet aveu comme un compliment.

Je m'octroyai une douche rapide, me séchai mais ne pris pas la peine de m'habiller. Je fonçai dans la cuisine et je la déshabillai tandis qu'elle passait des légumes au mixer pour faire une soupe. Puis je l'emmenai dans la chambre et nous fîmes l'amour. Ce fut agréable, avec tous les soupirs, les geignements et le Grand Glapissement. Ce jour-là je lui fis l'amour pour réaffirmer mes droits de propriétaire sur elle, parce que je savais qu'elle ne m'appartenait pas.

Je commençais à comprendre que deux personnes ne peuvent pas en faire une seule.

Nous prîmes notre douche ensemble avant de manger.

— Comment a été ta journée? demanda-t-elle.

— Comme d'habitude.

— Bien.

— Tu crois?

— Certaines choses doivent changer. D'autres doivent rester comme elles sont.

— Eh... Tout n'était pas comme à l'ordinaire, en fait.

Je lui racontai comment le bus m'avait coûté dix dollars, et pourquoi j'avais frappé le plouc cracheur.

— Tu l'as frappé?

— Il le cherchait.

— Ça ne te ressemble pas, Josh.

— J'ai eu une journée assez éprouvante.

Je lui parlais du contrat Friedrich.

— J'aurais dû m'en douter, fit-elle. Tu rentres toujours en rut quand quelque chose ne va pas bien à ton travail.

— *Passionné*, Joan. J'aimerais que tu ne dises pas « en rut ». Ce n'est pas un terme de la bonne société.

— Sois gentil, Josh, ne m'écris pas mes phrases. Je n'ai pas besoin qu'on me rédige ce que je vais dire.

Il est des moments où vous sentez que ça va venir, une autre dispute, et vous savez aussi que vous ne pouvez rien pour l'empêcher. Vous voulez l'éviter mais c'est impossible. C'est une mécanique autonome, enclenchée par les frustrations et les rancœurs. La querelle peut n'avoir aucun rapport avec le sujet qui l'a motivée, ce peut être à propos d'un souvenir ou autre chose. Mais ça n'en reste pas moins une querelle. Une remarque en entraîne une autre. Une accusation répond à une accusation.

— Peut-être que tu n'as plus envie de moi, lui dis-je, alors que nous avions fait l'amour peu de temps auparavant.

— Inutile de continuer à discuter, répondit-elle. Je sais où tu veux en venir.

C'était vrai. Elle avait ce sixième sens-là.

— Peut-être, poursuivis-je, que tu préférerais un prince arabe...

Pourquoi avais-je dit cela? Il doit y avoir en chacun de nous une entité mystérieuse qui prononce ce genre de phrases.

— Oh, ça recommence !... Eh bien, mon chéri, peut-être que toi tu as envie d'un million de dollars. Ça te ferait du bien.

— Non, ce n'est pas moi qui ai dit : « Faisons-le. »

— Mais c'est toi qui l'as pensé et ne prétends pas le contraire. Tu étais partant. Écoute-toi gémir sur Philadelphie et maintenant sur ce Friedrich. Tu crois que je ne sais pas ce que ça signifie? Tu veux partir de cette boîte, Josh. Dis-le, Joan, dis que tu veux cet argent!

— Arrêtons, Joan, avant que ça ne dégénère.

— Ce n'est pas moi qui ai commencé.

— Arrête, Joan!

— Tu as frappé quelqu'un aujourd'hui. Qu'est-ce que je dois en déduire?

— Que j'en ai marre. D'accord?

— Tu as besoin d'autres vacances.

— C'est exactement ce qu'a dit Jules.

— Eh bien, il a raison.

— Il a aussi raison quand il veut que je travaille pour un nazi? Un Adolph, en plus?

— Ça ne fait pas de lui un nazi. Adolph est un prénom courant en Allemagne.

— Tu peux répéter ça?

— Josh, tu cherches une excuse...

— Une excuse pour quoi?

— Pour quitter ton boulot.

— Ce n'est pas un secret.

— Alors quitte-le.

— Et ensuite?

— Tu sais très bien quoi.

— Je t'envoie copuler?

— Je ne vois pas d'autre solution. Nous ne sommes revenus que depuis quelques jours et nous nous déchirons déjà. Pense à ce que ce sera dans les prochains jours.

— Ça ira mieux.

— Ça ira plus mal. Je te connais, Josh.

Si seulement je ne m'étais pas arrêté au Versailles, pensai-je alors. Si seulement je n'avais pas répondu quand il m'avait invité à sa table pour lui porter chance. Si seulement nous n'avions pas dîné avec lui. Si seulement plus tard je n'étais pas monté le voir dans sa suite... Mais je l'avais fait. Le piège avait été tendu et j'avais marché en plein dedans. *Bonjour*, avais-je dit. *Vous cherchez un gogo? Me voici*. Mais qui avait tendu le piège, en vérité? Moi, peut-être. Après tout, je savais ce que je faisais. Depuis le premier moment je le savais. J'étais celui qui avait tendu le piège.

Non, je n'avais pas prévu quel serait le prix. De ce point de vue je n'étais pas coupable. Dès le premier instant pourtant j'avais su qu'Ibrahim réclamerait un profit. C'était un homme si riche qu'avec ses restes on pouvait faire fortune. J'avais joué avec lui autant qu'il avait joué avec moi.

Bon, il nous avait repérés le premier, et surtout il avait repéré la magnifique créature qu'était ma femme, dans le casino du Galaxy. Ensuite, avec l'aide de Sy Rodrigo, il avait mis en place son stratagème pour la conquérir, d'abord en m'attirant à sa table de blackjack au Versailles. Comment avait-il deviné que je viendrais au Versailles? J'aurais pu me rendre dans une dizaine d'autres casinos ce jour-là, après tout. Là, il y avait un mystère. Impossible à percer.

Mais il était également vrai que je l'avais vu avant qu'il ne nous voie, Joan ou moi. Je savais qu'un messie viendrait dans mon existence. Je ne pouvais deviner son apparence, et je n'avais certainement pas prévu qu'il s'agirait d'un Arabe. Mais je savais qu'un sauveur apparaîtrait pour me délivrer de mes chaînes et m'offrir l'opulence.

Le lendemain je déjeunais avec Adolph et Jules Corson. Jules se méfiait d'un tête-à-tête entre Friedrich et moi, ou n'importe quel client, d'ailleurs. Le but du rendez-vous était de faire connaissance. Sachant que j'étais allergique au poisson, Jules avait réservé une table à la Philadelphia Fish Company — spécialité de poissons — sur Chestnut. Je me vengeai sur le pain.

— Josh est vraiment très excité à l'idée de rédiger vos interventions, dit Jules à Adolph.

Jules ne mentait jamais. Il ne disait jamais la vérité non plus.

— Je suis très joyeux, déclara Adolph.

— Josh est notre meilleur rédacteur, dit Jules. Il a écrit des discours pour des sénateurs et des gouverneurs.

— Ah, fit Adolph, en hochant la tête en signe d'admiration polie.

Jules essayait juste d'entretenir la conversation. Avec un client, c'était toujours un problème. Il fallait se montrer agréable et détendu, et c'était très crispant. Mais il fallait sembler détendu. Difficile.

— Mais je ne suis pas un sénateur ou un gouverneur, remarqua Adolph.

Et un führer? pensai-je.

— Oh ! mais je vous donnais juste quelques renseignements sur notre rédacteur, dit Jules.

Dis merci au monsieur, pensai-je.

— Merci, articulai-je.

— Il y aura beaucoup de discours à écrire, dit Adolph.

— Ce n'est pas un problème pour Josh, assura Jules. (*Ah oui?*) Il attend avec impatience ce défi. (*Ah oui?*) Josh, saviez-vous que vous allez accompagner M. Friedrich dans sa tournée?

— Non, je ne savais pas.

J'avais cru que j'écrirais un simple discours global, avec quelques variantes à adapter selon les situations. Un « pilote », comme nous appelions ce genre de travail. Mais apparemment je devrais me coltiner un discours différent pour chaque usine.

J'avais déjà fait cela pour un autre directeur général, et je m'en souvenais comme d'un cauchemar de deux semaines. Il avait fallu partager le petit déjeuner, le déjeuner et le souper avec un homme qui, de par son statut de client, avait des droits même sur votre état d'esprit.

Le plus dur était la visite des usines à laquelle on était obligé de se soumettre. Les machines grondaient et grinçaient, vous deviez porter un casque dans tel atelier, des lunettes de protection dans tel autre, et le chef d'équipe vous expliquait un tas de choses inutiles que vous n'entendiez pas à cause du bruit, et vous acquiesciez avec l'air fasciné de circonstance en ponctuant votre surdité de « Ah oui ? » admiratifs.

— Nous allons passer beaucoup de temps ensemble, fit Adolph.

— Josh est impatient, dit Jules.

— Peut-être que vous pourrez perfectionner mon anglais, me dit aimablement Friedrich. Vous serez mon expert.

— Josh n'est même pas né dans ce pays, glissa Jules.

Je savais qu'il ne le disait pas dans un but négatif, mais pourquoi diable l'avait-il dit ? De sa part ce n'était pas très malin.

— Oh ? fit Adolph. Et où êtes vous né ?

— En France.

— Vous deviez être très jeune quand vous êtes parti.

— Oui.

— Pourquoi avez-vous quitté ce pays ?

Jules jugea opportun d'intervenir :

— Josh est parti à cause de... Quand il y a eu...

— La guerre, terminai-je.

— Ah ! fit Adolph.

— Josh était trop jeune à l'époque pour se souvenir de quoi que ce soit, dit Jules pour passer le sujet scabreux de la Seconde Guerre mondiale. Et d'ailleurs, il a émigré avec toute sa famille, ajouta-t-il pour éviter le sujet très scabreux de l'Holocauste.

— Pas tout à fait, dis-je. En fait une grande partie de ma famille est morte entre les mains des...

— De l'ennemi, fit Jules.

— Ah ! dit Adolph.

Comment parler des Allemands à un Allemand ? Je n'avais jamais tenté cette expérience auparavant. Jules, lui, avait un certain savoir-faire pour occulter les pans d'histoire gênants. Pour un contrat avec une firme japonaise, il avait fait disparaître de sa présentation personnelle tout son dossier militaire.

J'avais toujours éprouvé des difficultés dans ce genre d'artifice, et j'étais en train d'éprouver de sérieuses difficultés. Laisser dormir le passé me convenait parfaitement, mais de là à le renier pour la cause sacrée des affaires... C'était logique, bien sûr, et pragmatique. Mais ça puait.

Pour m'excuser rapidement, je précisai :

— L'ennemi étant, bien entendu, les nazis.

Jules rit, du rire d'un homme qui vient de recevoir un coup de pied dans les valseuses.

— Mais tous les Allemands n'étaient pas nazis, s'empressa-t-il d'ajouter.

— Ah ! fit Adolph, qui paraissait assez peu concerné.

— La plupart des Allemands étaient au courant de ce qui se passait, bien sûr, poursuivit Jules, que la panique égarait complètement.

— Ah bon, dit Adolph, sans sourciller.

Jules cherchait à accrocher mon regard pour m'envoyer un message visuel : *Arrêtez ou je vous tue ! Votre boulot est en balance ! Non, pas seulement votre boulot, votre vie, espèce de petit fumier !*

— Ça n'est pas du tout ça, dis-je aimablement. Tous les Allemands savaient.

L'étrange de la situation était qu'Adolph n'avait rien fait pour la provoquer, à part le fait de s'appeler Adolph. Non, c'était Jules le responsable, et moi, un peu. Tout se passait entre nous deux. Adolph ne comprenait pas grand-chose. Mais il sentait quelque chose, et ma dernière remarque le réveilla un peu.

— Tous les Allemands étaient nazis ? demanda-t-il, en ouvrant des yeux en billes de loto.

Cling ! Je pouvais entendre les pensées de Jules : *Rat-*

trape le coup, fumier d'enculé de fils de pute, ou je te tue deux fois!

La question était donc : Tous les Allemands étaient-ils nazis à l'époque ? Mieux, même : Faut-il dire la vérité, du moins ce que tu crois être la vérité, ou dire ce qui est bon pour les affaires ? Ou faut-il biaiser ? Tu n'es pas forcé de dire *tous* les Allemands étaient nazis. Tu peux dire *quelques*, ou *certains*, ou *beaucoup*, ou *la plupart*.

Dire « quelques » ou « certains » était la solution la plus sûre. Adolph approuverait, et Jules éviterait l'infarctus. Oui, il y avait eu quelques Nazis en Allemagne. Personne ne pouvait dire qu'il n'y avait eu aucun nazi en Allemagne. Là, ç'aurait été un peu gros.

Un contrat d'un million de dollars dépendait du mot que j'allais choisir : *quelques, certains, beaucoup, la plupart* ou *tous*.

Adolph répéta la question :

— Vous prétendez que tous les Allemands étaient des nazis ?

J'allais dire beaucoup, mais mon père m'en empêcha. Son image se forma dans mon esprit, et il me déclara : « C'est pour cela que je t'ai porté sur mon dos durant la traversée des Pyrénées ? Pour que tu t'agenouilles devant tes persécuteurs ? Que tu te compromettes ? Notre père Abraham s'est-il compromis ? Rabbi Akiva s'est-il compromis ? Se compromettre, c'est croire à deux dieux. Il n'y a qu'un seul dieu. Se compromettre c'est mentir. Honte sur toi ! »

Mon père me rendait souvent visite en pensée, et sous plusieurs aspects : l'homme d'action rassemblant sa famille et la menant vers la sécurité devant le danger de l'Holocauste ; le dévôt penché sur ses livres ; l'humain apeuré, incapable de comprendre le monde nouveau ; l'homme en colère, qui levait le poing vers les Cieux pour les défier.

Que défiait-il ? Je ne l'avais jamais su avec certitude. Il y avait certaines choses évidentes. Il avait fui de pays en pays, en commençant par la Pologne où il avait vu son père traîné sur la place du village, enveloppé dans son châle de prière et brûlé vif alors qu'il criait : « Entends-moi, O Israël, le Seigneur est notre Dieu, le Seigneur est Un. » Il n'était alors qu'un gamin et on l'avait forcé à regarder cette horreur. Quand il était arrivé à Paris, il avait coupé ses tresses de yeshiva.

C'est dans la capitale française qu'il avait rencontré ma mère, fille d'un éditeur aristocrate. C'est là qu'il avait eu trois enfants et qu'il avait prospéré, jusqu'à diriger une grosse usine de peausserie. Puis les nazis étaient arrivés. Pour une certaine somme — ce genre d'arrangement avait cours au début de l'Occupation — et un pourcentage sur ses profits ils acceptaient de lui laisser son entreprise. Il avait refusé. Il aurait pu laisser un ou deux de ses enfants à la charge de l'église, contre paiement, avec l'idée qu'une famille scindée aurait plus de chances de survivre, au moins en partie. Mais il avait rejeté cette solution également. Il nous ferait tous échapper. Non, il n'avait jamais accepté les compromis. Avec lui, c'était tout ou rien.

Plus tard à Montréal, et plus tard encore à Philadelphie, il avait refusé les aides gouvernementales offertes aux réfugiés. Oui, aux *réfugiés*. A présent il était redevenu un réfugié et c'était peut-être ce qui motivait ses longues périodes de mutisme, un mutisme qui s'étirait comme les sables du Sinaï. Sans provocation il pénétrait dans le royaume du silence et pouvait y rester des semaines, parfois même des mois.

Était-ce ce qu'il avait vu ? Ce qu'il avait entendu ? Je me le demandais souvent, quand j'étais enfant. Que savait-il que j'ignorais ? Il y avait un outrage secret, caché. Quelque chose de spirituel, de biblique. Avait-il entendu Abraham, ou Isaac ? Vu Jacob ? Avait-il vu Jacob sur le mont Moriah ?

Quoi qu'il sût, ce n'était pas de ce monde.

Il était mort avec son secret. Mais il m'avait légué l'outrage.

— Oui, dis-je. *Tous* les Allemands étaient nazis.

16

Joan se montrait beaucoup trop joyeuse. Il m'arrivait de me demander si elle avait quelque profondeur. Elle paraissait à l'abri de la souffrance. Dans la bonne société ils vous rivaient un sourire aux lèvres et vous envoyaient dans le monde prêt pour être photographié.

Elle était le produit des bonnes manières supplantant les sentiments. Elle pleurait, elle saignait, mais elle cicatrisait si vite que je doutais de sa capacité à éprouver de véritables émotions. A moins que je ne fusse jaloux de son aisance à se remettre des épreuves de la vie.

D'où je venais, les gens étaient angoissés. Avions et bateaux transportaient les survivants d'une génération d'un continent à l'autre. Les trains emmenaient au loin les êtres chers. Le parent perdait son enfant, l'enfant devenait orphelin, la femme veuve, le mari veuf. Le patriote n'avait plus de pays. Séparations, adieux, retrouvailles rythmaient l'existence. Ces gens connaissaient de grandes épreuves, de grandes peines et de grandes joies.

Mais Joan... Joan était une enfant de la paix. Parfois j'avais besoin de conflits. Je recherchais la tension de ma jeunesse. Pas Joan. Elle cherchait l'harmonie. Et idiot comme je l'étais, j'interprétais souvent ce penchant somme toute naturel comme de la suffisance, alors que Joan était plus profonde que je ne le serai jamais. Elle savait comment s'accommoder de la douleur, et c'était tout ce qui nous différenciait. Elle se rendait joyeuse. Plus la situation se dégradait, plus elle était gaie. Ce soir-là, avant même que j'aie le temps de lui parler d'Adolph, elle était plus joyeuse que je ne l'avais jamais vue.

Elle avait des nouvelles d'Ibrahim.

— Oh? dis-je. Juste comme ça?

— Juste comme ça.

Pourquoi a-t-elle un tel air de triomphe? Elle devrait considérer ces nouvelles comme mauvaises, et non bonnes.

— Tu as l'air contente, lui dis-je.

— Oh ! je suis très contente. Je ne devrais pas? Toutes les femmes ne peuvent pas dire qu'elles valent un million de dollars.

— Il n'a certainement pas parlé d'argent avec toi.

— Bien sûr que si. Il est très clair que je suis la marchandise, dans cette transaction.

Son sourire s'élargit pour avaler un million de dollars de ressentiment.

— Il n'y a pas de transaction, fis-je.

— Il est follement amoureux de moi, tu sais.

— Tu dois être très flattée.

— Tu ne peux pas imaginer à quel point. Une nuit avec moi lui suffirait pour le reste de sa vie. C'est ce qu'il a dit.

— Est-ce que tu vas te mettre à pleurer?

— Moi? Je n'ai jamais été aussi heureuse.

— Je ne crois pas que tu sois heureuse.

— Mais si. Mon mari a un contrat d'un million de dollars. Bien sûr je suis heureuse. Je suis ravie.

— Nous n'avons jamais signé de contrat.

— Il a dit que si. Tout à fait.

— Il a menti.

Ibrahim était un génie. Il avait prévu cela aussi. Dire à Joan que j'avais accepté sa proposition. Ce qui ne pouvait que nous diviser un peu plus et la faire venir à lui, sinon pour l'argent, du moins par défi. Un simple regard, un dîner et il avait tout compris d'elle.

Il avait perçu en elle la rebelle que j'avais toujours ignorée. Les apparences ne le trompaient pas, lui. Joan n'était pas une femme satisfaite... Mais quelle femme l'était ? Ibrahim connaissait Joan parce qu'il connaissait les femmes. Mais il maîtrisait Joan en particulier. Il avait lu en elle, au-delà de cette enveloppe bronzée et désirable, jusque dans son cœur.

Mon récit du déjeuner avec Adolph fut l'argument décisif. Aucun doute, j'avais insulté ce client par pure malveillance, afin de perdre ma place et nous placer dans une situation désespérée dont la solution ne se trouvait qu'en un endroit : à Atlantic City, dans le lit d'Ibrahim.

— C'est toi le manipulateur, conclut Joan. Pas lui.

Pourtant je n'avais pas — pas encore — perdu mon emploi. Certes Adolph avait été choqué lorsque j'avais accusé tous les Allemands d'être des nazis durant la guerre, et Jules avait frôlé l'infarctus, mais tout s'était terminé sans effusion de sang, et sans même perdre le contrat. La réponse d'Adolph avait été mesurée. Il avait déclaré qu'il pouvait comprendre mes sentiments. Et il avait ajouté que, si la haine pour un peuple quel qu'il soit était injuste, il était néanmoins *disposé à me pardonner*.

— Vous êtes *disposé à me pardonner* ? allais-je lancer, mais Jules en avait eu assez.

Il avait avalé un peu d'eau et commencé à s'étrangler. Je l'avais déjà vu faire ce coup-là auparavant, quand une conversation avec un autre client avait mal tourné. Mais cette fois je crus vraiment qu'il allait mourir tant il toussait avec véhémence, le visage empourpré, les deux mains griffant sa gorge, les yeux exorbités. Très réussi.

La salle entière du restaurant s'était figée d'horreur. Puis la serveuse s'était précipitée avec le patron tandis que je tapotais Jules dans le dos, lui administrant le summum de mes connaissances en aide de première urgence. J'avais suivi des cours de sauvetage, jadis, mais j'avais presque tout oublié, et ce dont je me souvenais était assez imprécis : je mélangeais ce qu'il fallait absolument faire avec ce qu'il fallait absolument ne pas faire.

Tout le monde s'était mis à lancer des conseils. *Mettez-le debout. Laissez-le assis. Penchez-le en avant. Penchez-le en arrière. Desserrez sa cravate. Frappez-le dans les reins. Frappez-le au ventre.*

— Donnez-lui de l'eau, avait dit le patron.

— C'est ce qui a provoqué cette crise, avais-je remarqué.

— De l'eau?

Plus tard, quand nous nous retrouvâmes tous les deux dans son bureau, Jules nia avoir joué la comédie.

— Vous essayez de me tuer, murmura-t-il.

Quand la nouvelle se répandit que je lui avais sauvé la vie — nouvelle répandue par mes soins, bien évidemment — tout le personnel vint me tancer vertement, à l'exception de Myer. Il était jaloux. D'après lui, Jules m'était maintenant redevable à jamais et il allait me couvrir d'augmentations, de promotions et de primes exceptionnelles.

— Tu es son héros, maintenant, se lamenta Myer.

D'une certaine façon, ce n'était pas faux. Avant de regagner sa chambre à l'Holiday Inn, Adolph avait dit à Jules qu'il m'admirait. J'étais quelqu'un de *tellement* honnête et franc. Les affaires auraient eu besoin de plus de gens comme moi, avait-il ajouté.

— Vous et moi savons que les affaires auraient besoin de moins de gens comme vous, me dit Jules dans son bureau. Mais vous avez mis ce type dans votre poche. Avec les clients, on ne peut jamais savoir. Mais un jour vous aurez ma peau, Josh. Je le sais. Je suis sur votre liste.

Pour être franc, toute la profession des relations publiques était sur ma liste. J'étais entré dans ce secteur alors que j'étais journaliste et que je gagnais correctement ma vie, sans à-coups. Il me fallait quelque chose d'instable. Je suis comme ça. Un politicien à la langue bien pendue m'avait persuadé de lui écrire les discours de sa campagne électorale; mais pour cela, je devais quitter le journal.

Pour me décider, il y avait la possibilité que ce politicien devienne un jour Président des États-Unis. Il me promit qu'en ce cas il ne m'oublierait pas et m'offrirait un poste de secrétaire d'État. Pouvais-je refuser un secrétariat d'État ?

Donc j'avais accepté. Tout d'abord, il fallait qu'il obtienne ce siège au Congrès. Il échoua. Je n'avais pas seulement perdu un secrétariat d'État : j'avais perdu mon emploi.

Je résolus alors de me lancer moi-même dans la rédaction de discours pour personnages importants. Je fis passer une annonce dans les journaux, pour offrir mes services à qui en aurait l'usage.

Il s'avéra que ma clientèle était surtout composée d'avocats de la suprématie de la race blanche, de dingues qui voulaient déclarer la Pennsylvanie État indépendant et de thérapistes-sexologues qui avaient tout sauf des diplômes. Mon annonce les fit accourir.

Ma carrière de rédacteur indépendant dura très exactement deux semaines, puis je fus embauché par Jules Corson au service relations publiques, là où rien n'est sacré et où tout le monde craint pour sa place. Je n'ai jamais vu autant de gens apeurés de ma vie.

J'avais voulu démissionner un nombre incalculable de fois. En fait je l'avais même fait une fois. J'étais allé voir Jules et je lui avais dit :

— Je démissionne.

Il m'avait ri au nez.

— Les présidents démissionnent, pas vous. Vous partez.

— D'accord. Je pars.

— Vous ne pouvez pas partir. Sortez de mon bureau, j'ai du travail.

Il fallait donc que je me fasse virer. J'avais établi des plans diaboliques pour parvenir à ce résultat. N'importe quoi pour m'éjecter de cette routine satisfaisante et me forcer à faire quelque chose. J'arrivais en retard et je partais en avance, je prenais deux heures pour déjeuner, j'ignorais les notes de service, j'étais absent aux réunions, je refusais de m'inscrire au Club des anniversaires, je diffamais mes collègues devant eux, je me moquais publiquement du système informatique que tout le monde louait, je faisais des remarques sexistes en présence de féministes, et j'allais même jusqu'à m'endormir en salle de conférences pendant que Jules pérorait sur la marche de l'entreprise.

Ma conduite avec Adolph avait été à ce jour ma tentative la plus effrontée, mais elle n'avait en elle-même rien de bien nouveau.

Joan se trompait donc totalement au sujet de mes motivations, bien qu'on ne puisse jamais être sûr de ce qui rampe dans votre subconscient.

Il y avait d'ailleurs beaucoup de vrai dans ma position : je ne pouvais m'imaginer sillonnant le pays avec Adolph, un nazi qui était disposé à me pardonner. Pas plus que je ne pouvais imaginer de supporter un jour de plus dans la routine de Plouc City, USA. Étais-je né pour ça ?

Non, le Créateur avait sans doute eu pour moi un dessein plus noble. J'aurais bien aimé participer aux fouilles à Jérusalem, par exemple, pour déterrer la Cité de David. Retrouver la gloire de mon passé. Peut-être même retrouver David ou quelque chose qui guiderait ma foi vers lui. Je désirais ressortir d'une grotte profondément métamorphosé, débarrassé de mon âme bassement terrestre, rayonnant de lumière spirituelle. C'était mon rêve. Pas Plouc City.

Le vingtième siècle n'était pas ma tasse de thé, de toute façon. Je n'avais pas ma place ici, où les hommes se croyaient importants en créant de nouvelles tours de Babel sous la forme de systèmes informatiques ultra-sophistiqués et d'immeubles interminables pour atteindre les cieux.

Mais des cieux, justement, quelle vue avait-on de ce monde rampant ? Avec son activité frénétique, ses va-et-vient continuels, un homme apparaissait-il très différent d'une taupe ? Et dans toute son agitation, où allait-il ?

Si quelque chose me motivait, c'était cela : le besoin d'échapper à la futilité ambiante. Mais comment ?

17

Ibrahim! Voilà quelqu'un qui était plus qu'un simple être humain : une force qui influait sur le cours des existences. Il ne pouvait certes pas ressusciter les morts, faire se lever et marcher le paralytique ou redonner la vue à l'aveugle, mais il pouvait rendre riche le pauvre. A lui seul, ce don le rendait divin.

Il nous surveillait. De cela, je ne doutais plus. C'était ce même homme qui avait compté le nombre de fois où j'avais laissé sonner le téléphone quand j'avais appelé à sa suite en réponse à son invitation à dîner. Il était donc au courant du bouleversement qui secouait notre foyer. Aussi loin qu'il fût, il devait même être capable de deviner nos dialogues.

Mais il n'y avait plus grand-chose à dire de plus. Inutile de l'annoncer, nous savions que cela aurait lieu. Par Joan, pour ses raisons. Par moi, pour les miennes. Il n'y avait pas eu un moment particulier où nous étions arrivés à penser la même chose et l'avions exprimée avec des mots. C'eût été trop douloureux. Non, nous nous étions résolus à l'inévitable et nous nous étions laissé emporter, sans à-coups.

Mais comment procéder?

Une limousine viendrait la chercher, me dit Joan.

— Quand?

— Ce soir.

— Ce soir?

— Autant en finir vite, tu ne crois pas?

Elle avait déjà convenu des détails avec Ibrahim. C'était indispensable, à ce point. La limousine viendrait la prendre et la déposerait au Versailles. Elle passerait la nuit avec lui, dans sa suite, et au matin elle recevrait l'argent. Un million de dollars!

Et pendant ce temps... Que fait le mari?

— Saoule-toi, me dit Joan en préparant ses affaires.

Comment en sommes-nous arrivés là? me demandai-je. Quand son indignation l'a-t-elle emporté sur la mienne?

— Si tu dois m'en vouloir, c'est inutile.

— S'il te plaît, fit-elle. Nous allons survivre à cette nuit. Ça ira. Nous le ferons.

J'étais assis sur le lit et je la regardais, je l'aimais, je la haïssais, et je cherchais un précédent pour expliquer cela. Mais il n'y avait pas de précédent. Maintenant était le précédent.

— Je pense que nous devrions en discuter encore.

— Nous avons assez discuté, répondit-elle.

— Comment te sens-tu?

— Josh, Josh, Josh... Tu aimerais une scène dramatique maintenant, mais tu ne l'auras pas. Alors calme-toi.

— Je me calme.

— Oui, calme-toi. Je ne vais pas être violée, ni même vendue. Vraiment. Je fais simplement ce qui doit être fait. Tu le sais et je le sais. Et lui aussi. Il faut que cela soit fait. C'est tout. Même au paradis ils le savent, Josh. Oui, nous créons un mauvais ange.

Elle avait lu dans Adin Steinsaltz que chaque bonne action créait un ange correspondant. De même chaque mauvaise action. Un ange mauvais naissait de chacune de vos mauvaises actions, et plus tard ils témoignaient et ainsi vous étiez jugés, anges bons contre anges mauvais, et bien que Joan ne crût pas à ce mysticisme elle trouvait l'image très poétique. Pour cette seule raison, elle jugeait que cette façon de voir était acceptable.

Elle parvint à rire.

— Tu imagines l'ange que nous allons créer? Grotesque!

Aussi farfelue qu'elle fût, cette pensée me parut

effrayante et obscène. L'idée que nous donnions naissance à quelque chose, un être qui vivrait à jamais en notre nom...

— Pense à toutes les bonnes actions que nous allons devoir accomplir pour rétablir la balance, dis-je.

— Oh non ! C'est irréversible.

— Alors pourquoi le fais-tu, Joan ?

— Oh ! parce que la vie est amusante, Josh. La vie est amusante.

— Tu es très amère.

— Uh-uh. Déterminée. Je ne me laisserai pas influencer, parce que c'est notre chance.

— Tu as toujours dit qu'il fallait attendre que mon talent soit reconnu...

— Je sais bien, mais j'ai commencé à être d'accord avec toi au sujet de la vie : la vie n'est pas toujours juste, Josh, et ce qu'ils t'ont fait n'est pas juste, ne pas reconnaître tes capacités et te sous-payer, et je sais ce que tu ressens à devoir aller tous les jours travailler dans ces conditions. Chaque matin tu meurs un peu en entrant dans ton bureau, et j'ai commencé à mourir avec toi. Tu comprends ? C'est pour cela que nous acceptons ceci, Josh : parce que nous ne voulons pas mourir, pas tant que nous sommes toujours en vie.

— Ce que nous faisons, Joan, aura forcément des répercussions. Ce pourrait être une autre sorte de mort.

— Eh bien... L'avenir le dira.

Il y avait une foule de questions que je ne pouvais pas lui poser : Était-ce uniquement pour l'argent ? N'y avait-il aucun plaisir escompté ? Aucun désir d'aventure ?

— Il faut que cette nuit ait lieu, dit-elle avec fermeté. Ensuite nous la chasserons de nos vies, Josh. Nous la chasserons !

Elle avait raison. Cette nuit devait avoir lieu. Nous allions survivre à cette nuit. La chasser de nos vies.

— Que veux-tu dire, « irréversible » ?

— Seulement que ce sera toujours quelque chose que nous avons fait et que nous ne l'oublierons jamais totalement. Mais nous sommes forts, Josh, tous les deux nous sommes très, très forts, et nous passerons cette épreuve et nous redeviendrons aussi heureux qu'avant.

— Je ne sais pas.

— Moi, je sais. Rien ne changera entre nous.

— Je ne sais pas.

— Il est temps que je dise quelque chose d'inconvenant, Josh : il n'y a rien de plus fort que l'amour.

— Je n'en suis pas si sûr, Joan.

— Eh bien, s'il existe quelque chose de plus fort, nous avons tous de gros problèmes. Josh, je serai toujours à toi. Mais si un jour tu décides de me quitter, dis-moi simplement où tu vas, et je viendrai te rechercher. Et tu peux y compter.

— Moi, te quitter ?

— Ça pourrait arriver, dit-elle.

— Tu reviendras.

— Non seulement je reviendrai, mais je t'aimerai plus encore qu'avant. Et toi, m'aimeras-tu toujours ? C'est la question.

— Je t'aimerai plus encore qu'avant.

— Je n'en suis pas si sûre, dit-elle.

— Rien de ce que tu peux faire ne me fera cesser de t'aimer.

— Nous y sommes. C'est parfait. Quelque chose de risqué, quelque chose de gagné. Nous serons ensemble comme nous l'avons toujours été. C'est tout ce que je désire. C'est tout ce que je veux, Josh. Que nous soyons ensemble comme nous l'avons toujours été. C'était si bon.

C'était vrai, et ces derniers jours avaient été une véritable torture. Cette nuit, oui, elle devait passer.

— Pourquoi emmènes-tu ton déshabillé ? demandai-je.

— C'est une chemise de nuit, répondit-elle. Pas un déshabillé.

— Mais c'est transparent.

— Josh ?

— Je ne veux pas que tu mettes ton cœur dans ça.

— Non. Seulement mon corps. Je te l'ai dit.

D'autres questions impossibles à formuler : Combien de fois feraient-ils l'amour ? Arriverait-elle à l'orgasme ? Hurlerait-elle de plaisir ? Cela m'appartenait ! Les râles et les geignements devaient m'appartenir ! Se mettrait-elle à genoux pour pratiquer une fellation ? Cela aussi, c'était *à moi*.

Le simple rapport sexuel, pour quelque raison indéfinissable, cela ne me gênait pas tant. Pas encore. Après tout, c'était un acte universel, il n'était pas ma propriété exclusive, ni celle de Joan, et nous ne pouvions pas le réserver à notre seul couple. Mais les gémissements et les cris, ça c'était notre propriété exclusive. L'acte charnel, je l'avais déjà gommé de mon esprit pour cette nuit, mais les sons... Si elle lui faisait entendre ces sons, oui, ce serait une trahison.

La longue limousine noire s'engagea dans l'allée à huit heures. Nous ne nous fîmes pas d'adieux. Le carillon de l'entrée tinta et elle sortit aussitôt, sa mallette à la main. Je la vis se glisser dans la voiture, le chauffeur au garde-à-vous tenant la portière jusqu'à ce qu'elle soit installée. Puis il retourna derrière le volant. J'aurais voulu l'apercevoir une dernière fois, mais les vitres de la limousine étaient teintées. Je ne pouvais la voir mais elle pouvait me voir.

La limousine s'éloigna.

Je dévalai les escaliers et sautai dans notre Malibu. Je les rattrapai à l'angle de Roosevelt Boulevard et d'Harbison, les suivit sur le Tacony Palmyra Bridge jusqu'à la North-South Freeway puis la voie express menant à Atlantic City. Je n'avais aucune idée de ce qui me poussait à agir ainsi.

La limousine filait à cent cinquante à l'heure sans aucun problème. La Malibu, elle, cliquetait de partout. L'urgence que je ressentais était celle du soldat qui court vers la bataille, et je devais reconnaître qu'il semblait plus facile d'être un héros en temps de guerre qu'en temps de paix.

18

Tout en gardant la limousine en vue, je me demandais si je voulais assister. Était-ce ce que je cherchais? Non, bien sûr. Je ne voulais surtout pas la voir pendant sa nuit avec Ibrahim. Mais je voulais être près d'elle. La notion de proximité prenait une importance assez étrange, comme si le fait d'être dans les parages prouvait que je ne l'avais pas complètement abandonnée.

Bon sang, comme je l'aimais!

La limousine passa par Pacific Avenue pour arriver au Versailles, et un des hommes d'Ibrahim était là pour ouvrir la portière. Il l'aida à sortir du véhicule et lui prit sa mallette. Il n'y avait rien d'hésitant dans les mouvements de Joan. Elle s'avançait avec hardiesse, comme toujours lorsqu'elle avait pris une décision.

J'avais encore le temps de me précipiter pour la sauver. Mais il n'y avait aucun sauvetage possible.

Je repensais à toutes ces occasions où elle m'avait dit : « Fais quelque chose! » J'avais souvent fait quelque chose, mais pas assez pour la satisfaire. *Fais quelque chose*, avait-elle dit alors que nous nous trouvions sur la Dix-Septième, près de Market, à Philadelphie, et que nous arrivions devant un clochard recroquevillé et tremblant de froid sur le trottoir. J'en avais contourné si souvent que je n'avais pas pensé à faire quelque chose. *Mais fais quelque chose*, avait-elle dit. Alors j'avais donné un dollar au clochard, et elle en avait ajouté dix.

Fais quelque chose, avait-elle dit quand deux adolescents costauds s'étaient attaqués à un maigrichon sur un parking. Et j'avais couru faire ce qu'il fallait.

C'était ces moments où elle croyait qu'on pouvait résoudre tous les problèmes *en faisant quelque chose*, quand elle résistait à l'indifférence propre aux grandes villes, cette résignation qui vous fait dire : « Si c'est comme ça, c'est parce que ce doit être comme ça. » Mais pas pour Joan.

Mais maintenant, *que faire* ? Tout cela était en accord avec le plan, et le plan se déroulait comme prévu. Les rôles avaient été distribués, et le mien était de la regarder disparaître.

Je roulai jusqu'au Galaxy, laissai un des employés s'occuper de la voiture et demandai une chambre. La réceptionniste s'appelait Margaret Mailer.

— Un nom connu, dis-je.

Elle ne parut pas étonnée. Elle était là depuis le jour de l'ouverture.

Elle me fit remplir le formulaire et s'enquit du mode de paiement que j'avais choisi. Je lui donnai ma Master Card, qu'elle introduisit dans le terminal. Elle passa un coup de fil et m'annonça la mauvaise nouvelle : la date de validité était dépassée.

Margaret Mailer faisait de réels efforts pour être aimable. Elle me demanda si j'avais d'autres cartes de crédit. Bien sûr. Une pleine collection. Mais toutes étaient périmées.

Je me rappelai cette fois où nous étions allés dans un magasin de meubles, chez Gimbel, un mois après notre mariage. Nous avions passé cinq heures à choisir ceci et cela, et aussi ceci, et pourquoi pas cela. Alléché par la belle commission qui s'annonçait plus que coquette, le vendeur avait négligé sa pause-café et même son arrêt-déjeuner.

Mais quand il téléphona au central bancaire, il apprit que notre crédit n'était plus valable. Nous lui avions gâché sa journée, à ce pauvre vendeur.

Il se vengea en nous faisant monter au service des

crédits. Une dame très énervée m'ordonna de lui remettre ma carte, ce que je fis sans méfiance. Armée d'une paire de ciseaux, elle la découpa en petits morceaux, en manière d'autodafé.

Un jour, avais-je dit à Joan, nous aurions notre revanche. Un jour nous aurions tellement d'argent qu'ils se mordraient les doigts d'avoir agi ainsi. Et n'était-ce pas en effet le but de cette nuit avec Ibrahim ? Prendre notre revanche chez Gimbel, et Strawbridge et Wanamaker, et avec la compagnie du téléphone, et celle du gaz, et Visa et maintenant Master Card ? C'est pour cela qu'elle était montée chez Ibrahim, pour mettre un terme à l'humiliation de la pauvreté de la classe moyenne. Une fois pour toutes.

A partir de demain tout cela ne serait plus qu'un souvenir. Nous payerions tout en liquide, rubis sur l'ongle. Ce n'était plus un rêve. C'est ainsi que nous allions vivre, dès demain.

En attendant, néanmoins, il restait cette nuit. *Cette nuit.*

Je pensai à utiliser Sy Rodrigo pour obtenir une chambre. Après tout, il m'avait certainement utilisé pour obtenir beaucoup plus : la clientèle d'Ibrahim. Pour cela il avait communiqué mon identité et celle de Joan, ce qui, il est vrai, n'était pas un crime très lourd. Par compréhension, avait dit Ibrahim. Le monde était dirigé de cette façon, dans les hautes sphères : par compréhension.

Je mentionnai donc Sy Rodrigo à Margaret Mailer. Elle passa un second coup de fil, et cette fois je fus admis.

N'ayant pas de bagage, je n'avais nul besoin d'un groom, ce qui m'économisa quelques dollars. Je n'en avais que soixante-deux sur moi. J'aurais pu en emporter plus, mais j'étais parti si vite !

Dans la chambre je m'écroulai sur le lit. Dormir serait la meilleure solution. Je me réveillerais et tout serait fini. Alors commencerait le long processus de l'oubli et du pardon. L'argent nous y aiderait.

En ce moment, me dis-je, ils avaient dû entamer les préliminaires. Un verre, de la musique, une amorce de conversation pour se mettre à l'aise. Ibrahim n'était pas du genre à hâter les choses. Mais si justement c'était son genre ? Si, dès qu'elle était entrée... Peut-être avaient-ils commencé tout de suite...

En ce cas ils l'avaient déjà fait. Du moins la première fois, car la nuit était encore longue. Pas de sommeil pour Ibrahim. C'était *sa* nuit. Il voudrait en avoir pour un million de dollars avec Joan. Non, Joan ne dormirait pas non plus.

Et moi non plus.

Peut-être vaudrait-il mieux descendre au casino et dépenser quelques dollars, me dis-je. Peu m'importerait de gagner, maintenant que j'allais avoir un million de dollars. Juste pour le plaisir. Pour m'occuper. Les machines à sous conviendraient très bien. Et si je gagnais le jackpot d'un million de dollars ? Alors j'aurais la certitude que Dieu existait, et qu'il avait un curieux sens de l'humour...

Non, la meilleure chose à faire était de dormir pour passer ces heures entre Ibrahim et Joan. J'allumai donc la télé, baissai le son et me glissai dans le lit. Mais dormir ? Va-t-elle dormir, elle ? Sûrement pas.

Je me remémorai le professeur de l'école religieuse, lorsqu'il avait dit : « Et il dormit avec elle. » J'avais dix ans à l'époque, et j'avais pensé : « Et alors ? Qu'y a-t-il de mal si un homme et une femme dorment ensemble ? A moins, bien sûr, que cela ne sous-entende... qu'ils ne dorment pas vraiment. »

Maxie, ami et aîné de deux ans, donc beaucoup plus informé, m'avait expliqué cette énigme :

– T'es branque, Josh ? Tu crois réellement que quand c'est marqué qu'ils dorment, ils dorment ? Ils ne dorment pas, Josh. Ils baisent. D'où tu sors ?

– Alors pourquoi ça n'est pas marqué ?

– T'es pas possible, Josh. Tu voudrais que la *Bible* dise qu'ils baisent ?

– Non, mais le rabbin...

— Tu voudrais que le *rabbin* dise qu'ils baisent?

— Non, je veux dire... Ça n'est pas clair, quoi.

— C'est clair, Josh. C'est clair. Pour tout le monde c'est très clair. Mais pour toi? On ne dirait pas.

— Mais des fois il est écrit qu'*il s'introduit en elle.*

— Et où s'introduit-il, hein, Josh? Dans son oreille?

— Je ne suis pas idiot à ce point.

— Si, tu l'es. Si un jour tu deviens adulte, tu apprendras.

— J'apprendrai quoi?

— Que tout le monde baise.

Mais bien sûr c'était faux. Seuls les gens mal élevés faisaient cela, comme les voyous qui paradaient devant Herm's Candy News and Soda Shop, sur Fairmount Street.

Mais avec quelles filles pouvaient-ils faire ça? Je ne voyais aucune fille capable de ce genre de chose. Même Maria, la serveuse de Herm's qui portait ces pull-overs moulants et chuchotait à l'oreille des garçons, elle ne faisait que les *taquiner*. Les filles ne faisaient rien de plus : elles *taquinaient*. Jamais elles n'auraient fait cela. Baiser, je veux dire.

Plus tard, pourtant, j'avais changé d'avis et admis que certaines personnes le faisaient, mais seulement les gens séduisants. Comme les stars de cinéma, par exemple. Marilyn Monroe le faisait certainement, et peut-être Errol Flynn, mais pas Jeff Chandler, qui était juif. Donc Lauren Bacall ne le faisait pas non plus. Elle *taquinait* Humphrey Bogart, rien de plus.

Maxie avait insisté. Même les gens laids le faisaient. Il suffisait de mettre un sac sur la tête de la fille, si elle était moche. Mais si le garçon était laid, lui aussi? Ils se mettaient chacun un sac sur la tête?

En ce qui concernait la très belle Joan, pensais-je maintenant, elle ne faisait que *taquiner*. J'arrivais même à l'imaginer, dans sa suite luxueuse, là-haut, au Versailles, soudain confrontée à la réalité, horrifiée. Elle cachait son visage dans ses mains et se mettait à sangloter, comme dans ces vieux films :

— Oh ! mon Dieu! Vous ne pensiez pas que... Que je... (Un silence, puis :) Je voulais juste vous *taquiner*.

Mais cet Ibrahim, lui, n'était pas là pour des taquineries. Ce n'était pas notre bon vieux Oncle Harry du Bronx se suffisant d'une bise sur la joue. Il s'agissait d'Ibrahim ! Sultan ou quelque chose comme ça de Mahareen. Notre milliardaire vedette! Et les taquineries n'étaient pas le style de cet homme. D'ailleurs, en y réfléchissant un peu, ce n'était pas non plus le style de Joan.

Une fois qu'elle s'était décidée à faire quelque chose... Comme ces expériences qu'elle voulait tenter au moins une fois...

Comme cette fois, juste avant notre mariage. Je me sentais tellement coupable que je l'avais appelée en lui disant qu'il fallait tout arrêter, allant jusqu'à prétendre que je ne l'aimais pas. Elle avait attendu la fin de mon — long — discours, et avait simplement dit :

— Je t'attends ici dans vingt minutes. A tout de suite.

Mais maintenant... Imaginer cela! Ibrahim, *s'introduisant* en elle.

Je n'avais aucun droit de penser ces choses puisque j'avais volontairement abdiqué mes droits sur elle pour la nuit, que je l'avais donnée. Et que j'étais coupable. Très coupable, même. En fait, tout était entièrement ma faute. Et imaginer ce qu'ils faisaient. C'était une intrusion. C'était tricher. Et je ne méritais même pas cet apitoiement sur moi-même.

Quand même, *il s'introduisait en elle...*

Fuis cette chambre, pensai-je, ou tu vas dérailler comme cette nuit au Marriott de Dayton, dans l'Ohio, quand tu t'étais persuadé qu'il n'y avait personne de concerné dans le monde entier. Chaque individu, avais-tu décidé, était une île perdue.

Damnée soit-elle avec son goût des expériences, et moi avec mon désir d'être riche. Quelle collision!

Resterait-il des cicatrices? Étions-nous en train de créer un ange?

— Quelqu'un qui nous surveille? avait-elle dit au

début de notre relation, alors que nous discutions de tout et de n'importe quoi. Personne ne nous surveille. Tu es mystique.

— Si personne ne nous surveille, pourquoi les gens font-ils de bonnes actions?

— Parce que les gens sont bons.

— Oh non ! Parce que quelqu'un les surveille. C'est du moins ce que ces gens-là croient. Les bons chrétiens se signent aussi en privé, n'est-ce pas? Parce qu'ils croient que quelqu'un les regarde. Les bons juifs murmurent quand ils prient. Ils croient que quelqu'un regarde et écoute.

— Ha!

Elle seule pouvait dire « Ha! » de cette façon. C'était un « ha! » de fille de la bonne société, comme elle avait les épaules d'une fille de la bonne société, les jambes d'une fille de la bonne société, le...

Introduit en elle. Oui.

— Comme ça? dit-elle.

Comme ça?

— Tu crois vraiment qu'ils dorment? disait Maxie. Ils ne dorment pas, Josh : ils baisent.

19

Je sortis donc de la chambre pour aller tuer le temps au casino — littéralement tuer chacune de ces saloperies de minutes — et pris l'ascenseur. Dans le hall quatre millions de personnes parlaient et riaient et s'interpellaient. Toutes portaient les mêmes habits, ces tenues de corpos, et sur le revers de chaque veste était accroché un macaron annonçant « Visiteur », et je trouvai ce détail d'un grand comique.

— C'est une déclaration philosophique ? dis-je à un type.

— Une quoi ? Nous faisons partie de la convention.

— Je veux dire, nous sommes tous des visiteurs sur cette planète. C'est ce que signifie votre badge ?

— Vous devez être dingue, mon vieux.

Et peut-être l'étais-je. Je me sentais dingue, en tout cas. Le casino lui-même était à moitié vide, et aux tables de blackjack les banquiers paraissaient las. Il y avait même une table à deux dollars de mise.

Mais je n'osais pas m'y asseoir. Si je gagnais ? Et si je perdais ?

Et si ? Et si ? Et si ?

C'est le bouquet ! Nous sommes tous des visiteurs !

En faisant ma ronde entre les tables de blackjack, puis du côté de la roulette, et du craps, du baccarat, de la grand-roue, aller et retour, tandis que les visages tendus et tristes défilaient autour de moi, j'eus l'impression d'être un nageur parti trop loin du rivage et qui luttait désespérément pour s'en rapprocher, pour éviter la noyade.

Pense à quelque chose de raisonnable, me dis-je. *Vite, la folie te guette.*

Pense à quelque chose d'agréable. Comme quoi? *Ta femme?* C'était douloureux. *Ton père, ta mère, tes enfants délaissés?* Douloureux aussi. *Pense à l'argent.* Non, c'est ce qui est le plus douloureux. *Alors pense à Jérusalem. D'accord. Ça, c'est agréable.*

L'année prochaine à Jérusalem. *Avec Joan.*

Tu vas bien? me demandai-je. *Tu es sûr que tu vas bien? Tu ne vas pas mourir maintenant, n'est-ce pas?*

Tu vas bien?

Il va bien?

— Ne le touchez pas, fit une voix.

— Je crois qu'il ne va pas bien du tout.

Je n'étais pas allongé sur le dos, mais en position assise. Je ne m'étais donc pas évanoui. J'avais seulement trébuché. Mes jambes étaient si faibles, elles ne me portaient plus. Elles s'étaient dérobées d'un coup, et je m'étais assis. Non, je n'étais pas tombé. Je m'étais simplement arrêté.

J'avais marché trop vite, tout autour des salles du casino. Je m'étais étourdi tout seul, rien de plus. *Encore étourdi*, aurait dit Joan. Si elle avait été là. Mais elle n'était pas là, bien sûr. *Non, Joan n'était pas là.*

En ce moment Joan était très occupée.

— Ça va aller? demandaient des voix.

— Il va bien?

Des hommes et des femmes en uniforme m'entouraient. La même chose m'était arrivée durant le sixième jour de la guerre des Six Jours, à Jérusalem. Je lançais des grenades alors que nous attaquions le Mur, quand quelque chose m'avait touché et l'on m'avait transporté dans une ambulance. Un homme barbu m'avait demandé mon prénom.

— Joshua.

Il avait ri.

— Tu connais l'histoire de Joshua ?

Évidemment je la connaissais.

— Alors tu sais, pour les douze pierres.

Oui. Dieu avait ordonné à Joshua de placer douze pierres près du Jourdain pour commémorer la libération de la terre promise.

— Donc ce qu'il faudra faire, avait dit le barbu, c'est mettre douze pierres près du Mur.

J'avais reçu une balle dans le genou. Je passai six semaines à l'hôpital et quand j'en sortis je ne pus retrouver le barbu. Je posai des questions à son sujet, je le décrivis, mais personne ne savait qui il était, médecin ou religieux. Alors je ramassai douze pierres sur le mont Zion et allai les placer près du Mur ouest. Depuis elles ne devaient plus y être, mais dans mon esprit elles y étaient toujours.

L'homme qui semblait mener le groupe se pencha vers moi :

— Vous pouvez vous lever ?

Il me tendait la main. Je la pris et me mis debout, mais dès qu'il me lâcha je retombai lourdement sur les fesses. Mes jambes paraissaient avoir oublié leur rôle.

— C'est net, fit l'homme, et dans mon état je ne compris pas ce qu'il voulait dire.

Allaient-ils me coller contre un mur pour me fusiller ? Est-ce ce qu'ils font quand vous n'avez plus la force de vous tenir debout pour parier ?

Avoir un malaise avait toujours été ma grande crainte, juste après la peur du confinement. La crainte de la honte, surtout ; mais ici la honte n'existait pas. Non, tout continuait. Je m'étais écroulé à côté d'une table de craps, et le jeu y était toujours bruyant et furieux :

— Allez, le sept… Allez, le sept… Vas-y, mon joli !

Des membres de l'infirmerie du casino arrivèrent, et ils paraissaient sérieusement inquiets à mon sujet. Ils desserrèrent ma cravate et prirent mon pouls tout en poussant mon fauteuil roulant. Qu'est-ce que je foutais dans un fauteuil roulant ? Je ne me souvenais pas qu'ils m'y aient assis. *C'est horrible*, pensai-je. *J'ai vu des handicapés venir ici comme s'ils espéraient être guéris par le jeu, mais jamais dans l'autre sens, comme moi, arriver sur leurs jambes et repartir dans un fauteuil roulant.*

Pourtant ma situation conservait une certaine dignité. C'était un peu comme un cortège présidentiel, avec des sentinelles au garde-à-vous le long du chemin. On communiquait mon état par talkie-walkie. Un ascenseur m'était réservé. Tout ça parce que je ne tenais plus sur mes jambes ?

Pourquoi ne tenais-je plus debout ? Parce que j'avais entendu la voix de Dieu. Et Dieu avait dit :

— Joshua ?

Je compris que ma situation était des plus mauvaises : quand Il vous aime Il prononce deux fois votre nom :

— Moïse... Moïse, avait-il dit.

Or il ne m'avait appelé qu'une fois.

— Je suis là, dis-je.

— Je te sépare des tiens, Joshua.

C'est à ce moment que mes jambes m'avaient trahi.

Je n'étais pourtant pas de ceux qui prétendent que Dieu leur parle. C'était mon père qui me parlait. Depuis sa mort, il était devenu Dieu. C'est ainsi que j'imaginais Dieu, avec les traits de mon père. Avec la colère facile et le pardon lent. C'est ainsi que je voyais mon père. C'est ainsi que je voyais Dieu. Le visage de mon père, dur mais aimant, aimant mais dur, était celui de Dieu.

Mais je parvenais encore à les différencier. Je savais quand mon père me parlait en tant que mon père terrestre, et quand Il me parlait comme mon père céleste. Cette fois Il s'était adressé à moi dans un tourbillon, et Il était venu sur un chariot de feu.

Je te sépare des tiens.

Ils m'avaient mis sur un lit, à présent, dans une pièce brillamment éclairée, et une infirmière prenait ma température. Elle me demanda si j'avais froid. *Oui*. Elle étendit une couverture sur moi. La laine me démangeait, et je le lui dis, mais elle ne m'entendit pas. Ils semblaient choisir quand écouter et quand ne pas entendre.

Elle me demanda ce qui n'allait pas.

Je voulais le lui dire. Tout lui dire ! Lui expliquer pour Joan, ce qu'elle faisait en ce moment même, et ce que moi je faisais. Je voulais lui avouer ce que j'avais fait.

Qu'ai-je fait? me dis-je. Comment avais-je pu faire cela ? Qu'allions-nous devenir ? C'était le début de la fin, assurément.

Je voulais lui dire que j'étais séparé des miens. Je n'étais plus sous la protection de l'Alliance.

— Qu'est-ce qui ne va pas ? dit-elle.

— Rien, fis-je.

— Vous avez mal ?

— Non.

— Vous n'avez pas de fièvre. Mais votre cœur bat la chamade.

Avais-je pris une drogue ? Des médicaments ?

— Je prends du Valium, parfois. Du Fiorinol contre les migraines.

— Vous avez la migraine, en ce moment ?

— Non. Rien.

— Pourquoi ne pouvez-vous pas marcher ?

— Je pense que maintenant je pourrais.

— Non, restez allongé. Reposez-vous.

— Combien de temps ?

— Nous verrons. J'aimerais que le médecin vous examine.

Je fermai les yeux pour me protéger des lumières trop vives. Pense à des choses agréables, me dis-je. Les pensées désagréables sont en train de te tuer. Mais... que faisait Joan, à cet instant précis ? Je la vis *nue, agenouillée...*

Je repoussai la couverture. L'infirmière se précipita vers moi.

— Je croyais que vous aviez froid.

— J'ai chaud.

J'avais froid et chaud, presque simultanément.

— Le médecin va arriver.

— Puis-je avoir quelque chose pour dormir ? Je veux juste dormir.

— Le médecin vous donnera ce qui convient.

J'attendis. Où était ce médecin ? Tout prenait si longtemps... Un tas d'événements se produisaient partout dans le monde, et moi j'étais là, impuissant, mon corps dévorant mon esprit. J'étais malade de l'âme.

Le médecin était un homme assez âgé, et assez sceptique, avec la jovialité du praticien qui a déjà tout vu et que rien ne peut plus étonner. Il classait ses patients dans des catégories. Il s'appelait Moore. Docteur Horace Moore.

Tout en m'examinant il me parlait d'un ton léger.

— On me dit que vous voudriez un somnifère ? Un seul, j'espère. Il y a des gens qui viennent ici et qui en veulent plus, vous me comprenez ?

— Juste un.

— Ils arrivent ici après avoir dépensé les économies de toute une vie. Le jeu n'est pas fait pour les gens timorés.

— Je n'ai pas perdu, lui dis-je. J'ai gagné.

— Hmm. Je vois aussi des gagnants ici, ils ne peuvent pas le supporter non plus. Combien avez-vous gagné ? Un million de dollars ?

Comment savait-il ? Mais non, il ne pouvait pas savoir. Un million de dollars était le chiffre magique du rêve américain. Le jackpot américain.

— Vous êtes malade, dit le docteur Moore après avoir regardé mes yeux.

— Comment cela ?

— Je ne sais pas, mais vous présentez les symptômes d'une commotion due à des bombardements. Vous étiez dans une guerre, ou quelque chose de ce genre ?

— Il y a de nombreuses années, oui.

— Non, je voulais dire aujourd'hui, ou hier ? Physiquement, vous n'avez rien, mais...

Mais, expliqua-t-il, il voyait quelque chose, quelque chose qu'il n'aimait pas du tout.

— Vous avez besoin de vous reposer, dit-il.

— Je peux avoir un somnifère ?

— Vous voulez vraiment ce somnifère, on dirait. C'est aussi un symptôme.

— Vous venez de dire que je dois me reposer.

— Se reposer ne signifie pas forcément dormir. Se reposer signifie... Vous savez ce que je veux dire. Vous combattez quelque chose. Que combattez-vous ?

— Je ne suis pas sûr de comprendre.

— Je suis sûr que vous comprenez.

— Vous voulez une sorte de confession, c'est ça ?

— Non, je ne suis que médecin. Mon stéthoscope ne peut mesurer que vos battements de cœur. Ce qu'il y a à l'intérieur, vous seul le savez. Vous et Dieu. Enfin, je vais vous donner ce somnifère. Mais ce n'est pas la solution.

— Merci. C'est tout ce que je veux.

— Oui, le somnifère...

Il s'immobilisa un moment et me contempla, en être humain faisant face à un autre être humain. Visiblement, il ne prenait pas souvent cette attitude.

— Vous m'inquiétez, dit-il. Voyez-vous, moi aussi j'ai fait une guerre. La Seconde Guerre mondiale. J'ai vu ce que des hommes peuvent infliger à d'autres hommes. C'est triste. A présent je suis ici et je vois ce que des hommes s'infligent à eux-mêmes. Eh bien, c'est encore plus triste.

Une confession, c'est ce qu'il attendait de moi.

— Vous êtes l'un d'entre eux, dit-il.

— Un d'entre qui ?

— Vous comprenez ce que je veux dire. Tenez... Voilà votre somnifère. Mais souvenez-vous : ce n'est pas la solution.

20

De retour dans ma chambre je pris le somnifère avec un verre d'eau et j'attendis qu'il agisse. Dormir revêtait pour moi une importance primordiale. C'était plus important que la vie elle-même. Je regardai par la fenêtre et, malgré la distance et la nuit, je distinguai un homme barbu qui promenait son chien sur la plage.

Je m'écroulai sur le lit et je finis par glisser dans le sommeil. Je dormis une heure environ. Quand je me réveillai mes yeux étaient irrités et ma gorge en feu. Il était deux heures du matin, et ce n'était pas le meilleur moment pour veiller.

J'avais rêvé, et dans ce rêve Joan et Ibrahim se trouvaient au pied du lit. Ils se moquaient de moi. Je savais que ce n'était qu'un rêve, mais je savais aussi qu'ils avaient été là. *J'en étais sûr.*

Dans ses derniers temps, quand il vivait seul à Philadelphie, mon père avait prétendu que des gens venaient lui rendre visite durant la nuit. Il *combattait* ces gens. Je n'en croyais rien, bien sûr, mais les meubles étaient vraiment renversés au matin.

Mon père me montra même les ecchymoses dues à ces affrontements nocturnes. J'avais choisi de ne pas le croire, parce que le croire m'aurait ouvert les portes du Monde d'En Bas, et je ne voulais pas croire au Monde d'En Bas.

Mais à présent je regardais autour de moi et je détectais ce vide particulier d'une pièce qui vient juste d'être désertée. Des gens s'étaient trouvés ici, et ils étaient partis. Sous une forme ou une autre Joan était venue ici. Je sentais son parfum et voyais l'ombre de son sourire. Ibrahim était venu dans cette pièce, lui aussi.

Les fauteuils avaient été bougés. Le téléphone était décroché. Des couvertures étaient éparpillées sur le sol. Il y avait eu un combat ici. Entre moi et Ibrahim, ou moi contre moi-même ?

Je m'étais sans doute agité dans mon sommeil. Pourtant j'étais sous les couvertures. Or je m'étais endormi sur les couvertures, c'est du moins ce dont je me souvenais. J'étais en caleçon, mais je ne me rappelais pas m'être déshabillé. Le deuxième oreiller — celui-là, je savais que je n'y avais pas touché — portait deux traces en creux, comme celles formées par deux têtes qui s'y seraient appuyées.

J'en avais la certitude : ils étaient venus ici, et ils avaient fait l'amour dans mon lit pendant que je dormais. Quel bonus ! Pour un million de dollars Ibrahim n'avait pas voulu manquer cette satisfaction supplémentaire.

Mais Joan... Comment avait-elle pu accepter *cela ?* Me méprisait-elle à ce point ? *Peut-être, oui.* Ce que j'avais fait était si vil que Dieu ne l'avait pas envisagé dans ses Dix ou même ses Six Cent Treize Commandements. Il avait prévu le meurtre, le vol, l'adultère. Mais *cela ?* Non, jamais.

Ici sur ce lit, ils avaient fait l'amour. Ici Joan avait vibré sous le corps d'un autre homme, son plaisir sexuel doublé par ma présence inconsciente.

Et Ibrahim ? Pourquoi ? Que lui avais-je fait ? Pourquoi une telle vengeance ? Peut-être y avait-il ce vieil antagonisme arabe-juif, après tout.

Non, rectifiai-je. Ce n'était pas pour se venger qu'il l'avait fait : pour se distraire, voilà tout. Comment un milliardaire se distrayait-il, lui qui avait déjà tout au départ ? Il devait chercher désespérément des plaisirs inédits. Il fallait qu'il improvise de nouvelles sensations.

Amener Joan ici, dans mon lit, voilà qui était incomparable !

Mais comment avait-il su que j'étais ici ? Quel idiot je faisais : c'était évident ! J'avais moi-même appelé Sy Rodrigo pour obtenir cette chambre. Le lien était là. Pour s'attirer un peu plus les bonnes grâces d'un tel client, Sy aurait-il prévenu Ibrahim que je me trouvais ici ? Sans aucun doute. Sy n'avait pas hésité. Il avait ses intérêts dans ce marché.

Mais Joan... Quelle transformation pour qu'elle accepte un raffinement aussi abject ! Avait-elle été consentante ? Peut-être avait-elle eu l'idée... Qui peut dire où se termine la passion quand elle s'enflamme ? Elle aussi adorait les distractions originales. Elle aimait tenter tout au moins une fois...

Il ne me restait plus qu'une chose à faire : rejeter en bloc toutes ces pensées, sinon je serais non seulement séparé des miens mais aussi de Joan. Et Joan était tout ce que j'avais. Joan était mon garde-fou dans ce chaos, et je devais lui faire confiance, croire à sa bonté et à son amour pour repousser cette aventure sordide.

Il n'y avait rien d'autre à faire. M'enfoncer un peu plus dans ce dédale de conjectures, croire Joan capable d'un tel mépris ne me laisserait que la folie comme issue. Cette fois, c'était sérieux. Ce n'était pas une fausse alerte, comme auparavant. Le malaise du casino n'était qu'un avertissement, peut-être un début. Non. Joan était bonne. Joan était belle. Joan que j'avais trahie et qui m'avait trahi, Joan serait mon sauveur, elle restaurerait mon âme. Elle seule pouvait me remettre debout. Ensemble nous rejoindrions le pays des vivants, car j'errais près du sheol, près de la vallée de l'ombre de la mort.

Je devais donc nier l'évidence, prendre ces preuves comme des illusions.

Mais quelqu'un s'était trouvé dans ce lit, près de moi. Les yeux étaient encore là. Je me levai, m'habillai, allai dans la salle de bains pour uriner. Je ne me lavai même pas les mains, pas plus que je ne regardai dans le miroir, de peur de voir un autre visage que le mien.

Je repassai dans la chambre et fonçai vers la porte. Soudain je craignais qu'elle ne soit verrouillée, que je ne doive passer ici le restant de ma vie, confronté à moi-même.

Je courus vers l'ascenseur. Il fallait que je descende au casino pour me prouver que j'étais toujours réel, que tout cela n'était pas un nouveau stratagème pour me perdre. Le couloir était désert. Le monde entier faisait-il partie du complot ?

Brusquement je sus ce que je devais faire. Il fallait que j'aille arracher Joan des mains d'Ibrahim ; maintenant. Je devais le priver d'un nouvel orgasme, rompant ainsi le marché d'un million de dollars puisque la nuit n'était pas achevée. Ainsi la situation redeviendrait presque normale, presque correcte, presque supportable, pardonnable.

Je me trouvais au dixième étage. J'appuyai sur le bouton marqué « CASINO ». Les portes se refermèrent et la descente s'amorça. Puis la cabine s'arrêta entre deux étages. Je patientai un peu, avant d'écraser de nouveau mon doigt sur le bouton « CASINO », puis sur « URGENCE ». Rien. Je décrochai le combiné et composai le numéro des urgences. Pas de réponse. J'essayai tous les boutons. L'ascenseur se remit en marche, mais il montait.

Il s'arrêta au vingt et unième, ou entre le vingt et unième et le vingt-deuxième étage. J'étais bloqué dans une cabine d'ascenseur et c'était comme dans *1984*, où ils cherchent votre phobie pour vous l'infliger.

Pour le personnage d'Orwell c'était les rats, pour moi cette cabine d'ascenseur. J'étais certain que jamais je n'en ressortirais et que Ibrahim était derrière tout cela, et Sy aussi. Étais-je paranoïaque ? Bien sûr.

La cabine se mit à tressauter, puis à descendre et à remonter à toute vitesse, comme si quelqu'un maîtrisait les commandes et s'amusait avec l'ascenseur.

Pour une raison indéfinissable je n'avais pas peur comme je l'aurais dû. Je me retrouvais suspendu dans le vide comme lors du passage des Pyrénées, quand je pendais dans le sac à dos de mon père. J'étais même bâillonné par une sorte de coton qui emplissait ma bouche pour m'empêcher de geindre et ainsi d'alerter les Allemands qui sillonnaient toute la région avec leurs chiens.

Quand je vomis personne ne s'en rendit compte. Tout le monde était trop occupé à se frayer un chemin dans la nature sauvage. Il y avait là presque soixante personnes terrorisées, hommes, femmes et enfants. Les branchages leur fouettaient le visage. Elles devaient garder une allure soutenue pour ne pas se laisser distancer par les passeurs qui ne leur accordaient que de très brèves haltes pour reprendre leur souffle. Et c'est lors d'une d'elles que se produisit ce que je redoutais. Mon père me posa à terre et quand il fallut repartir, dans la confusion et la hâte, il prit les deux valises et m'oublia. J'étais là, dans la nuit, et je ne pouvais même pas appeler. Je les vis disparaître.

A présent c'était la même sensation qui me saisissait. L'ascenseur s'était immobilisé. J'essayai chaque bouton à tour de rôle, sans résultat. J'appuyai encore et encore. Je me mis même à crier, d'abord le nom d'Ibrahim, puis celui de Sy. Enfin, épuisé, je m'assis et attendis. Un temps infini s'écoula, et je tentai autre chose. La prière, que j'avais abandonnée depuis bien des années :

— Entends-moi, Ô Israël, entonnai-je, le Seigneur est notre Dieu, le Seigneur est Un.

Les heures passèrent, et j'étais aux trois quarts assoupi et seulement à moitié lucide, recroquevillé sur le sol de cette cabine d'ascenseur qui serait mon tombeau, quand à ma stupéfaction apparut le roi David, mon roi David personnel. Il vint à moi dans ses vêtements immaculés, son visage rayonnant de force et de beauté.

— Tu n'es pas ici pour me blâmer, n'est-ce pas? lui dis-je; Tu es *mon* homme.

— Tu es *mon* homme aussi. Tu es cet homme tout comme je fus cet homme.

— Tu veux parler de toi et Bathsheba?

— Non, je veux parler de toi et Joan. Et de cet Ibrahim. Qu'as-tu fait? Et ne me dis pas que la femme t'a forcé à le faire. Adam a déjà dit cela à Celui qui fut, est et sera de toute éternité.

— Oh non ! J'ai commis un grand péché.

— Je sais de quoi il s'agit, Joshua. Tu as péché pour l'argent. Tu as péché par amour.

— Tu veux dire que ce n'est pas grave ?

— Il t'a attrapé, Josh. Pourquoi un Arabe ? Pourquoi un Amalecite ? Ne sais-tu pas qu'Il ne les aime pas ?

— J'étais fatigué d'attendre.

— Il allait te rendre riche, légalement.

— Ah bon ?

— Oui. Ton nom était inscrit dans le Livre de la Fortune.

— Pourquoi cela prenait-il tant de temps, alors ?

— Tu sais ce que disait mon fils Salomon. Il disait : « Au matin plante tes graines et au soir ne t'impatiente pas, car tu ne peux savoir encore lesquelles germeront. » Pour toi, Josh, ça venait au soir. Si tu avais attendu et fait confiance à ton talent, comme te le disait Joan. Le temps venu, Josh, la fortune te serait arrivée le temps venu. Si tu avais attendu.

— Nous n'avons pas une éternité pour attendre, ce n'est pas comme Lui.

— Tu as perdu la foi, Josh. C'est le plus grave de tous les péchés. Et un Amalecite ?

— Alors pourquoi les avoir faits si riches ?

— Te permettrais-tu de Le juger ?

— Je demandais simplement : pourquoi leur donner tout ce pétrole et le reste ?

— C'est Sa décision.

— Pourquoi les fait-Il nous haïr autant ?

— Tous ne vous haïssent pas.

— Ah non ? Est-ce qu'Il regarde les journaux télévisés ? Est-ce qu'Il lit Anthony Lewis.

— Il a créé Anthony Lewis.

— Alors parle-Lui-en.

— Nous sommes ici pour parler de toi. Définir un châtiment.

— Que dirais-tu de me priver de chocolat pendant un mois ?

— As-tu lu mes Psaumes?
— Qui ne les a pas lus?
— Drôles? Dirais-tu qu'ils sont drôles?
— Non.
— Eh bien tout cela n'est pas drôle non plus. Tu sais que les Amalecites ont volé deux de mes femmes. Avec Joan cela fait trois. Cette Joan qui est tienne, comment as-tu pu la vendre ainsi? Jamais encore cela n'avait été fait. Tu mérites presque des félicitations. Ce n'est pas seulement un grand péché, c'est un péché *historique*.
— Alors tu me blâmes, David. Ça ne te ressemble pas.
— Je suis désolé. Mais Il t'aimait tellement. Il était dingue de Joan, bien que ce ne soit qu'une shiksa.
— Vraiment? Il m'aimait?
— Oui, Josh. Il t'aimait. Il aimait les tiens aussi.
— C'est pour ça qu'Il leur a offert Hitler?
— Ses desseins ne sont pas nos desseins, tu le sais, Josh.
— Mais maintenant Il me déteste.
— Il réfléchit à ton cas, mais de toute façon il y aura un châtiment.
— Lequel?
— Je ne peux le dire.
— Tu es toujours mon préféré, David.
— Tu n'es pas mal non plus, Josh. Je te pardonne.
— Alors bénis-moi avant de partir.
— Je ne peux pas, Josh.
— Tu ne peux pas partir avant de m'avoir béni.
— Je le peux et seul Jacob savait retenir un ange.
— D'accord. Mais dis juste ça : *Joshua Joshua*.
— Je ne le peux pas non plus. Tu demandes trop.
— Sois sympa, David. Dis-le juste deux fois.
— Alors promets-moi d'aimer le bien et de haïr le mal.
— Je promets.
— D'accord. *Joshua Joshua*.

Je me réveillai. Le matin était arrivé.

21

Les portes s'ouvrirent, et des mains me tirèrent de mon néant. Je me retrouvai au rez-de-chaussée du casino. Un vieil homme ridé portant un uniforme avec un badge « sécurité » me faisait face.

— Depuis combien de temps êtes-vous là-dedans ?

— Je ne sais pas. Quelle heure est-il ?

— Dix heures.

— Du matin ou du soir ?

Il me dévisagea.

— Du matin. Ça ne va pas, mon gars ?

— A votre avis ? Vous ne vérifiez jamais vos ascenseurs ?

— Celui-là marche mal.

— Très mal.

Il m'annonça qu'il devait faire un rapport et voulut me mener dans un bureau quelconque, mais je refusai.

— Où allez-vous ? me dit-il.

— Aucune idée.

Mais j'en avais une : il fallait que je prenne l'air. Au dehors le disque incandescent du soleil trônait dans le ciel, au-dessus de l'océan. Je ressentais toujours ce feu intérieur terrible, un feu qui m'obligeait à aller vers le Versailles.

Sur la Promenade, alors que je marchais vers Ibrahim, j'eus l'impression d'être un véritable clochard, pas du tout présentable, et en voyant mon reflet dans une vitrine je décidai de faire un brin de toilette.

Mais au lieu d'utiliser les commodités de l'hôtel, je descendis sur la plage. Retourner à l'hôtel eût été pragmatique, et c'était exactement ce que je ne voulais pas être pour l'instant. J'aimais assez mon apparence et mes idées actuelles, irrationnelles et sauvages. Je me nettoyai au bord de l'eau.

Quand j'arrivai au Versailles les gardes du casino ne me jetèrent qu'un coup d'œil et me laissèrent entrer. Et il était là, à la même table de blackjack où tout avait commencé. Il irradiait toujours cette majesté orgueilleuse, et je fus empli de crainte comme la première fois, mais aujourd'hui s'y mêlait une sorte d'indignation survoltée, un pouvoir qu'un homme n'éprouve que lorsqu'il a été défait et ne peut être plus défait encore. On ne peut plus lui faire grand-chose, et en conséquence il a beaucoup de chances de gagner.

La table était isolée par un cordon, mais à cette heure matinale il y avait peu de spectateurs. Il n'y en avait aucun, en fait. Sauf moi.

Je le regardai jouer. Il faisait tout de travers. Il avait conscience de ma présence, bien sûr, mais faisait semblant du contraire. Il surenchérissait systématiquement contre la banque et perdit très vite plusieurs millions de dollars.

Puis la chance tourna. Deux blackjacks couplés, et la banque se mit à perdre. Ibrahim emporta les onze mains suivantes. J'avais rarement vu une telle série.

Quoi ? Était-ce effectivement moi qui lui portais chance ? Et d'abord, était-ce de la chance ? Était-ce un cadeau des cieux ou le seul pouvoir que les cieux ne contrôlaient pas ? Le hasard était peut-être bien la seule force extérieure à la juridiction des cieux. Impossible de la gagner par une vie vertueuse ou stricte.

Quoi que ce fût, je l'avais. Pour Ibrahim.

Il se tourna vers moi.

— C'est vous, encore, énonça-t-il.

J'enjambai le cordon et m'assis à sa table.

Un des employés du casino vint poliment me demander si je désirais jouer. La mise minimale était de dix mille dollars. Soudain je compris. Le million de dollars avait été déposé ici, sur un compte ouvert à nos noms.

C'était la meilleure façon de faire, bien évidemment! Il n'y avait pas de meilleure façon. Pas de liquide, pas de chèque pour violer ouvertement l'honneur et la dignité de Joan.

Un biais très poli. Vraiment, il était impossible de ne pas apprécier cet Ibrahim. On pouvait tout détester de lui, mais pas l'homme lui-même.

— Non, répondis-je. Je regarde.

— Comme vous voudrez, sir.

Sir. On ne vous appelle pas ainsi aux tables à trois dollars.

Bien bien bien, pensai-je. *Je suis donc un millionnaire.*

L'employé du casino me glissa à l'oreille qu'une suite était à ma disposition dans l'hôtel. Offerte, bien entendu. Comme les repas que je pourrais désirer, pour le temps qu'il me plairait de rester ici.

Une hôtesse charmante m'apporta une boisson. Je n'avais plus à demander, même plus à murmurer une commande. Je faisais maintenant partie de ce monde où l'on s'exprime par hochements de tête... et par compréhension. Ce monde où quasiment tout est offert. Riche, vous n'avez pas à payer. Pauvre, vous devez payer. *Étrange*, me dis-je.

Après avoir gagné et perdu quelques autres mains, Ibrahim m'invita dans sa suite, comme je m'y attendais et comme il s'y attendait. Il savait que je reviendrais, comme je l'avais su.

Tout n'était pas terminé. La nuit était passée, mais un point restait non résolu. Joan était certainement sur le chemin de Philadelphie en ce moment. Sinon elle se trouvait toujours dans son lit, et nous étions pressentis pour un second million de dollars.

Ma première impulsion aurait dû être de me précipiter chez nous. Mais j'étais attiré par Ibrahim. Il était en tête de liste, premier rendez-vous sur mon agenda. J'avais son argent et il avait eu ma femme. Nous avions des choses à éclaircir. Souffrait-il? Peut-être devais-je découvrir cela. Parce que j'avais une certitude : quand

Joan l'avait quitté, il l'aimait. Joan ne connaissait pas d'autre façon de quitter un homme.

Dans les couloirs de sa suite, ses gardes du corps patrouillaient, et dans plusieurs pièces régnait une animation certaine. Des hommes vêtus comme les nomades du désert tenaient des conversations téléphoniques véhémentes en arabe. Je ne les avais pas remarqués auparavant, comme je n'avais pas remarqué l'absence de femmes. Elles devaient pourtant bien se trouver quelque part. Mais elles savent quelle est leur place, me dis-je, et elles y restent.

Ces gens étaient différents, et je devais m'en souvenir. Leurs façons de faire n'étaient pas semblables aux nôtres. Leurs femmes étaient en esclavage, on les cachait sous des voiles et on les maintenait à l'écart non parce qu'elles étaient faibles mais bien parce qu'elles détenaient des pouvoirs terrifiants, ceux de la corruption et de la tentation.

C'était un point à ne pas oublier. Pour Ibrahim, Joan n'était pas une individualité. Elle était à la fois beaucoup plus et beaucoup moins. Il ressentait autant de désir pour elle que de mépris.

Elle représentait le péché. Elle *était* le péché.

Nous nous retrouvâmes dans la même pièce que lors de notre première entrevue, face à face.

— Pas de reproches, j'espère, dit-il. Ce serait tout à fait malséant.

— Non, j'ai reçu mon dû.

— Moi également.

— Cela est malséant, dis-je.

— Je vous demande pardon ? Ce l'était, en effet. Mais cette conversation est... inutile.

Il se leva de son fauteuil et se servit un Pepsi. Il ne m'en proposa pas un. A présent l'hospitalité elle-même était inutile, et il ne faisait aucun effort pour dissimuler son ennui. A la lumière du soleil entrant par les baies vitrées et la porte-fenêtre, il ne paraissait pas très séduisant.

Il semblait nerveux, irritable, et la raison en était

évidente : il n'avait pas dormi de la nuit. Ses yeux étaient rouges et gonflés, ses joues un peu distendues. Son nez étroit, ses lèvres épaisses... Non, ce n'était plus l'Ibrahim d'auparavant. C'était un homme qui avait besoin de se préparer pour déployer son charme. Or je l'avais pris au dépourvu.

— Vous commettez une grossière erreur en venant ici, dit-il. Combien de chances croyez-vous qu'un homme puisse avoir ?

— Dans une existence ordinaire ? Une dans chaque domaine.

— Mais pas plus. Estimez-vous chanceux, monsieur Kane. Vous êtes allé trop loin, et c'est ce qui caractérise le joueur idiot. Il ne sait pas quand se retirer. Je déteste cette catégorie de joueurs. Ils me fatiguent. Ils me rendent malade. Vous me surprenez, monsieur Kane. J'avais été tellement impressionné par vous, à la table de blackjack. Vous avez su à quel moment arrêter. Le banquier a fait blackjack pour contrer votre blackjack, et vous avez compris qu'il était temps d'arrêter. Oui, j'ai été impressionné, monsieur Kane. Mais maintenant ? Je ne le suis pas autant... Soyez bon joueur. Quittez la table et disparaissez.

— Le moment n'est pas encore venu, répondis-je.

— Vous continuez de me provoquer. Ne le savez-vous pas ? Il ne faut jamais regarder en arrière.

— Je connais les règles.

— Vous enfreignez les règles. Vous n'avez aucune classe.

— J'ai un million de dollars. Pas besoin de classe.

— Alors prenez l'argent et disparaissez.

— Ce n'est pas amusant, dis-je.

— Non, ce n'est pas amusant. Je vous aime bien, monsieur Kane. Vous voyez dans le cœur des gens, ce qui vous rend touchant, mais aussi pathétique. Tout homme qui voit dans le cœur des gens cherche des ennuis. Il découvrira ce que vous avez découvert : ce n'est pas amusant. C'est laid. Croyez-en un expert. Vous savez que je suis un expert, monsieur Kane, vous ne le savez même que trop. Je peux jouer à ce jeu parce que je ne risque rien.

— Quelque chose me dit le contraire, monsieur Hassan.

— Dans les premiers temps, oui, bien sûr. Je vais vous confier mon secret.

— J'adore les secrets, monsieur Hassan.

— Bien. Voici ce secret : J'ai commencé à jouer à ce jeu quand j'ai découvert qu'aucun être humain ne pouvait résister à la puissance de ma richesse. Croyez-vous que cette découverte m'a enchanté ? Croyez-vous que j'ai cherché des victimes ? Non, ils venaient à moi, du plus minable au plus prestigieux, et ils s'avilissaient devant moi. Ils auraient fait n'importe quoi. Je pouvais ordonner n'importe quoi à n'importe qui. N'importe quoi. Une leçon d'envergure, n'est-ce pas ? Je pensais qu'il devait exister une personne, quelque part, possédant une *vraie* dignité. C'est le jeu et il me plaît, car une telle personne n'existe pas. Une telle dignité n'existe pas. Oh ! cette fausse dignité de façade, celle-là nous l'avons tous. Mais savez-vous ce qu'est la vraie dignité, monsieur Kane ?

— C'est ce qui fait que nous sommes presque des anges.

— Ah ! Ah ! le roi David, n'est-ce pas ?

— Exact.

— Les Psaumes. Mais sommes-nous vraiment presque des anges ? Croyez-moi, cette fois-là votre roi David se trompait.

— C'est le mauvais argent qui transforme les gens en marionnettes, déclarai-je. Un pouvoir au rabais.

— Je n'arriverai pas à vous convaincre, n'est-ce pas, monsieur Kane ? Il ne s'agit pas de l'argent, mais des gens. Quelle tristesse... N'avez-vous donc rien appris durant votre vie ? Non ? Eh bien, apprenez ceci : ayez foi en l'argent. Ayez foi en Dieu, mais n'ayez jamais foi en un homme, et encore moins en une femme.

J'acquiesçai comme je le faisais devant ces dérangés qui haranguent parfois les passants en ville. Je les écoutais toujours attentivement. Ce qu'ils disaient était très souvent vrai. Mais ils n'en restaient pas moins fous.

— N'est-ce pas justement ce que vous cherchez? dis-je.

— Venant de quelqu'un d'aussi profond que vous, Joshua Kane, c'est une question surprenante. Je suis déçu.

— C'est une question.

— Vous voulez savoir ce qui motive un homme tel que moi, c'est cela?

— Ça reste un mystère.

— Je vais vous le dire. C'est la quête de cette dignité. Vous connaissez la phrase : « *Je n'ai trouvé qu'un homme dans un millier, mais je n'ai trouvé aucune femme.* »

— Koheles, dis-je.

— Bien sûr. Et donc Ibrahim continue la quête d'Abraham. Bien que je n'aie même pas trouvé cet homme dans un millier.

— Mais la femme, vous l'avez trouvée. En Joan.

— Oh oui ! Mais la quête dure tant que dure la vie.

— Ce doit être difficile d'être aussi riche...

— Vous parlez avec ironie, et pourtant ce que vous dites est vrai. C'est comme être un dieu...

— Vous vous flattez un peu.

— ... dans le sens que tous ces gens sont nus devant vous.

— Oh, les gens sont imparfaits et faillibles, monsieur Hassan ! Qui le nierait? Mais est-il bien nécessaire de pousser à la corruption? N'est-ce pas par simple amusement, pour jouer, comme vous l'admettez vous-même, que vous les dépouillez de leur intégrité?

— Je ne dépouille personne, mon ami. Eux me dépouillent. Des hommes — des industriels! — se sont agenouillés pour m'implorer d'être photographié avec eux leur serrant la main. Pour montrer le cliché à la Bourse! Il vaudrait de l'or! Les femmes? Les épouses de Premiers ministres et de leaders religieux attendent à ma porte. Et vous parlez de corruption... Dites-moi, y a-t-il un homme ou une femme qui soit incorruptible?

— Monsieur Hassan, j'ai déjà dit que j'étais d'accord sur ce point. Nous sommes tous des créatures vulnérables. Mais n'est-il pas aussi bas d'utiliser ce travers que d'utiliser la déposition d'un faux témoin ? N'est-il pas cruel de piller ainsi le cœur humain ?

— J'en serais incapable si les gens avaient de la dignité.

— Mais vous avez admis que nous ne donnons l'avantage à notre nature supérieure que de très peu sur notre nature inférieure. La balance est fragile. Alors pourquoi la fausser ? Pourquoi changer les poids ? Pourquoi ne pas laisser en l'état ?

Il resta silencieux un moment. Puis, avec un sourire, il répondit :

— Peut-être avez-vous raison. Peut-être est-ce un simple divertissement.

La vraie traîtrise était là, me dis-je. Cette motivation. Je l'aurais préféré s'il n'avait pas cherché à se justifier. Avec une justification, tout devient légal. Nous étions dans l'ère où tout et tout le monde trouvait une justification. Même Hitler ou Charles Manson...

Ainsi donc il avait découvert quelque chose, cet Ibrahim. Une grande vérité : les gens sont pourris, et corruptibles. Et alors ? Où était la nouveauté ?

Il ne parla pas pendant plusieurs secondes. *Peut-être a-t-il un autre secret à dévoiler*, pensai-je.

— Le film, dit-il. C'est ce qui vous inquiète ?

Le film ? *Quel film ?* Non, je ne m'étais pas inquiété de cela parce que je n'y avais jamais pensé. Un film de ses ébats avec Joan ? En dehors du caractère sordide de la chose, c'était une façon de posséder Joan indéfiniment. Un film pour revivre les délices de cette nuit... Non, cela je ne l'avais pas imaginé.

Ce ne serait pas juste. Le marché portait sur une nuit. Avec le film, il lui ferait l'amour à perpétuité. Et cela signifiait que jamais je ne pourrais repousser le souvenir de cette nuit, pas plus que Joan. Cette nuit durerait l'éternité.

Le feu qui m'avait dévoré et que je croyais avoir maîtrisé m'embrasa de nouveau, d'un coup.

Il doit exister une parade, me dis-je, *une solution*.
— Vous avez fait un film?
— Elle ne le savait pas.
— Vous avez fait un film?

Pour la première fois, il était sur la défensive. Légèrement, mais son assurance n'était pas aussi formidable qu'à l'accoutumée. Sans doute parce qu'il sentait que je ne craignais plus rien. Pour la première fois, j'étais dangereux.

Elle ne savait pas. Mince réconfort.

— Seulement pendant une demi-heure environ, précisa-t-il.

— Vous avez donc un tel mépris pour moi, pour Joan, pour vous-même?

— Il n'y a aucun mal à vouloir préserver le souvenir d'un moment, le plus beau moment de ma vie, si vous voulez savoir. Non, aucun mépris. C'est précisément le contraire. Je chéris Joan et je veux la garder, et c'est le seul moyen que j'aie de la garder.

— Alors vous avez fait un film...

— Voulez-vous le voir? demanda-t-il.

Cette proposition ne contenait aucune trace de dérision. Non, il désirait que je partage la vision de ce film par faveur. Ce film était son trophée, le trophée le plus précieux qu'il eût jamais possédé. Il avait trouvé un moyen de garder Joan, de la posséder.

C'est pourquoi il ne voyait rien d'inélégant dans son offre. Il avait accompli quelque chose de durable avec elle, plus durable et fort que des vœux de mariage. Un film resterait, fidèle, toujours vrai. Et dans ce film il pourrait posséder Joan encore et encore, d'une façon qui m'était inconnue. Nous étions donc partenaires dans son esprit, et il voulait partager son trophée avec son partenaire. C'en était presque pathétique.

Mais pas tant que cela, rectifiai-je. Il devait bien y avoir une dose de mépris dans ce plan. Cette entrevue était plus sa confrontation que la mienne. Son ultime satisfaction. Je n'avais aucune vengeance possible. Rien que je puisse imaginer pour l'instant; mais je trouverais. Oh oui, je trouverais !...

Du début à la fin — si nous en étions à la fin — il m'avait manipulé. Il paraissait imbattable, incapable de la moindre erreur. C'était un joueur d'échecs, et il prévoyait dix coups d'avance sur le mien.

Comment battre cet homme ? Comment vaincre cet homme invincible ? Je ne pourrais pas vivre avec Joan, je ne pourrais pas vivre tant que je n'aurais pas défait cet homme. *Il doit y avoir une faille*, me dis-je. *Quelque part dans son stratagème, il doit y avoir un point faible.*

— Je ne suis pas venu voir un film, dis-je.

— Vous n'êtes pas curieux ?

— De voir ma femme faire l'amour avec un autre homme ?

— Ce n'est pas ainsi que je vois les choses. Je nous vois comme deux hommes liés par quelque chose d'extraordinaire, si vous êtes d'accord que Joan est extraordinaire, ce dont je ne doute pas. Nous lui appartenons tous les deux, et elle nous appartient à tous deux.

— Vous faites erreur, monsieur Hassan. Elle n'appartient qu'à moi.

— Vous l'avez perdue, monsieur Kane.

— L'espace d'une nuit.

— Oh non ! Pour toujours, mon ami. *Pour toujours.*

La même chose s'appliquait à Joan également, me dis-je. Elle n'avait pas de film, mais ses souvenirs resteraient en elle pour toujours. La mémoire était plus forte qu'un film. La mémoire pouvait être fidèle, mais elle pouvait aussi embellir un moment, le rendre plus puissant que la réalité ou les images d'un film. Le film dans l'esprit de Joan, voilà comment je l'avais perdue.

Mais le film d'Ibrahim était beaucoup plus tangible. Il n'était pas assez romantique pour faire confiance à sa seule mémoire. Il avait besoin d'un support solide pour se rappeler Joan et les sensations éprouvées. Il avait besoin de ce film pour l'aimer et pour qu'elle l'aime. Ce film valait plus qu'un million de dollars. Oui, ce film valait toute sa fortune...

— Et puis oui, dis-je. J'aimerais voir ce film.

— Je vais tout faire préparer.

Il sortit en hâte de la pièce et je perçus des voix, la sienne en particulier, vibrante d'autorité. Ce joueur froid, ce manipulateur imperturbable était à présent aussi excité qu'un collégien. Je restai calme. Je savais quelque chose qu'il ignorait. Je voyais une possibilité qui lui échappait.

Les limites avaient déjà été atteintes, et même dépassées. L'inimaginable ne l'était plus, l'indicible était dicible. Il ne restait plus qu'à sauver ce qui pouvait l'être. Joan. Je pouvais encore la sauver d'Ibrahim. J'avais une deuxième chance.

Il existait une réponse pour Ibrahim, et cette réponse avait pour nom Joan. Son piège était maintenant le mien. Sa faiblesse devenait ma force. Ibrahim le Tout-Puissant pouvait être renversé par une femme, ma femme, tout comme il m'avait brisé par l'argent, son argent.

Je n'avais besoin que d'un peu de chance. *Pour une fois*, pensai-je, *je vais me porter chance à moi-même*. Je l'avais assez fait pour lui. C'était mon tour. *Pour une fois, que le vainqueur perde et que le perdant gagne...*

Je ne cherchais pas à me venger, seulement à rétablir l'équilibre. Ma vie avait basculé, et j'étais projeté dans un monde où le bien était devenu mal et le mal le bien. L'équilibre, je ne voulais rien de plus. Mais peut-être pouvait-on aussi appeler cela *vengeance*.

Ibrahim revint accompagné d'un serviteur qui apportait des sodas et des amandes sur un plateau. Un autre installa le magnétoscope et repartit. Dans sa main droite, Ibrahim tenait la cassette. Cette cassette qui valait toute sa fortune.

A présent j'étais aussi alerte qu'un détective au travail. Je savais que des gardes se trouvaient à l'extérieur de cette pièce. Pas question de fuir par la porte, donc. Les baies vitrées étaient scellées, mais il y avait la porte-fenêtre ouvrant sur le balcon. Il suffirait de tourner la poignée ; l'océan était tout proche. Un bon lanceur pouvait l'atteindre, et c'était exactement le genre de lancer que j'avais effectué dans une autre confrontation avec des Arabes, quand je lançais des grenades contre l'armée jordanienne, alors qu'Israël combattait pour reprendre Jérusalem.

D'accord, ce n'était pas le combat d'un Juif contre un Arabe, mais un affrontement d'homme à homme. Je m'en rendais enfin compte : Ibrahim n'était pas un dieu, même si pendant un temps j'avais eu tendance à le croire. Là avait été mon erreur. Je l'avais déifié à cause de son argent. Mais je ne craignais plus son argent.

Il restait une question, que je ne pouvais poser maintenant sans me trahir.

Il tira les rideaux pour établir une relative obscurité, inséra la cassette dans le magnétoscope et le spectacle commença. Je fermai les yeux, mais la bande était sonorisée, et les sons étaient encore pires.

Alors j'ouvris les yeux et je regardai Joan. Elle couvrait son corps de baisers des pieds à la bouche, puis s'arrêta à mi-chemin et suça son pénis rigide, gorgé de désir. Il grogna et cria son nom. Elle était agenouillée, totalement nue.

Elle releva la tête et le contempla en souriant. Elle haletait. Il voulut la relever mais elle n'avait pas eu son content de fellation. Il caressa et pétrit ses seins tandis qu'elle enfournait sa verge dans sa bouche.

Enfin elle le laissa la relever. Il la saisit par la taille et l'installa sur lui, sur le lit. Elle s'empala avec un cri ravi et se mit à monter et descendre, monter et descendre sur l'axe de chair. Le pire était les gémissements extatiques qu'elle poussait.

La prise de vue montrait maintenant son postérieur s'agitant avec frénésie. Il emplissait tout l'écran, tout mon univers. Puis il la redressa et la fit se retourner. Il introduisit deux doigts dans son sexe, avec son pénis.

Le visage de Joan était pleinement visible, de face. Il exprimait quelque chose d'animal. C'était le secret qu'il avait senti chez elle, et qui était révélé sur l'écran, cette passion qu'il avait devinée, cet abandon.

Elle regardait sous elle pour voir la verge entrer et sortir d'elle, pour se voir baisée.

Voilà à quoi ils rêvent dans leurs chambres roses de la bonne société, me dis-je.

Elle ferma les yeux et grimaça, comme s'il avait atteint une nouvelle profondeur en elle, comme s'il touchait son cœur. Sa respiration était précipitée, rauque. Elle faisait de son mieux pour l'aider. Elle glissa un doigt dans son vagin, et son vagin était aussi plein que l'avait jamais été aucun vagin.

Il la souleva et se glissa sous elle pour lécher son sexe. Mais elle ne voulait pas lâcher le sien. Elle le caressait d'une main fébrile. La langue d'Ibrahim passait de son sexe à son anus. Enfin vint le moment de l'orgasme. Il la fit asseoir sur sa verge et le va-et-vient reprit. Le visage de Joan faisait face à la caméra, les yeux braqués droit devant elle, et je sentais le contact, comme si elle percevait ma présence. Regarde-moi, semblait-elle dire. Regarde-moi.

Mais c'était une idée née de mon orgueil anéanti. Elle allait jouir non pour moi, mais pour lui. Son amant. Ses râles n'étaient pas pour moi, mais pour son amant. Tout cela n'était destiné qu'à Ibrahim, et non à moi. Pas même en esprit.

Leur jouissance fut violente. Elle hurla son nom, comme si elle demandait grâce.

Elle avait hurlé son nom.

Je jetai un coup d'œil à Ibrahim. Cet instant était son apothéose.

— Assez, dis-je.

Il éteignit le magnétoscope d'une main tremblante. Ses prunelles s'étaient emplies d'une noirceur menaçante dénuée de cette étincelle qui sépare l'homme de la bête. Il restait silencieux et paraissait réprimer la sauvagerie qui bouillonnait en lui. Mais il aurait pu tuer. Maintenant je savais qu'il aurait pu tuer.

Pour moi, ce spectacle n'avait rien eu de plaisant, non. Mais j'avais dépassé le stade de la douleur. Je m'étais carapaçonné contre ces images. Je savais qu'à certains moments de l'existence le choix n'existe pas, et je venais de vivre un de ces moments. Je ne pouvais que rester assis et subir cet outrage, être témoin de cette conclusion. Le péché était mien, et j'endurais le châtiment. L'ultime châtiment.

Mais je commençais à en avoir assez des péchés et des châtiments...

— Vous avez des copies? demandai-je.

— Vous en voulez une?

— C'est possible.

Il réfléchit un instant. Ma requête ne lui paraissait pas illogique. Après tout, nous étions partenaires.

— Il faudra que je fasse des copies, dit-il. Cette bande est le seul exemplaire. L'original.

La réponse que j'espérais!

Bon sang, comme j'avais espéré qu'il dise exactement cela!

Je me dirigeai vers le magnétoscope. Il ne semblait pas me prêter attention. Il était distrait, l'esprit ailleurs. Les scènes du film accaparaient encore ses pensées, et il errait dans un état d'ébahissement ravi.

— Je suis heureux que vous compreniez, dit-il enfin.

— Oui, je comprends.

— Vous êtes un témoin.

C'était ce qu'il lui fallait. Un témoin. Un témoin pour donner au film toute sa validité.

— C'est une bénédiction, dit-il.

Une bénédiction? La dépravation est une bénédiction?

— Oui, c'est une bénédiction, répétai-je.

Je m'approchai nonchalamment du magnétoscope.

— Dites-moi, a-t-elle jamais été ainsi avec vous?

Oui, pensai-je. *Oui, elle l'a été.*

— Non. Jamais.

Flatte-le, me disais-je.

— Vous en êtes certain?

Il voulait une preuve. Peut-être un film? Il était important pour lui de savoir qu'il avait touché Joan comme je ne l'avais jamais touchée, comme aucun homme ne l'avait jamais touchée.

— Oui, j'en suis certain.

— Bien. C'est bien... Je lui ai demandé de rester avec moi, vous savez.

— Oh?

J'avais redouté cette éventualité, bien sûr, comme la pire des éventualités, impossible à jamais reproduire sur un film. Je n'avais pas pu me préparer à une possibilité plus horrible encore : en fait elle était restée avec lui.

— Elle a refusé, dit Ibrahim. Mais j'ai le film, vous comprenez... J'ai le film.

— Oui, le film.

— Ce film est tout. Mais vous seul pouvez comprendre. Vous comprenez?

— Oui, je comprends.

— Ce film est un monument... Non, en y réfléchissant, je ne peux pas faire de copies : il ne doit y en avoir qu'un seul exemplaire.

— Approprié, pour un monument.

— Oui. Un seul.

J'étais arrivé à bonne distance de la cassette, du monument, du seul et unique témoignage. Je balançai mon bras, juste pour vérifier. Quand le moment serait propice, je pourrais prendre la cassette d'un seul geste, un geste précis. Si je devais m'y reprendre à deux fois, il aurait déjà bondi sur moi.

— Joan n'en sait rien.

— C'est ce que vous m'avez dit.

— Vous me trouvez cruel?

Nous avons dépassé le stade de la *cruauté*. Nous parlons de *perversion*.

— Non, répondis-je. Tout cela est logique.

— Oui, tout est comme il convient. Tout est bien.

Il se tourna vers la fenêtre, me présentant son dos. Je pensai à prendre la cassette maintenant, mais il se trouvait à mi-chemin, entre moi et le balcon. Il aurait le temps de me bloquer le passage. Il y aurait combat. Je gagnerais ou je perdrais. Une chance sur deux. Mais ses gardes étaient toujours dans le couloir, prêts à intervenir.

Non, je devrais passer à l'action d'un coup, au meilleur moment.

Mais il fallait que je le fasse pendant qu'il était encore égaré dans cette mélancolie obscène.

— Seule une femme peut infliger cela à un homme, dit-il.

L'autre aspect, maintenant : la haine.

— Infliger quoi ?

Force-le à parler, me dis-je. *Il faut qu'il continue à parler.*

— Détenir un tel pouvoir sur lui !

Il s'assit et alluma une cigarette. Pas un cigare, non : une cigarette. Pour une fois il ne prenait pas la pose. Il se révélait tel qu'il était. Sa mystique s'était envolée. Le prince n'était qu'un homme.

— Voyez ce qu'elle vous a infligé, ajouta-t-il.

Il voulait profiter de ma souffrance, la contempler. Sa satisfaction réclamait ma souffrance et mon assentiment. Pour être un véritable témoin, je devais me réjouir pour lui et me désespérer de mon sort.

Sois malin, donne-lui ce qu'il veut. N'importe quoi. Il est à toi, de toute façon. Complètement.

— Oui, murmurai-je. Ce qu'elle m'a infligé...

Sans parler de ce que moi je lui avais infligé.

— La bénédiction de l'homme, et sa malédiction, voilà ce qu'elles sont, fit-il.

Comme l'argent.

— Mais vous avez été béni.

— Oui, Joan est unique.

Comme le film. Je l'éjectai du magnétoscope et d'un geste parfait de fluidité je me l'appropriai. Je le serrai contre moi, puis le glissai dans ma poche de veste.

Ibrahim revint à la vie en un éclair.

— Quoi ?

— Le moment est venu, lui déclarai-je posément.

Il comprit immédiatement l'enjeu : le tout. J'avais joué une fois de trop, et lui aussi. En fin de compte chaque joueur était perdant et lui, Ibrahim Hassan, avait trop sollicité sa chance. Cette dernière mise comptait pour tout le reste, et il avait dépassé le total permis. Ce film, cet enregistrement putride, écœurant, l'avait mis à ma merci.

Il étendit les bras pour me couper le passage vers le balcon. Il avait repris tous ses sens, et il allait alerter ses gens... Mais non : l'orgueil le fit taire. Après tout, il était ceinture noire.

Je gardai les bras ballants, sans prendre de pose défensive, tandis qu'il sautillait devant moi, en garde, et arborait son expression la plus méchante. Mais il haletait. Je m'étais glissé dans l'état d'esprit qui rend invincible sur le champ de bataille, celui qui veut qu'on ne puisse vous tuer puisque vous êtes déjà mort.

Je me demandai d'où viendrait son attaque, et je feintai une gauche-droite classique. Nous commençâmes à tourner l'un autour de l'autre. Il tenta un coup de pied droit au bas-ventre, que j'esquivai d'un retrait des hanches. Il testait mes réflexes.

Je me savais rouillé et j'étais conscient que je devrais faire confiance à mes automatismes. Pour Imi et les autres, le Krav Maga était une religion. Il fallait y croire, totalement. Un simple bras levé pouvait-il parer n'importe quel coup circulaire? N'importe lequel, pourvu que le geste soit juste, pourvu que vous l'étudiiez encore et encore, comme d'autres la Torah. Ce système pouvait-il vous faire toucher le sublime? Bien sûr, tant que vous l'appliquiez avec humilité. « *Ainsi un homme peut aller en paix* » était le proverbe préféré d'Imi.

Ibrahim lançait coups de pied et de poing sans prendre de risques, restant à bonne distance. Il essayait de m'impressionner par des enchaînements rapides, mais j'avais vécu ces instants des milliers de fois tandis que je passais de la ceinture blanche à la jaune, puis l'orange, la verte, la bleue, la marron. Dans ces affrontements l'autre n'était pas votre adversaire mais votre partenaire. Vous répétiez les mouvements jusqu'à ce qu'ils deviennent instinctifs. En quelques occasions, dans mon existence, je m'en étais servi réellement, et c'était très différent. On ne savait jamais à qui on avait affaire.

Brusquement Ibrahim avança. Droite-gauche suivie d'un coup de pied circulaire au visage. Je reculai mais un peu tard. Son talon érafla mon menton. Je titubai en arrière d'un pas. Je n'avais rien, mais il avait fait preuve d'une belle rapidité.

Je joignis mes deux avant-bras devant moi, en position défensive. Il fonça aussitôt, croyant avoir l'avantage. Amorce d'un crochet du gauche pour lancer un direct du droit. Je pivotai et enveloppai son poignet au creux de mon coude. Je me baissai et décochai un coup aux reins. Il se dégagea avec un grognement et recula.

Pendant un instant je l'avais eu en mon pouvoir. J'aurais pu en terminer d'un poing enfoncé entre les omoplates, aux cervicales, et je fus presque vexé de ne pas avoir saisi l'occasion. Il me manquait l'instinct du tueur. Foutue compassion. Un trait de caractère tellement juif... Les Israéliens y avaient remédié en montrant aux soldats ce que les goyim avaient fait à leurs ancêtres tout au long des siècles, et la méthode avait été payante. Mais pour avoir tendu l'autre joue tout ce temps, il fallait apprendre ce nouveau comportement, et ce qu'on apprend n'équivaut jamais à ce qui vient naturellement. Pourtant il était également vrai qu'ils pouvaient se montrer extrêmement féroces, une fois engagés dans le combat. Comme l'avait justement dit Menahem Begin : « *Ils veulent une Guerre Sainte? Nous allons leur donner une Guerre Sainte.* »

J'étais dans cet état d'esprit maintenant. Ibrahim essaya un ciseau. Je roulai en arrière et quand je me relevai, je sentis le mur contre mon dos. Je levai un genou à temps, en avançant, et le touchai à l'entrejambe. Il tomba en arrière dans un roulé-boulé parfait et se releva aussitôt. Il avait été amoindri mais restait toujours rapide.

Je répugnais à l'attaquer. Je préférais profiter de ses erreurs. Il continuait à décocher ses coups de pied malgré la distance, et son agitation inutile me parut du plus grand comique. Je ne pus retenir un rire ironique.

— Viens, siffla-t-il, viens...

Je me souvins de l'axiome : *Ne jamais rire d'un ennemi tant qu'il est encore dangereux.*

— Viens, répétait-il. Viens m'apprendre...

Méfiance.

Je fonçai. Coup de pied latéral à l'aine pour ouvrir sa garde, puis retourné droit enchaîné. Mon talon le toucha au menton. Il recula en empêchant mon avance par une série de coups de boxe. Deux directs du droit, un crochet du gauche, le tout doublé, à toute vitesse. Inefficace mais impressionnant.

Bonne forme, et bon style. A sa troisième série j'enfonçai sa garde : du bras gauche je déviai son premier direct et ripostai au visage. Mon poing lui écrasa le nez. *Excellent.* Mais j'avais trop avancé. Il fit de même, décocha un crochet. Je baissai la tête pour esquiver, et son coude percuta ma nuque. Je rompis aussitôt le contact.

Le sang coulant de son nez le mit en fureur. Il chargea dans un déluge de coups. Je les bloquai tous, sauf un qui me cueillit aux côtes flottantes. Je me pliai en deux et il m'assena un uppercut qui m'envoya en arrière.

Je reculai très vite de plusieurs pas pour me reprendre. Je continuai ainsi, longeant les murs, le gardant bien en face de moi. Mais il s'évanouissait... Ce salopard avait disparu !

Je me sentais pourtant bien. L'étourdissement était naturel, comme la nausée. Je me sentis bien jusqu'aux premiers coups. A mon visage, sur mon crâne et ce dernier, au plexus, qui me coupa le souffle et me jeta au sol.

Il me frappait toujours bien que je fus à terre, et je compris qu'un assassinat à main nue était en cours. C'était un Amalecite. La compassion n'était pas de mise. Souviens-toi.

Je feintai plusieurs coups de pied bas et il s'écarta. Je réussis à me relever, mais il était déjà sur moi. Une clef au cou; cette fois c'était la fin, je le sentais. Ses bras puissants accentuaient l'étreinte. Mes yeux étaient déjà exorbités, et ma nuque paraissait près d'exploser. Bon sang, les parades de clefs avaient toujours été mon point faible, c'était même à cause d'elles que je n'avais jamais atteint la ceinture noire... J'essayai désespérément de me les rappeler.

Avri m'avait enseigné ce mouvement pour se dégager des clefs. *Il te l'a montré une centaine de fois*, pestai-je... Je m'imaginai là-bas, à Pardes Chana. Ce n'était plus Ibrahim qui m'appliquait la clef, mais Avri. Et Avri venait de me montrer la parade. C'était à moi de l'effectuer, maintenant...

Tout revint d'un coup. Un pas de côté, et je m'appropriai son mouvement. Je m'inclinai et le frappai au bas-ventre du poing. Il desserra l'étau de ses bras et je me dégageai en beauté. Un coup du tranchant de la main à la gorge, un demi-pivot en immobilisant son bras et il était à moi.

Mes deux mains emprisonnèrent la sienne et lui tordirent le poignet. Ce bon vieux Cavalier.

Je le forçai à se courber lentement. La souffrance déformait ses traits.

— Je le fais bien?

Il était pathétique, ce dieu agenouillé, à ma merci. Deux voix rugissaient dans mon esprit, l'une m'exhortait à la compassion, l'autre me hurlait de tuer ce fumier. *Un coup à la gorge, et rideau.*

Souviens-toi. Souviens-toi qui il est, qui il a toujours été. Souviens-toi qu'il est d'ici et de là-bas. Souviens-toi de leur compassion.

— Je le fais bien? répétai-je en accentuant la pression.

Revois tout ce que tes jeunes yeux ont vu, et tout ce dont ton âme ancienne a été témoin.

Je pesai un peu plus encore sur le Cavalier.

Il frappa sa cuisse de sa main libre. Encore, et encore. La douleur le faisait gémir, bouche entrouverte.

Et il fut trop tard. Nous entendîmes tous les deux le craquement. Son poignet devint soudain mou.

Un cri torturé monta de son gosier et roula dans la pièce.

Mais je n'avais plus le temps. Ils arrivaient. Je fonçai jusqu'à la porte-fenêtre, l'ouvris d'un coup de pied. Les gardes du corps se précipitaient déjà dans la pièce. Là, en bas, l'océan.

Je pris la cassette et la lançai.

L'instant suivant ils me submergeaient. Je vis la cassette disparaître dans la première vague. *Joli tir.* Maintenant ils allaient me le faire payer.

— Pas lui ! Pas lui ! s'écria Ibrahim. *Le film !*

Ils me relâchèrent et foncèrent hors de la pièce, vers les ascenseurs.

Je jugeai qu'il était temps pour moi aussi de prendre congé.

22

Il y avait encore Sy Rodrigo. J'avais une dette à régler avec lui. Pour aller le voir j'empruntai l'ascenseur même qui m'avait piégé. Mais cette fois il fonctionna à merveille.

La secrétaire de Sy m'informa qu'il était en pleine conversation téléphonique. Avant, cela n'aurait rien changé, mais à présent elle me priait d'attendre à l'extérieur du bureau. J'attendis donc. Longtemps.

— Il est très pris, ce matin, dit la secrétaire.

— Je ne le verrai qu'une minute, assurai-je.

Elle disparut dans le bureau, ressortit un instant plus tard.

— Il va vous recevoir maintenant.

Sy n'était pas comme d'habitude. Il se montrait très formel, tout d'un coup.

— Rude matinée, grommela-t-il. Mais tu sais ce que c'est.

— Oui, moi aussi j'ai eu une rude matinée, Sy. Tu sais ce que c'est.

— J'ai entendu dire que tu t'étais retrouvé à notre infirmerie? Écoute, ça ne m'a pas du tout dérangé de te passer cette chambre. Mais je suis curieux de nature. Je veux dire, tu es le bienvenu ici, et tout ça, mais que fais-tu ici, au juste? Joan n'est pas avec toi?

— Joan est retournée à Philadelphie, Sy. Elle a eu une rude matinée, elle aussi.

— Rude pour tout le monde, hein?

— Ça ne te dérange pas que je m'assoie?

— Je ne peux te consacrer qu'une minute, Josh. Il faut que je ponde un discours.

— Alors je resterai debout. Ça ne te dérange pas que je reste debout?

— Pas besoin de prendre ce ton-là avec moi, Josh. Alors, qu'y a-t-il?

— Pour qui est ce discours?

— Stavros, le président. Il doit parler à un groupe d'agents de voyages. Le truc habituel.

— C'est toi qui écris son discours?

— Je préférerais que ce soit toi. C'est toi le pro.

— Je suis très fort pour écrire des discours, oui.

— Je viens de le dire. Bon, alors?

— Oui, j'aimerais écrire ce discours pour toi, Sy.

— Merci, mais c'est mon problème. Tu ne saurais pas ce qu'il faut dire, de toute façon.

— Oh, mais si ! La vérité, peut-être. Pour changer?

— Tu connais quelque chose de vrai, Josh? Rappelle-toi que c'est à moi que tu parles. Ton copain Sy. Je connais toutes les vérités, et tu sais pourquoi? Parce que je connais tous les mensonges.

— Et tu arrives toujours à faire la différence?

— Je ne veux pas entendre ça de toi, Josh. Va-t'en, s'il te plaît.

— Connais-tu la différence?

— Peut-être que non. Peut-être qu'il n'y a plus de différence.

— Je suis venu te dire qu'il y en a une.

— Content de l'apprendre. Maintenant va-t'en, s'il te plaît. Restons copains.

— Je risquerais de perdre mes privilèges, sinon?

— Oui, oui, tu risquerais... Pourquoi fais-tu cela, Josh?

— Plus d'entrées gratuites, huh?

— Allons, Josh. Que s'est-il passé?

— Eh oui, il s'est passé quelque chose, Sy.

— Ça paraît évident.

— Quelque chose de très moche. Il y a des blessés.

— Un accident?

— C'était prémédité.

— Eh bien ne reste pas ici à m'accuser ! Je n'ai rien fait, moi.

— Je n'ai pas dit que tu avais fait quelque chose, et je ne t'accuse pas.

— Alors que veux-tu ?

— Je suis devenu un flambeur, Sy.

— Oh ? Félicitations. Tu as décroché le jackpot ?

— Peut-être bien que tu sais même comment.

— Non, je ne le sais pas.

— Tu vois bien ? Tu ne sais pas faire la différence entre la vérité et le mensonge.

— Nous faisons le trafic du mensonge, Josh. C'est mon boulot.

— A propos de boulot, voilà ce que je compte faire. Je compte déposer un million de dollars à votre banque, ici, au Galaxy. J'en jouerai peut-être une partie, peut-être pas. Dans un cas comme dans l'autre, je serai le plus gros flambeur que vous ayez jamais eu, potentiellement parlant.

— Exact.

— Les flambeurs, tout est là, n'est-ce pas ?

— Exact. Tout est là.

— A qui devrais-je remettre cette somme, d'après toi ?

— A moi.

— Tu n'as pas l'air étonné de ma richesse toute neuve.

— Tu dis que tu l'as Josh. Ça me suffit. De toute façon, plus rien ne m'étonne.

— Supposons que je m'adresse directement à M. Stavros ?

— C'est ton droit.

— Que ferait-il pour avoir un joueur de qualité comme moi ?

— N'importe quoi.

— Ah ! nous parlons enfin prix, Sy. Toi et moi. Un million de dollars. Ce serait son prix ?

— A Stavros ?

— Oui.

— Un million de dollars ? Oui, je dirais que c'est son prix.

— Et il ferait n'importe quoi pour cette somme ?
— N'importe quoi.
— Irait-il jusqu'à trahir un ami ?
— Pour un million de dollars, oui. Comme tout le monde.
— Tu es son ami ?
— Disons que nous sommes proches.
— Eh bien c'est le prix, Sy ! Le prix du marché.
— Quel marché ?
— Toi, Sy. Contre un million de dollars.
— Moi ? Tu veux me faire virer ?
— Exactement.

La terreur vida son visage de toute expression. Un filet de salive coula du coin de sa bouche. À cet instant il se rendait compte — et moi aussi — de sa fragilité, de notre fragilité à tous.

Je le tenais, cet homme qui nous avait vendus, moi et ma femme, pour acheter Ibrahim. Maintenant Sy était à moi, je pouvais le vendre et l'acheter. La situation me rappelait la prière du roi David : « *Rends-moi plus sage que mes ennemis, Seigneur.* » Je n'étais pas plus sage, j'avais eu plus de chance. D'une certaine façon.

Ibrahim l'avait dit. *La chance est partout.*

Pour Sy, cette place de directeur des relations publiques d'un grand casino d'Atlantic City était le sommet de sa carrière, la très satisfaisante conclusion d'une vie assez irrégulière. Ici, il était chez lui.

Il n'avait plus à courir après les journalistes, ils venaient mendier à sa porte. Il disposait même du droit de gratuité envers qui il voulait, et de ce fait tout le monde venait mendier. Il avait le pouvoir. Et maintenant ce pouvoir se retournait contre lui.

— Je reconnais que tu as le pouvoir de me ruiner, dit-il, et je suis sûr que tu as tes raisons. Mais est-ce que ça te rendra heureux, Josh ? Seras-tu heureux de me ruiner ?

Un moment plus tôt, oui, j'en aurais été heureux. J'en avais été si sûr... Maintenant pourtant j'avais la conviction qu'aucune vengeance ne me suffirait. *Épargne-le*, me dis-je, *et fais-lui comprendre que l'argent n'est pas tout. Il y a autre chose de plus important*. Autre chose.

23

Quand j'entrai elle se trouvait dans son endroit favori : sous la douche.

— C'est toi ? lança-t-elle.

— Oui. Et toi, c'est toi ?

— Petit malin, va !

— Ça s'en va ? demandai-je.

— Je n'ai pas entendu cette remarque.

Elle sortit de la salle de bains encore mouillée, nue et joyeuse, et après s'être séchée et habillée elle me demanda :

— Où étais-tu passé ?

— J'avais quelques affaires à régler.

— Hmm.

— Ce qui veut dire ?

— Ce que tu veux.

— Quand tu dis « Hmm » ça veut dire quelque chose.

— Bien sûr que ça veut dire quelque chose, mais je ne te dirai pas quoi.

— C'est très sexy, quand tu dis « Hmm ».

— Hmm.

— Que s'est-il passé ? dis-je.

— Pour moi ?

— Oui, pour toi.

— Ha !

— Alors, que s'est-il passé ?

— Tu es vraiment quelque chose, toi.

— Je veux savoir ce qui s'est passé.
— Bien sûr, tu veux le savoir.
— Alors?
— Rien. Il ne s'est rien passé.
— Il ne s'est rien passé?
— Je viens de te le dire. Il ne s'est rien passé.
— Ce n'est pas ce que je sais.
— Oh ! toi, tu sais toujours tout.
— Juste quelques petites choses.
— Je suppose qu'il t'a raconté.
— Il n'a pas eu à le faire.
— Tu crois ce qu'il t'a dit? C'est un menteur. Ce sont tous des menteurs. Que faisais-tu là-bas, au fait? Regarde-toi! Tu t'es battu, n'est-ce pas? Pourquoi les hommes se conduisent-ils comme des gamins? Tu l'as rossé? Tu lui as donné une bonne raclée?
— Je lui ai cassé le poignet.
— Ha!
— Oui.
— Tu es devenu le champion, alors?
— Et toi une pute à un million de dollars.
— Ah ! Ah !
— Dis « Hmm ».
— Va te laver. Je vais préparer le repas.
— Juste comme ça, tu vas préparer le repas.
— Prends une douche.
— Nous allons nous asseoir à table et manger le repas?
— Oui. Comme tout le monde.
— Comme si rien ne s'était passé ?
— Il ne s'est rien passé.
— J'ai vu le film.
— Quel film?
— Il vous a fait filmer.
— Foutaises!
— Il vous a fait filmer. J'ai tout vu.
— C'est faux. Tu n'as rien vu.
— Tout.
— Bon. J'ai rempli ma part du contrat, d'accord?

D'accord?

— D'accord.

— J'ai fait ce que j'étais payée pour faire. D'accord?

— D'accord.

— Où est ce film? Je veux le voir.

— Je l'ai détruit.

— Comment?

— Je l'ai fait, c'est tout.

— Il n'y a jamais eu de film. C'est du bluff. Et tu bluffes mal. Ce film n'a jamais existé.

— D'accord. Ce film n'a jamais existé.

— Mais tu me détestes, dit-elle.

— Je ne sais pas.

— Oh, tu ne sais pas ! Merveilleux.

— Il est encore trop tôt.

— C'est mon avis. Il est encore trop tôt pour moi aussi.

— Tout ça prendra du temps.

— Tu m'étonnes! mais il ne faudrait pas que ça prenne trop de temps.

— C'est une menace? Est-ce que tu veux parler de divorce?

— Je croyais que nous nous étions promis de ne jamais prononcer ce mot. Tu te souviens? Nous avions dit qu'il y avait certains mots qu'il ne fallait jamais employer parce que lorsqu'on les emploie ils finissent par devenir vrais.

— Alors il est vrai?

— Je n'ai pas parlé de divorce, moi.

— D'accord. C'est moi qui ai parlé de divorce.

— Et tout cet argent que nous avons eu d'un coup, qu'en ferait-on? On le sépare en deux?

— Si c'en est là, bien sûr. L'argent...

— Je ne veux pas entendre parler de cet argent.

— C'est toi qui as parlé d'argent.

— Toi tu as parlé de divorce.

— Où est la différence? Nous sommes riches.

— Et est-ce que nous ne sommes pas heureux d'être riches?

— Très heureux. Je ne peux te dire combien je suis heureux.

— Tu as l'air très heureux.

— C'est parce que je suis très heureux.

— Moi aussi. Je suis tellement heureuse.

Plus tard, je revins à la charge :

— Joan, je ne sais pas ce que nous devrions faire.

— Que dirais-tu d'un suicide collectif ?

— Voilà un mot que tu ne devrais jamais prononcer.

— Tu ne sais pas ce que nous devrions faire !

— Qu'allons-nous faire ?

— Ce que font tous les autres.

— Et que font tous les autres ?

— Je ne sais pas. Ils continuent. Les gens continuent.

— Continuer quoi ? Je veux savoir.

Elle me dévisagea.

— Tu es dingue, dit-elle.

— Faire quoi ?

— Il n'y a rien à faire, Josh, que continuer.

— Je vois.

— Tu vois ?

— Non, je ne vois pas.

— Nous ferons comme si rien ne s'était passé.

— Faire comme si ?

— Les survivants font comme si. C'est de cette façon qu'ils survivent.

— Ils font comme si quoi ?

— Comme s'il ne s'était rien passé. Comme les survivants de l'Holocauste.

— Il ne s'agissait pas de l'Holocauste, Joan. Ne nous fais pas cet excès d'honneur.

— D'accord. C'était un Holocauste en modèle réduit. Mais c'était le nôtre.

— On ne peut pas vivre un mensonge.

— Pourquoi pas ?

— Je ne sais pas. On le dit.

— Parfois les mensonges ont du bon, rétorqua-t-elle. Parfois un mensonge est préférable à la vérité, si c'est mentir par compassion. La compassion est préférable à la vérité. Pour l'instant, Josh, nous n'avons pas besoin de la vérité entre nous, mais la compassion nous serait bien utile. Alors, je suis toujours ta *shiksa*, ou quoi?

Connard, pensai-je, *dis-lui qu'elle l'est toujours.*

— Il est encore trop tôt, répondis-je.

— Tu n'es qu'un *schmuk*, fit-elle.

24

Dans les jours qui suivirent elle me questionna à plusieurs reprises sur le film, et je lui affirmai que ce n'avait été de ma part qu'un coup de bluff. Il n'y avait jamais eu de film. Mais elle semblait troublée. Je m'en voulais d'en avoir parlé et mettais cette erreur sur le compte de mon indignation ou de mon désir de me venger au plus vite. Lorsque je me fus un peu calmé, je me rappelai que la véritable vengeance avait été consommée. Par ailleurs la vengeance — l'autre — que je poursuivais n'avait ni visage, ni forme, ni nom.

Mais je restais d'une humeur massacrante. Je détestais l'existence en vrac. J'essayais la musique sans succès. Beethoven lui-même me parut sonner trop allemand. La littérature ne m'apportait pas plus de réconfort. Joan m'accusa de m'apitoyer sur mon sort et j'abondai dans son sens, en disant que c'était très plaisant. C'était la compréhension de la vérité ultime : soi contre le monde entier. Mais, ajoutai-je, je plaignais les autres.

— Je suis comprise dans le lot ? demanda-t-elle.

— Bien sûr.

— Cela signifie-t-il que tu me pardonnes ?

— Le temps viendra.

— Eh bien moi je te pardonne, Josh. Je n'ai pas de rancune.

C'était la différence entre nous. Je plaignais tout le monde. Elle pardonnait à tout le monde.

Quelque chose me disait que si je jouais un peu trop

longtemps au dur à cuire elle deviendrait dure elle aussi. Et quand elles deviennent dures, c'est fini.

Elle voulait reprendre son travail. Elle resta à la maison. Elle redécora les pièces et se lança dans la cuisine, préparant durant trois heures un repas. Nous parlions peu. Elle me surveillait.

Dans *Sunday with Franck* il y a cette phrase sur cette chose qui est morte, *cette petite chose qu'on appelle l'amour*, et elle se précipita pour éteindre la radio quand cette chanson fut diffusée. Puis elle se remit à nettoyer l'appartement, qui était déjà d'une propreté inconcevable.

J'étais déconcerté. Jamais elle n'avait été une ménagère aussi scrupuleuse, et maintenant elle ne cessait de récurer, cuisiner, faire les courses. Elle, la lady si désireuse de tout essayer au moins une fois dans sa vie, prétendait qu'il fallait mettre des frontières à son existence, au-delà desquelles il était dangereux de s'aventurer. Ses frontières devenaient de plus en plus étroites.

Elle ne participa pas à la Nuit des Folles à New York. C'était une coutume instaurée avec quelques-unes de ses amies de la bonne société, Duffy, Buffy, Bootsie, Cutsie. Une fois l'an, elles passaient un jour et une nuit ensemble, loin des maris et des enfants, se saoulaient et essayaient une Nouvelle Chose Excitante.

Cette nuit des folies ne m'avait jamais beaucoup plu. D'après Buffy, celle de cette année dépasserait toutes les précédentes en excentricité. Joan déclina platement le rendez-vous. Toutes mes tentatives pour la persuader de participer à cette nuit avec ses amies restèrent sans effet. Elle montra même un aspect jusqu'alors caché de sa personnalité, me demandant pourquoi j'insistais tant pour qu'elle s'absente. Attendais-je quelqu'un, par hasard?

Elle parla de construire une haie autour de notre mariage.

— Assez de haies, de murs et de frontières, dis-je. Il faut prendre l'air.

Pour la faire réagir, je lui demandai :

— Qu'est devenue cette femme des années 80 que j'ai épousée ?

— Elle a vieilli. Comme les années 80.

Je me mis à passer des journées entières à la bibliothèque, en face de la galerie commerciale. Je restai assis à la table devant la fenêtre, avec le paysage du lac artificiel à disposition du regard, et je lisais les livres que j'avais dévorés durant ma jeunesse, ceux où l'on parlait de Babe Ruth, Lou Gehrig, Ty Cobb, Rogers Hornsby, Joe DiMaggio, Ted Williams... Parfois, alors que je déambulais dans la galerie aux boutiques toujours vides, j'entendais le rugissement de la foule aux matchs de base-ball et je revoyais certaines actions spectaculaires du championnat. Mais la clameur du public se muait toujours en un grondement de chars fonçant à travers le Sinaï. Une ou deux fois, par le passé, je m'étais efforcé d'expliquer à Joan ce que tout cela signifiait, mais je m'exprimais si mal que l'expérience paraissait anodine, même à moi. Je compris que certaines choses ne pouvaient pas être définies par des mots.

Un jour je rentrai pour trouver la maison plongée dans la pénombre. Un disque de Nat King Cole passait en sourdine sur la chaîne stéréo, et une odeur d'encens flottait dans la pièce. Elle avait allumé des bougies et s'était pelotonnée sur le canapé dans un négligé rose. La pointe sombre de ses seins tendait le voile léger du vêtement. Sa main droite était posée entre ses cuisses.

— Qu'est-ce que c'est que tout ça ? dis-je.

— Un essai de séduction, gros malin.

— Ah ! Ah !

— Intéressé ?

— Il y a une raison spéciale ?

— Les femmes ont une sexualité, c'est prouvé scientifiquement.

— Bonne nouvelle.

— Il te faut une raison ? J'ai envie. Ça te va ?

— Tu sais que je n'aime pas que tu parles comme ça.

— J'ai envie de toi. D'accord ?

— C'est nouveau.

— Faisons comme si nous n'étions pas mariés. Tu te souviens ? Ce que nous faisions ?

— J'ai oublié.

— Non, tu mens.

— Tu crois que le sexe arrangera les choses ?

— C'est bien le sexe qui a tout provoqué.

Je rallumai le plafonnier et soufflai les bougies.

— Le sexe et tout le reste.

— Josh, il faut tout arranger.

— Je sais.

— Sinon... Ce serait une terrible défaite.

— Je suis d'accord sur ce point.

— Je veux dire... Ça signifierait qu'il n'y a plus rien.

— C'est ce que j'ai ressenti aussi.

— Tu as ressenti qu'il n'y avait plus rien ?

— Oui. Plus rien.

— C'est gentil... Non que je ne l'aie pas remarqué. Il est évident que tu me détestes.

— Je ne te déteste pas. Je ne ressens rien.

— Oh ! mais c'est très gentil...

— Comment peux-tu ressentir quelque chose, toi ?

— Peut-être que je ne ressens rien. Mais j'essaie. J'essaie.

— Crois-le ou pas, moi aussi, répliquai-je.

Elle laissa exploser sa colère :

— Je veux que tu recommences à m'aimer, bon sang !

— Je n'ai jamais cessé de t'aimer.

— C'est pour ça que tu ne m'approches plus ? Tu ne m'as pas touchée depuis...

— Oui, depuis.

— Eh bien je ne suis pas contaminée !

— Non, tu n'es pas contaminée.

— Je suis la même.

Je ne répondis pas.

— Je suis la même, Joshua, je suis la même. Je te le jure : *je suis la même !*

25

Je trouvai la solution. Dormir. Je me déchaînai. Je dormais partout : dans la galerie marchande, sur le fauteuil du salon de coiffure, dans les restaurants, les cinémas, les trains, à table dans la cuisine, sur le canapé, assis, même debout. Je pouvais le faire à n'importe quel moment, n'importe où, dans n'importe quelle position.

Ce qui provoquait une telle lassitude n'était que le fait de savoir que j'avais tout, un million de dollars et pour épouse la shiksa blonde la plus éblouissante du monde. *Que pourrais-je donc souhaiter d'autre?* me disais-je. *J'ai tout. Le jackpot! Bingo!*

— Tu devrais aller voir un médecin, me dit Joan.

— Je ne suis pas malade.

— Sais-tu combien d'heures tu dors par jour?

— Je rattrape le sommeil en retard. J'ai eu une jeunesse insomniaque.

— Tu n'es pas drôle.

Non, je n'étais pas drôle.

Dans un sens j'allais mieux que jamais. Ma jalousie maladive avait disparu. Avant il suffisait qu'un type la reluque pour que je me mette à bouillir. Maintenant, rien. Quant à elle, le risque qu'elle me trompe s'était réduit à zéro. De ce point de vue elle était totalement guérie. Elle n'éprouvait même plus l'envie de s'amuser.

Cela n'avait rien d'absolument enthousiasmant, l'envie de s'amuser étant ce trait de caractère qui l'avait rendue si triomphalement américaine. S'amuser, après tout, était la religion aux États-Unis.

C'était donc fini. Elle abandonna même le tennis.

— Je sais à quoi tu penses, me dit-elle.

— Oh?

— Tu penses à retourner en Israël.

— Ça faisait partie de nos projets.

— Non, tu penses à y retourner seul. A retourner dans l'armée.

— Peu de chance qu'ils me reprennent.

— Oh si, ils te reprendraient ! Tu penses à te faire tuer.

— Franchement, il y a un millier d'endroits dans le monde où il est plus facile de se faire tuer. Pas besoin d'aller en Israël. En fait il n'est même pas nécessaire de partir d'ici. Essaie de chevaucher une rame de métro, tu auras autant de chances.

— Oui, mais tu veux mourir en héros. Je croyais que tu avais déjà eu ta dose d'héroïsme en 67?

— Héroïsme?

— Tu sais très bien ce que je veux dire.

— Tu ne comprends pas, n'est-ce pas?

— Si, je comprends.

— Non. Tu n'as jamais compris. Tu ne comprendras jamais.

— Parce que je suis une shiksa?

— Ça n'a rien à voir.

— Parce que je suis une femme? Une pute? Une salope? Allez, vas-y! Vas-y! Déballe-le!

— Je n'ai aucune idée de quoi tu parles.

— Tu hais les femmes. Bah, tu ne vaux pas mieux qu'Ibrahim!

— Tu avais besoin de prononcer ce nom?

— Vous êtes pareils.

— Il y a un monde entre moi et ce type.

— Pas quand il s'agit des femmes.

Nous goûtâmes quotidiennement l'amertume de ces accrochages. Chaque jour nous nous affrontions dans une de ces disputes, et elles commencèrent à avoir des répercussions physiques sur Joan. Elle perdit du poids, devint sujette aux migraines. Ses mains étaient prises de tremblements incoercibles. Des muscles minuscules tressautaient sous ses yeux, autour de ses lèvres.

Les gens ne meurent pas par manque d'amour, pensai-je. *C'est un trépas réservé aux chiens.*

Je tentai de le simuler mais elle n'était pas dupe. Elle savait différencier l'amour de la pitié.

Pourtant elle restait inébranlable. Elle avait décidé que notre couple redeviendrait ce qu'il était avant, lorsque notre relation était pure, douce, sensationnelle. C'était ce qu'elle voulait retrouver, et rien de moins. Rien de moins.

Peut-être ne l'aimais-je plus, mais je me mis à éprouver pour elle un respect énorme. Une chose me marqua plus que tout. J'avais fini par acheter un billet d'avion pour Israël. Elle me l'arracha des mains et le déchira.

— Tu restes ici, dit-elle en me poussant dans un fauteuil. *Ici!*

J'aurais dû être furieux. En fait, j'étais ravi.

Un jour elle insista pour que nous sortions ensemble. Je réussis à dégotter deux places pour le Vet Stadium et là, alors que nous étions assis sous les projecteurs, je me tournais pour lui dire quelque chose de banal quand je me figeai. Sa beauté avait disparu. La vacuité qui se dégageait d'elle m'abasourdit. A ce moment l'aspect le plus remarquable de sa personne était sa moustache. Je l'avais déjà remarquée par le passé, bien sûr, et ce n'était qu'un duvet blond à peine perceptible, mais suffisant pour que je le trouve repoussant.

— Qu'y a-t-il? me dit-elle.

— Rien.

Nous avions les meilleures places, près de la rambarde du côté de la première base. Tour de batte après tour de batte, les balles « fautes » sifflaient au-dessus de nos têtes, et elle déclara qu'elle avait toujours rêvé d'en attraper une. Le lanceur de l'autre équipe lui donna cette occasion, mais la balle était bonne.

La balle fila vers nous, prête à ricocher jusque dans le

gant de l'*outfielder* de Philadelphie. Joan se baissa et la saisit au vol. Un réflexe superbe, mais le *runner* adverse put ainsi atteindre la seconde base. Si l'*outfielder* avait eu sa chance, il aurait peut-être pu l'éviter. L'arbitre signala une intervention extérieure.

Le public — environ trente-six mille personnes — rugit de colère. Joan souriait et brandissait la balle comme un trophée. Elle croyait qu'ils l'ovationnaient.

— Joan, ils te huent.

— Mais non.

— Si.

Elle comprit quand des emballages de hot dogs et des boîtes de bière commencèrent à pleuvoir sur nous, et en voyant tous ces visages grimaçants tournés vers nous. Les injures devenaient plus nombreuses. La foule s'échauffait.

Je craignais un incident sérieux. Les tribunes étaient agitées d'une houle menaçante. Des hommes tendaient le poing vers Joan et l'insultaient.

— Salope !

— Connasse !

Un garde du stade se précipita vers nous.

— Vous partez, dit-il.

— Quoi ? fit Joan.

Il la saisit par le bras.

— Lâchez son bras, dis-je.

— Vous aussi, monsieur. Vous partez tous les deux. Ordre de la direction.

— Très bien, mais lâchez son bras.

— Suivez-moi, dit le garde. Restez juste derrière moi.

Quand nous nous levâmes, la foule applaudit.

— Mais les gens font ça tous les jours, protesta Joan tandis que le garde nous escortait vers le tunnel de sortie.

— La balle était bonne, expliquai-je.

— Mais comment pouvais-je savoir qu'elle était bonne ?

— Dépêchons, dit le garde. Vous êtes des perdants. Les perdants : dehors.

— D'accord, lui dis-je. Mais lâchez le bras de ma femme.

Nous approchions de la sortie, et le public continuait d'applaudir et de nous insulter. C'était un long trajet jusqu'à cette issue.

— Je ne savais pas que la balle était bonne, dit Joan.

— Essayons juste de sortir d'ici vivants, d'accord? proposai-je.

— C'est ça la magnifique ambiance des stades de base-ball?

Dans la voiture, elle resta très nerveuse.

— Nous ne sommes pas des perdants, d'abord, siffla-t-elle.

— C'est vrai.

— Les perdants, ce sont eux.

— C'est vrai.

Incroyable, pensai-je en conduisant, ce qui peut arriver aux gens parfois. Quand la magie disparaît... Jusqu'à très récemment, Joan n'avait pas passé un instant sans irradier ce charme qui en faisait le but de tous les sourires. Et elle venait de se faire conspuer par trente-six mille personnes...

— Nous, nous sommes des gagnants, déclara-t-elle.

26

L'incident du Vet Stadium resta durant des semaines un de ses sujets de conversation favoris. Elle en parlait avec un ravissement non dissimulé. Elle était si fière d'elle-même ! Ils devraient l'engager dans leur équipe. Elle jouait mieux quc ces soi-disant spécialistes. *As-tu vu comment j'ai attrapé cette balle ?*

Oui, j'avais vu. Tout le monde avait vu.

A main nue ! se rengorgeait-elle. *Et ces sportifs ont besoin de gants !*

Et cette balle n'était pas bonne. Non, non : elle était mauvaise. Ces arbitres étaient des ratés, des perdants. Les habitants de Philadelphie étaient tous des perdants, d'ailleurs. Le monde entier était empli de perdants. Et pourquoi tous ces gens étaient-ils passionnés pour un jeu aussi imbécile que le base-ball, de toute façon ? Ce n'était pas cela, la vraie vie. Pourquoi les gens avaient-ils des passions, d'ailleurs ? Rien n'avait de sens. En fin de compte, nous mourions tous. Même MacArthur était mort, alors !

A la façon dont ces milliers de décervelés s'étaient conduits, on aurait pu croire qu'elle avait commis un acte vraiment sacrilège.

— Les gens ne savent donc plus relativiser ? s'offusquait-elle.

Tout en se désolant de l'inanité du base-ball et de son public en particulier, et de l'inanité du monde et de l'humanité en général, elle lisait en secret un livre avec un titre de ce genre : *Comment regagner un amour perdu.*

Cet impérissable chef-d'œuvre regorgeait de conseils pertinents.

Jadis nous plaisantions sur le nombre de livres qui sont publiés chaque mois. On pouvait prendre n'importe quel sujet et trouver un ouvrage le traitant. Il existait même une biographie de Julio Iglesias, numéro un à notre hit-parade personnel des lectures inutiles jusqu'à ce que je lui découvre un sérieux concurrent dans la vitrine d'une librairie de Samson Street : *Historique du rot.*

Mais ce qu'elle lisait dans les toilettes était d'un tout autre genre. Cela s'intitulait : *Comment en finir.*

— Un livre sur le suicide ? lui dis-je d'un ton accusateur.

— J'ai le droit de lire ce que je veux. Nous vivons dans un pays libre.

Je déchirai chaque page du livre.

— Je pensais que nous étions contre les autodafés, dit-elle.

— Ce n'est pas un livre.

— Je n'allais rien faire.

— Alors pourquoi lire *ça* ?

— J'aime la lecture.

— C'est de la lecture ?

— Si je voulais faire quelque chose, Josh, je le ferais. C'est tout.

— Alors pourquoi penser à ces choses ? Je croyais que tu étais fière de toi ?

— Je suis fière de moi, répliqua-t-elle. Tu as vu comme tous ces gens m'ont insultée ? *Moi !*

— C'est fini.

— Je les insulte en retour.

— Arrête, Joan. Tu as dit que nous étions des gagnants.

— Je le croyais.

— Eh bien ?

— Nous sommes tous des perdants, Josh. Tu ne l'as pas encore compris? Personne ne peut gagner.

Ce n'était presque rien, une imperfection minuscule le long de sa narine gauche.

Je lui assurai que ce bouton était quasiment imperceptible.

— Ne dis pas « bouton », je déteste ce mot.

Pas étonnant. Elle n'en avait jamais eu, même durant sa puberté. Sa jeunesse s'était écoulée à l'abri de ces petits ennuis. Un bouton, dans son esprit, prenait des allures de mauvais présage.

— Je ne comprends pas pourquoi je fais une crise d'acné maintenant.

— Un bouton n'est pas une crise d'acné.

— Ne dis pas « bouton »!

Ce bouton commença à la préoccuper énormément.

— Je sais que tu le regardes, disait-elle.

Elle se mit à penser que le monde entier ne voyait que son bouton, et il est vrai qu'il grossissait de jour en jour. Bientôt, lui dis-je, il serait mûr et percerait.

— Tu es écœurant, dit-elle.

Nous tentâmes une autre sortie.

— Allons chez Antonio's, proposa-t-elle.

— C'est hors de prix.

— Et alors?

Lorsque nous entrâmes dans le restaurant je compris la raison de son choix : l'ambiance y était tamisée, l'éclairage très bas.

— Tu le regardes encore, me dit-elle.

— Dans cette obscurité, il faudrait être nyctalope.

— Arrête de le regarder, s'il te plaît!

— Regarder quoi?

— Arrête!

— Ton bouton?

— *Arrête!*

Pendant que nous dînions, je m'intéressai au couple occupant une table voisine, un homme et une femme ternes d'une cinquantaine d'années qui mangeaient sans échanger un mot, entraînés par vingt ans de mariage aux subtiles roueries de l'auto-isolement. J'avais déjà vu ce genre de couple auparavant, et j'avais été ravi à l'idée que jamais nous ne deviendrions comme eux. Mais c'était fait. Nous étions les doubles de ce couple. Un peu plus jeunes, c'était tout.

Enfin Joan rompit le silence :

— Tu vas me quitter à cause de ça, je le sais. A cause d'un bouton.

— Ne sois pas ridicule.

— Tu ne me trouves plus séduisante du tout. J'ai bien vu comment tu me regardais dans le stade.

— Tu n'as rien vu.

— Nous ne devons plus aller dans des lieux éclairés trop crûment.

— Allons, Joan...

— Et maintenant ça. Un bouton. Un putain de bouton.

— Je ne t'ai jamais entendue parler de cette façon.

— Tu dis ça à cause de « bouton » ou de « putain »?

— Ce n'est pas toi, Joan.

— Tu avais raison. Il y a bien un châtiment. Ton Dieu se venge.

— Tu deviens croyante?

— Je ne dirais pas ça, non.

Elle vit un médecin, qui lui perça ce stupide bouton et il n'y eut plus rien. Mais pas dans son esprit. Dans son esprit, il était toujours là, énorme. Elle mit de la crème à cet endroit où il n'y avait plus rien, et dissimulait ce côté de son visage en tournant la tête ou en restant de profil. Le matin elle n'avait plus envie de se lever. Elle répugnait à sortir de la maison, de peur d'être vue.

Je voulus la raisonner, mais je finis par comprendre que c'était peine perdue. Quelque chose était arrivé.

Elle s'était persuadée que le monde arrivait à sa fin.

Je lui avais parlé de la théorie mystique de l'équilibre divin. Le monde était également divisé en bien et mal. En conséquence chaque individu était investi d'un pouvoir absolu. Il lui suffisait d'aller dans une direction ou une autre pour faire pencher la balance universelle vers le bien ou le mal. Et Joan avait décrété que nous l'avions fait pencher du mauvais côté.

Non pas à cause de ce que nous avions fait à Atlantic City, mais à cause de ce que nous avions fait à Philadelphie. Nous avions cessé de nous aimer et d'aimer. Nous avions détruit non seulement notre couple, mais aussi l'univers entier.

27

Et un matin elle se réveilla d'excellente humeur. Elle rayonnait d'enthousiasme.

— J'ai trouvé ! m'annonça-t-elle. Je sais ce qu'il faut faire. Nous allons retourner à New York, à l'Empire State Building, et nous rencontrer de nouveau. Refaire tout exactement comme ça s'est passé. Oh, mon Dieu, ce premier moment était tellement merveilleux ! Faisons-le, Josh. Je t'en prie, ne sois pas négatif ou logique, dis oui ! Refaisons-le, Josh. Recommençons... Quelle salle était-ce ? Tu sais bien, là où a eu lieu cette réunion stupide. J'étais tombée amoureuse de toi si violemment, Josh... Il faut le refaire, Josh. La même salle. Quel était le numéro de cette salle ? Et à quel étage étions-nous ?

— Je ne m'en souviens plus. Mais nous pouvons le retrouver.

— Nous dirons les mêmes choses, d'accord ?

— Je ne suis pas certain que nous puissions avoir les mêmes corpos...

— Tu es drôle ! T'ai-je déjà dit que tu es drôle ? Ce n'est pas une bonne idée ?

— C'est une idée.

— Ensuite nous monterons sur le toit, et puis nous irons à l'Algonquin. Tu te souviens ? Tu te souviens comment tu m'as fait monter dans la chambre ? Je n'avais pas l'intention de... Je luttais vraiment, mais la façon dont tu as abordé le sujet... Oh, tu as si bien parlé !

Tu as dit : « Pour une telle somme, ils auraient pu nous offrir une chambre. » Tu avais préparé ta réplique, monsieur le beau parleur?

— Non, c'est juste venu comme ça. Ça pourrait poser un problème si nous refaisons tout...

— Il n'y aura pas de problèmes. Pas si nous n'en voulons pas. D'accord? *S'il te plaît!*

— D'accord.

— Tu te rappelles ce que tu m'as dit en haut?

— En haut de quoi?

— Sur le toit. Tu as dit : « On m'a dit que par beau temps on pouvait voir jusqu'à Camden, dans le New Jersey. » C'était tellement bien dit, Josh. Comment tout pouvait être aussi parfait? Tout était parfait.

Elle rayonnait de nouveau. La métamorphose était remarquable. Elle se remit à sortir, alla chez le coiffeur, reprit sa bonne humeur et ses attitudes inconscientes de séductrice.

— Qu'as-tu acheté?

— Des vêtements, bien sûr.

— Je peux voir?

— Bien sûr que non! C'est pour New York.

En fait tout était pour New York.

Je n'eus pas de mal à retrouver la salle de l'Empire State Building. Signe de bon augure, celle-ci était libre et je la louai pour une heure deux semaines plus tard. Ces jours de préparation furent merveilleux.

Tout d'abord j'avais montré quelque réticence devant son idée, mais Joan avait réussi à me convaincre. Certes, on ne peut revivre le passé, ni ranimer un amour éteint. Ce sont des règles généralement admises, mais qui faisait ces règles? Chacun les siennes! Nous avions l'intention de vivre nos existences selon nos propres règles.

Nous convînmes de réduire nos rapports au minimum, pour ne pas gâcher New York.

Pas de disputes, de sarcasmes, de plaintes, même à propos du temps.

— Tu ne manges rien, remarquai-je.

— Je serai parfaite pour New York.

Elle tenait fièrement le compte des kilos qu'elle perdait.

— Je vais redescendre à un poids digne d'un strip-tease, dit-elle avec son sourire éblouissant.

Oui, je me souvenais du strip-tease de ce premier jour...

Son corps avait gardé la même plastique irréprochable, et certains souvenirs s'éveillèrent en moi, des souvenirs que je croyais morts et enterrés à jamais. Le désir ressuscitait en moi. Je commençai à compter avec impatience les jours qui nous séparaient de notre deuxième rencontre.

Je me rappelais ce que nous avions expérimenté ce jour-là, à l'Algonquin, et la façon dont elle disait, avec timidité mais avec un certain empressement :

— Comme ça ?

Je fis quelques rêves érotiques à son sujet. J'imaginais quelques variantes inédites à nos ébats, et Joan y participant avec cette même irrésistible interrogation :

— *Comme ça ?*

Quant à Joan, les fantasmes qu'elle voulut bien m'avouer concernaient surtout les premiers moments de notre rencontre, lorsque nous nous trouvions dans la salle de réunion de l'Empire State Building. Comment, assis chacun à notre place avec les autres entre nous, nous avions flirté sans flirter, à part un regard occasionnel. Comment elle avait deviné mes pensées et tiré sa jupe sur ses genoux. Comment nous nous étions retrouvés par hasard au moment de la pause-café, et la première phrase qu'elle m'avait dite : « Je sais à quoi vous pensez », et nos plaisanteries sur les corpos.

Ces souvenirs constituaient l'essentiel de ses fantasmes, avec peut-être ceux de nos ébats sexuels, avoua-t-elle du bout des lèvres. Nous devrions revivre ces moments sans fausse note, me prévint-elle, et sans aucune possibilité de répétition. Non, tout devait être spontané.

Il fallait que ce soit plaisant et romantique et surtout, surtout, il fallait que ce soit exactement comme ce jour-là.

Je faillis la mettre en garde contre les difficultés de ce genre d'exigence, mais je me ravisai à temps. N'avais-je pas déjà envoyé les règles générales au diable ? Peut-être tout serait-il identique, bon sang !

A Natanya, je connaissais bien un type dont la maison avait été frappée deux fois par la foudre.

J'avais gagné deux fois le tiercé, en jouant les trois mêmes numéros.

Une fois de plus nous jouions, oui, mais cette fois nous n'avions rien à perdre. Les risques n'étaient pas minces, néanmoins. Si ça ne marchait pas à New York, si rien ne se passait, l'échec serait définitif. Nous étions tous deux conscients de cette éventualité, et nous n'en parlâmes jamais puisque nous étions convenus d'éviter les disputes.

Quand je réfléchissais aux chances de réussite, mon esprit de joueur trouvait un autre facteur favorable. J'avais toujours était abonné aux séries : je gagnais en série et perdais de même. Notre couple était passé par une bonne série, puis une mauvaise. La bonne série allait peut-être reprendre à New York.

J'aimais cette idée et à peu près tout ce qui était en rapport avec nous durant ces quinze jours de préparation. Il restait une chose à faire auparavant, et je savais qu'elle devait être abordée avec une prudence chirurgicale. J'attendis le moment adéquat pour lui dire :

— Je vais aller à Atlantic City pour retirer notre argent. Tu n'y vois pas d'objection ?

— Non, répondit-elle, et le sujet fut clos.

Nous avions compris que jamais plus nous ne devrions parler de cet argent.

28

Je me levai très tôt. Elle dormait encore lorsque je fis démarrer la voiture. Un dégoût nauséeux me saisit quand j'engageai la Malibu sur la voie express en direction d'Atlantic City, et je ne me sentais pas mieux quand je m'arrêtai devant le casino. Je les laissai garer ma voiture. A l'intérieur, la foule s'agitait dans toutes les directions. J'allai directement au comptoir de la banque.

— Je viens solder mon compte, expliquai-je.

Je donnai mon nom et mes justificatifs d'identité et de dépôt.

L'employée s'appelait Doris Whittingham et était avenante. Elle pianota les informations sur son terminal d'ordinateur puis s'éclipsa. J'attendis. Il ne me vint pas à l'esprit que quelque chose pouvait clocher.

Alors que je patientais ainsi un souvenir cauchemardesque m'assaillit soudain...

Nous avons survécu au passage des montagnes et à la traversée des mers, et nous sommes là. Je ne sais pas où se trouve ce « là », *mais il y a un immense drapeau américain au-dessus du banc où nous sommes assis, dans la salle d'attente. Ma sœur se tient bien droite et sert contre elle sa poupée qui ressemble à Shirley Temple. Mon père et ma mère arborent cet air résigné de réfugiés qu'ils ont gardé malgré les années passées à Montréal. Des femmes et des hommes* — des Américains! — *passent devant nous. Ils sont si bien habillés, si sûrs d'eux, si* grands. *Nous sommes* si petits, *cette pensée m'obsède. Nous attendons des* « papiers ». *Des années plus tôt, de l'autre côté de l'océan et des montagnes, ils disaient* « papieren » ; *maintenant c'est* « papiers ». *C'est pourquoi nous restons assis là, à attendre. Des gens ouvrent et ferment des portes, entrent ou sortent de divers bureaux. Mes parents guettent l'apparition d'un homme en particulier. Où est-il passé? Pourquoi est-il si long à revenir? Qu'est-ce que ça signifie?*

Qu'est-ce que ça signifie?

Enfin le voilà qui vient vers nous. Ma mère serre la main de mon père, qui ne s'en rend pas compte. Il est hypnotisé par l'arrivée de l'homme. L'homme ne sourit pas. Qu'est-ce que ça signifie?

— Monsieur Kane ? dit-il.

Mon père se lève.

— Nous serons heureux de vous donner un visa permanent, dit l'homme. Il y a pourtant un petit problème. Savez-vous que votre fils présente une arythmie cardiaque? Le contrôle médical l'a refusé.

Mon père connaît assez d'anglais pour comprendre. Mais il ne comprend pas.

— C'est un enfant en bonne santé, affirme-t-il, et ses yeux s'emplissent de larmes. Ce garçon a grimpé et redescendu des montagnes! *Ce n'est pas une preuve de bonne santé?*

— Votre fils a-t-il eu la scarlatine? demande l'homme.

Père et Mère discutent en yiddish.

— Non, dit enfin mon père.

— Veuillez patienter, fait l'homme en repartant.

De nouveau, nous attendons.

— Est-ce qu'ils vont nous laisser entrer? s'inquiète ma mère.

Le Canada accepterait-il que nous revenions? Par une erreur quelconque, notre citoyenneté canadienne a déjà été annulée.

— Chut, fait mon père.

— Ils ne vont pas nous accepter?

— *Chut.*

— *Nous allons devoir repartir?*

— *Chut.*

— *Mais repartir* où ?

L'homme revient et cette fois il sourit.

— *C'était sans doute l'émotion, dit-il. Bienvenue aux États-Unis.*

Qu'est-ce que ça signifie? me demandai-je.

Cette Doris ne revenait pas.

Non, impossible. *Impossible.*

Quel sale tour du destin. Mais cela me servirait de leçon, me dis-je, avant de penser : Pourquoi? Pourquoi cela devrait-il me servir de leçon? Qu'avais-je donc fait? D'accord, pas mal de choses. J'avais transgressé quelques lois, commis quelques erreurs. Mais je n'avais rien fait de plus grave que d'avoir désiré une vie meilleure. Alors? Sy avait raison sur ce sujet, n'est-ce pas? Tout le monde avait ce même défaut. C'était la motivation de chaque existence. Chaque être vivant poursuivait ce but.

Et si lorsque vous atteigniez ce but vous découvriez que ce n'était pas le paradis, où était le problème? Ça aussi, c'était la vie.

Je songeai au romancier James M. Cain. Tous ses livres, avait-il déclaré un jour, avaient pour sujet des gens qui avaient vu leur rêve devenir réalité.

Et tous ses livres étaient des tragédies.

— Monsieur Kane, annonça Doris en réapparaissant, il nous faudrait une signature conjointe.

— L'argent est bien ici?

— Oh oui ! Un million de dollars, c'est ça?

— C'est ça. Un million de dollars.

— La somme est ici et à votre disposition, mais il nous faut la signature de votre épouse également.

— Elle n'est pas ici.

— Ne peut-elle venir?

— Non. Impossible. Jamais.

— Il faut que j'en parle à mon supérieur hiérarchique. Je ne sais comment agir dans un cas semblable. Elle est malade?

— Oui.
— Vous ne pouvez attendre qu'elle se rétablisse ?
— Non.
— La somme sera toujours disponible.
— Écoutez, je ne peux pas signer à sa place ?
— C'est en infraction avec le règlement, monsieur.
— Je suis son mari.

La complication était très gênante. Je savais que jamais Joan ne consentirait à venir ici, même pour un million de dollars.

Surtout pour un million de dollars.

— Elle est très malade, dis-je.
— Je comprends.
— J'ai bien peur que non. Elle est très, très malade.
— Oh !

Elle finit par me donner les papiers.

— Veuillez signer là, et là.

Quarante minutes plus tard elle me remettait un chèque.

— J'espère que tout ira bien, dit-elle.
— Oui, merci. Pourrais-je avoir une enveloppe, je vous prie ?
— Mais certainement.

Je glissai le chèque dans l'enveloppe et celle-ci au fond de la poche avant droite de mon jeans. Je gardai ma main dessus en sortant.

Alors que ma voiture arrivait, j'entendis quelqu'un crier mon nom derrière moi.

Je partis sans me retourner.

Je trouvai Joan sur le canapé, avec le dernier livre de Bellow.

— Je ne lisais pas, dit-elle. Je m'inquiétais.
— Tu t'inquiétais à quel sujet ?
— A ton sujet.
— Mais je t'ai dit où j'allais.
— Je sais.
— Et tu es restée toute la journée assise là, à t'inquiéter ?

— Oui.
— Pourquoi ?
— Je ne sais pas. Quelque chose aurait pu arriver.
— Qu'est-ce qui aurait pu arriver ?
— Je ne sais pas. *Quelque chose.*
— Comme quoi ?
— Ils se tirent dessus sur les autoroutes.
— C'est la Californie. Une autre partie de l'Amérique.
— Ces gens-là sont partout.
— Eh bien, il n'est rien arrivé.
— Je ne veux pas qu'il arrive quoi que ce soit...
— Tu crains qu'il n'arrive quelque chose ?
— Je ne sais pas. *Je ne sais pas.*
— Tu crains qu'il n'arrive quelque chose avant New York ?
— Peut-être.
— Superstitieuse ? Ma Joan ?
— Ce n'est pas de la superstition. C'est... Peut-être une prémonition.
— C'est de la superstition.
— Tu crois que tout se passera bien ?
— Bien sûr. Nous allons à New York, n'est-ce pas ?
— Pas assez tôt.
Dans un geste théâtral, je montrai la canne.
— Oh ! mon Dieu, s'exclama-t-elle, j'avais oublié ! Comment ai-je pu oublier ? La canne ! Bien sûr ! La canne !

29

La veille de New York, nous n'échangeâmes pas un mot. C'était ainsi que nous avions décidé de faire, du moins c'était ce qu'elle avait décidé. Nous devions devenir des inconnus l'un pour l'autre. Nous devions préparer la charge qui exploserait le lendemain.

La rencontre était prévue pour onze heures. Il n'y aurait que nous deux car, bien évidemment, nous n'allions pas louer les services d'une brochette de figurants corpos. Je n'avais aucune idée de la façon dont elle se rendrait à New York. Elle avait pris ses propres dispositions. Et après tout, nous étions des étrangers. Je supposai néanmoins qu'elle prendrait le car de Moorestown. J'optai donc pour le train.

Quand je me levai à six heures, elle était déjà au sous-sol, entre la machine à laver et la sécheuse. Je pris une douche rapide, m'habillai en hâte et fonçai au dehors. Je pris le bus pour Holmesburg, puis le train jusqu'à la gare de la Trentième Rue. Un coup de métro et en moins de deux heures, j'avais rejoint l'Empire State Building — pour moi, le symbole de l'Amérique.

J'ouvris la porte avec la clef qu'on m'avait envoyée et entrai dans la salle de conférences. L'endroit n'avait pas changé : même table immense, mêmes sièges tout autour, et le souvenir déferla en moi. Je l'avais découverte là, assise, si blonde, si belle. Soudain je voulais revivre ces instants. Son idée ne m'avait pas emballé dès le début, mais j'y avais souscrit peu à peu, et maintenant elle m'enchantait. D'un instant à l'autre, elle entrerait dans cette pièce et tout recommencerait.

Sauf que nous avions inversé l'ordre d'arrivée. Elle aurait dû être déjà ici. C'était moi qui étais censé entrer ensuite.

Mais onze heures n'étaient passées que de quelques minutes. On ne pouvait appeler cela un retard.

Je ressortis dans le hall et surveillai les ascenseurs. Tout comme la terre est constituée en majeure partie d'eau, la vie humaine est constituée surtout d'attentes. En quelques circonstances particulières, il se passe quelque chose d'important. Le reste du temps, on attend ces moments.

Je retournai dans la salle et guettai un bruit de pas.

Se souvenait-elle de l'étage ? Du numéro de cette pièce ? Se rappelait-elle le gratte-ciel ? Ne s'était-elle pas trompée de jour ? Je décrochai le téléphone et appelai à la maison. Pas de réponse.

J'étais soulagé. Elle était partie. Elle était en route. D'ici à un instant, elle pénétrerait dans la salle. Son bus était sans doute immobilisé dans les embouteillages.

Il n'y avait pas des travaux au péage de l'autoroute ?

Le bus avait donc du retard et elle avait dû prendre un taxi. Elle payait probablement le prix de sa course en ce moment même.

Je consultai ma montre : onze heures vingt-cinq.

Le taxi était peut-être pris dans les embouteillages. *New York !*

Bon sang ! pensai-je soudain. New York ! Elle pouvait se trouver n'importe où. Par où commençait-on à chercher quelqu'un dans cette ville ? *Tu ne cherches pas. Tu t'assois. Comme ça. Comme ça. Détends-toi. Elle va arriver. Elle n'a aucun autre endroit où aller. Elle va venir.*

Mais cette salle commençait à me paraître beaucoup trop vide. Je n'arrivais à penser qu'à cela : la vacuité des choses.

Elle n'était certainement pas sortie pour faire quelque

chose de stupide. Non, pas alors que nous étions si près du but. Pas quand tout allait s'arranger. Ceci était un début, pas une fin.

Je me remémorai ce qu'elle avait dit lors de mon retour d'Atlantic City, l'autre jour. Elle craignait qu'il n'arrive quelque chose. Elle n'avait jamais eu ce genre de comportement auparavant. Mais depuis Atlantic City, elle s'inquiétait d'un rien, et voyait des signes néfastes partout.

Je perçus des bruits de pas. Mais ils étaient trop nombreux. Une armée de corpos envahit la salle.

— Nous avons loué la salle pour midi, s'excusa le chef des corpos.

— Elle est à vous, répondis-je, puisqu'il était midi.

Elle était au lit, et les stores étaient baissés.

— Salut, dis-je.

Ses yeux atones restaient fixés deux centimètres au-dessus de ma tête.

— Salut, fit-elle.

— Tu es restée ici toute la journée?

— Où aurais-je dû être?

— New York, peut-être?

— Oh !

— Moi, j'y étais.

— Bien.

— J'ai fait quelque chose de mal? demandai-je.

— Pas du tout. Tu es très sage.

— Toi, alors?

— Moi? Je suis un ange.

— Pourquoi n'es-tu pas venue à New York?

— Moi?

— Joan, allons...

— Quoi, allons?

— Pourquoi n'es-tu pas venue là-bas?

— Parce que j'étais ici, dit-elle.

— Je vois.

— Oui, tu vois.

— Non, je ne vois pas.

— Je suis ici.

— Je sais. Mais pourquoi?
— Oh Josh! A quoi ça sert? A rien.
— Tu étais tellement impatiente.
— Vraiment?
— Tu ne l'étais pas?
— Je suppose que si, dit-elle tristement.
— Qu'est-il arrivé?
— Je me suis levée ce matin. Voilà ce qui est arrivé.
— Tu t'es levée...
— C'est ce qui est arrivé. Et c'est très mauvais.
— De se lever?
— C'est la pire chose qui puisse arriver.
— Se lever ?...
— Oui. C'est une façon horrible de commencer la journée.
— J'aurais préféré que tu me dises que tu ne viendrais pas.
— Je ne savais pas que je ne viendrais pas.
— Qu'est-ce qui t'a poussée à cette décision, alors?
— Ça!
— Quoi?
— Ça, là.
— Quoi?
— Le bouton! *Le bouton!*

Je m'assis sur le lit. Elle détourna le visage.

— Je ne vois pas de bouton, Joan. Il n'y a pas de bouton.
— Alors tu es aveugle. Il est aussi énorme que l'Everest. Il est horrible. Tout est horrible.
— Tout?
— Quand on est horrible, tout est horrible.
— Tu n'es pas horrible, Joan.
— Tu es très gentil. Je ne sortirai jamais plus d'ici.
— Et s'il y a un incendie?
— J'ai essayé de le cacher, dit-elle en sanglotant. Mais ça n'a servi à rien. Ça ne sert à rien, Josh.

Elle courut s'enfermer dans la salle de bains. Elle y restait trop longtemps, et quand je l'appelai, elle ne répondit pas. Je tambourinai à la porte qu'elle avait verrouillée; sans résultat. Alors je l'ouvris d'un coup de pied.

Elle était assise sur le couvercle du siège des toilettes, penchée en avant. Elle tenait dans ses mains des pots de crème faciale. Son visage était barbouillé de jaune et d'orange, surtout près de sa narine gauche.

Je m'assis en face d'elle, sur le bord de la baignoire, et lui pris doucement les pots de crème que je posai sur le sol ; ses mains étaient glacées. Je les frottai et elle se mit à sangloter en hoquetant douloureusement. Elle m'attira à elle et je dus m'agenouiller. Elle plaqua ma tête sur ses cuisses et me caressa les cheveux avec des gestes tremblants.

— Qu'arrive-t-il aux gens ? balbutia-t-elle. Qu'arrive-t-il aux gens ?

J'essayai de ne pas pleurer, mais je n'aurais pu dire de qui étaient les larmes brûlantes qui coulaient sur mes joues.

30

A Haïfa et sur ces navires de guerre qui patrouillaient en Méditerranée, je ne pensais à elle que de temps en temps. J'avais rejoint la marine israélienne en qualité de volontaire, dès que les papiers du divorce avaient rendu légale notre rupture.

Je croisais en Méditerranée sur le *Satile*, un navire américain qui avait servi au Viêt-nam, et j'allais au combat sur un Zodiac. Mes compagnons étaient des jeunes de dix-huit et dix-neuf ans, si l'on exceptait les officiers à l'âge variable. Une nouvelle fois j'avais endossé l'uniforme de Tsaḥal, et je disais à mon père : « Regarde-moi. »

C'était étrange, pourtant, car pour les Israéliens l'armée était un devoir et non un endroit où se trouver, où se perdre. Ici on assurait une tâche dépourvue de tout romantisme qui volait trois années à chaque jeune. La gloire, c'était bon pour les Américains.

Mais l'Américain que j'étais ne pensait plus à elle, quasiment. C'était terminé. Au début, oui, bien sûr, elle avait hanté mon esprit. Sur ma couchette je lui écrivais des lettres imaginaires. Quand arrivait le courrier — et bien que je ne lui eusse pas dit où j'allais — je rêvais de recevoir des nouvelles de sa main. Mais cela, c'était dans les premiers temps.

Notre séparation remontait à quinze mois. Elle n'avait rien d'étonnant. Joan avait commencé à devenir pitoyable. Après l'amour, toute étincelle de vie avait paru quitter son âme. Elle souffrait de terribles crises dépressives, qui se manifestaient par des migraines répétées et de l'insomnie la nuit, par des déambulations raides et interminables durant la journée. Un jour j'avais voulu la toucher et elle avait hurlé en faisant un bond. Les mots ne pouvaient plus la consoler, elle ne croyait plus rien de ce qu'elle entendait ou lisait. Elle versait dans un cynisme agressif. Les mots « Je t'aime » lui donnaient la nausée. Elle détestait les couples et la plupart des livres et des films, les histoires romantiques étant un sujet inépuisable. Elle cessa d'ailleurs de lire et de regarder la télévision.

Elle conservait le sens de la formule exacte, mais elle en avait retourné l'esprit.

— Il n'y aura jamais quelqu'un d'autre que toi, avait-elle dit. Surtout toi.

Elle s'était transformée en une contradiction de ce qu'elle était auparavant. Elle était entrée dans la nuit polaire. Plus de musique, de télévision, de radio, et elle avait même recouvert les miroirs. Notre appartement semblait en deuil. Elle passait toutes ses journées là, et des heures dans la salle de bains, où elle essaya de s'ouvrir les veines. Une seule fois. C'est alors que nous prîmes la décision...

Quant à moi, j'avais perdu toute affection pour elle. Je m'étais simplement accroché encore, mais plus rien en elle n'était mien. Même si elle avait été la même... mais comment aurait-elle pu redevenir la même ?

Non, cette période avait été une épreuve inutile, et terrible. Pourtant j'avais essayé, allant même jusqu'à plaisanter et la taquiner comme à une autre époque, en espérant réveiller une étincelle de son ancienne personnalité. Mais non, *rien*.

Et ici à Haïfa, dans cette belle ville sereine d'où l'on pouvait voir le mont Carmel, avec le dôme doré le Bahai et là-bas la grotte d'Elijah, près de l'endroit où il avait récusé les quatre cent cinquante faux prophètes de Baal et les quatre cents faux prophètes d'Asherah, ici je vivais, sur la base militaire.

Ce camp de Tsahal était limité d'un côté par la mer, de l'autre par Aliya Street. J'effectuais une semaine de patrouilles et de missions, puis je bénéficiais d'une semaine de repos. J'aurais pu en profiter pour voir tous mes amis et visiter tous ces lieux magiques alentour. Mais je n'en faisais rien. Je m'installais simplement de l'autre côté d'Aliya Street, hors de la base, et je contemplais les enfants qui jouaient dans la cour de l'école voisine.

Cette cour était tout Israël. Les vieillards, hommes et femmes, réchappés des camps de concentration pour beaucoup, regardaient eux aussi les gamins insouciants, et leurs trilles charmaient même les martyrs dans leurs tombeaux.

J'aurais aimé qu'elle soit là pour voir ce spectacle incroyable. D'abord je l'aurais emmenée à Yad Vashem pour lui montrer ces photos d'enfants qu'on retirait à la pelle des fours, ensuite je l'aurais amenée ici. Alors elle aurait compris tout ce que je ne pourrais jamais expliquer avec des mots.

Je me rappelais ce qu'elle m'avait dit un jour. Même si nous devions nous séparer, il suffirait que je lui dise ma destination pour qu'elle vienne me rechercher. Mais qui s'était attendu à la suite ?

Parfois je la cherchais parmi les badauds, scrutant d'un regard rapide ceux qui traînaient près de l'école. Elle eût été facile à identifier : les blondes étaient rares en Israël.

Mais c'était durant les premiers temps, et maintenant ces pensées ne m'assaillaient plus.

Une nuit nous appareillâmes sur dix-huit Zodiac pour aborder sur les côtes libanaises et venger le massacre de huit étudiantes-infirmières.

Durant la fusillade je reçus une balle dans le genou — le même — mais je tins bon jusqu'à ce que nous puissions réembarquer sur les Zodiac, notre expédition punitive parfaitement réussie. Ce n'est que plus tard, en pleine Méditerranée, que je m'abandonnai à la souffrance.

On m'amena en urgence au Rambam Hospital et j'y

restai plus longtemps que prévu. Le docteur Avri Ben Tov me garda un peu plus, parce que, disait-il, cette seconde blessure au genou lui en apprenait beaucoup sur moi. Il me soupçonnait de ne plus avoir le goût de vivre, ce qui était faux.

Ces Israéliens étaient souvent incompréhensibles. Ils n'appréciaient que très peu les héros et les martyrs. Ils leur édifiaient pourtant des monuments et chantaient leurs exploits, qu'ils transformaient d'ailleurs souvent en légende. Et pourtant, ils ne les aimaient guère, peut-être parce que tout leur héritage et leur culture étaient dédiés à la vie et non à la mort, et qu'ils en avaient assez des héros et des martyrs, et qu'ils attendaient autre chose.

Sur cette base des hommes qui s'étaient couverts de gloire en combattant les Égyptiens dans le Sinaï et les Syriens dans le Golan allaient et venaient comme des inconnus. Personne ne les saluait, personne ne se souciait des médailles qu'ils ne montraient jamais. En Israël, on pratiquait peu le claquement de talons militaire.

Après cinq semaines, je sortis de l'hôpital. En convalescence prolongée, je passais beaucoup de temps sur ma couchette, et plus tard sur un rocher dominant la mer, laissant les vagues lécher mes pieds tandis que je profitais du soleil.

Peu à peu, et avec l'aide d'une canne, je pus marcher un peu plus, jusqu'à atteindre les limites de la base, puis les abords de l'école, où je me remis à contempler les enfants qui jouaient.

Cette femme blonde... De dos elle aurait pu passer pour Joan. Je n'avais pas du tout pensé à elle. Pas du tout. Mais les blondes qui venaient des États-Unis ressemblaient souvent à Joan, quand on les voyait de dos. Puis elles commettaient l'erreur de se retourner et... *Quelle déception...*

Un joueur aurait été prêt à parier qu'il s'agissait bien de Joan. Ici, en Israël, les blondes étaient si rares qu'il fallait que je m'approche, mais pas trop. Pour faire durer le doute. Tant qu'elle restait ainsi je pouvais y croire.

Inutile de se précipiter pour briser ce rêve déjà éphémère. Je l'imaginais se retournant et... me décochant ce sourire éblouissant, inimitable.

Jusqu'à quel point cette femme blonde ressemblerait à Joan ? supputai-je. Dans le *cheder ha'ochel*, le mess, j'avais entendu parler d'une blonde, justement. Plusieurs élèves officiers avaient remarqué ce phénomène. On avait envoyé des éclaireurs l'espionner. Je n'avais pas établi de rapport, bien sûr.

Ainsi donc cette blonde qui se tenait devant la cour de l'école séjournait ici depuis plusieurs jours. Ça aurait bien été d'elle — s'il s'était agi de Joan — que de venir ici, ayant deviné que mon passe-temps serait de contempler les jeux de ces enfants. Mais elle aurait tout aussi bien pu aller voir la sentinelle et demander à me parler, évidemment.

Dans la cour de l'école, deux gamins se battaient. Une altercation légère avait dégénéré en un combat sérieux, et il était évident que ces deux-là réglaient un contentieux plus ancien.

Le plus fort avait plaqué l'autre au sol et le tenait solidement. C'était assez triste de voir le plus petit immobilisé et furieux, impuissant sous le poids de l'autre.

Allez, garçon. Presse de tes deux pouces contre ses narines.

C'est le pays du Krav Maga. Tu devrais déjà connaître ça, petit !

La femme blonde se retourna, me regarda et dit :

— Il faut faire quelque chose !

Je fonçai et séparai les deux enfants. Puis je fis demi-tour et me dirigeai vers la femme blonde. Elle souriait mais sa lèvre inférieure tremblait un peu. Je tremblais de partout.

C'est dingue, pensai-je, *je n'ai pas peur même dans le combat corps à corps le plus vicieux, mais qu'une blonde apparaisse et je ne suis plus qu'une loque.*

Mais il fallait reconnaître que cette femme était incroyablement belle. J'avais déjà vu quelqu'un comme elle, *avant*...

— Pas trop mal pour un type avec une canne, dit-elle.
— Oui, j'ai eu quelques petits ennuis.
— En mer ?
— Oui.
— Toujours d'un côté, avec le monde de l'autre ? demanda-t-elle, et ses yeux se gonflèrent. C'est ça ?
Je détestais l'idée de lui avouer que le monde marquait beaucoup plus de points que moi.
— Je n'aime pas voir le mauvais gagner, fis-je.
— Je comprends très bien. Alors il faut continuer à combattre pour mériter ce qui est très rare et très précieux.
— Oui, répondis-je. Il faut continuer à combattre.
— Oui, il le faut. Et je crois que c'est pour cela que je suis ici, Josh.

Achevé d'imprimer en avril 1993
sur les presses de l'Imprimerie Bussière
à Saint-Amand (Cher)

PRESSES POCKET - 12, avenue d'Italie - 75627 Paris Cedex 13
Tél. : 44-16-05-00

— N° d'imp. 1116. —
Dépôt légal : mai 1993.

Imprimé en France